KB019527

춘향

춘향

1판 1쇄 발행 2022년 11월 25일
지은이 진런순
옮긴이 손지봉
펴낸이 김형근
펴낸 곳 서울셀렉션㈜
편집 지태진
디자인 정현영

등록 2003년 1월 28일(제1-3169호)
주소 서울시 종로구 삼청로 6 출판문화회관 지하 1층 (우 03062)
편집부 전화 02-734-9567 팩스 02-734-9562
영업부 전화 02-734-9565 팩스 02-734-9563
홈페이지 www.seoulselection.com

ISBN 979-11-89809-58-4 03810

책 값은 뒷표지에 있습니다.
잘못된 책은 구입하신 서점에서 바꾸어 드립니다.

* 이 작품은 한국문학번역원(LTI Korea)의 지원을 받아 출간되었습니다.

춘향

지은이 진런순
옮긴이 손지봉

서울셀렉션

차 례

상편

하편

배꽃에 달 비치고 은하수 깊은 밤에
한 가지에 담긴 봄 마음을 어찌 두견새가 알며
녹이상제 살찌게 먹여 시냇물에 씻겨 타고
용천설악 들게 갈아 허리에 차고 둘러멘다.

상편

향 부인

남원부 사람들은 나를 언급할 때마다 늘 '향 부인 댁의 춘향 아씨'라고 일컬었다. 뿐만 아니라 향 부인과 조금이라도 연관된 것에는 '향 부인의 것이 어쨌다더라……'와 같이 모호하고 구름이나 안갯속에 있는 듯한 말투로 강조하기를 좋아하였다.

남원부 사람들은 '향 부인'이라는 말을 언급하지 않는 날이 없었다. 그녀에 대한 이야기는 아무리 퍼내도 마르지 않는 샘과 같이 끊이지 않았다. 남원부에서 생기는 신기한 일에 향 부인과 얽히지 않은 일은 하나도 없었기 때문이다. 특히 어느 집의 처자가 예쁘다는 말이 나오면, 그 뒤에는 꼭 향 부인에 비해 어떠한지 비교하는 말이 따라나왔다. 귀하신 양반가의 규수들에게는 참으로 곤욕스러운 일이었다. 눈 씻고 보아도 향 부인과 견줄 부분이 하나도 없더라는 말이 나오면 상것들의 비웃음거리가 될 것이고, 어느 부분만큼은 향 부인과 비길 만하다는 말이 나오면 사람들이 모두 그것을 눈여겨보며 향 부인을 떠올릴 것이기 때문이다. 지체 높은 아씨들에게는 향 부인과 엮이는 것 자체가 정숙하지 못한 일이기도 했다.

여덟 살이 될 때까지 나는 어머니가 가장 평범한 여자인 줄 알았다. 그래서 아랫것들이 어머니에게 어찌 그리 고우시냐고 호들갑을 떨 때마다 나는 속으로 '어머니가 입은 옷이 곱기는 하지', 하고 고개를 끄덕였다. 여자라면 다 그렇게 생긴 줄 알았던 것이다. 아랫것들은 특별히 못나서 허드렛일을 맡아 하게 된 것이라고 생각했다. 향 부인이 남다르다는 점을 깨닫게 된 것은 집 밖에 나가본 연후의 일이었다.

향 부인은 밖에 나가는 일이 드물었다. 향 부인을 찾는 손님들이 너무 많았기 때문이다. 그중 일부만 맞이해도 향 부인에게는 남는 시간이 많지 않았다. 향 부인은 그 남는 시간을 쪼개서 가야금도 뜯고 서책도 읽었으며, 옷을 짓는 이에게는 수는 이렇게 놓고 옷은 저렇게 지으라 하고 정원사에게는 화로수花露水(꽃잎을 짜서 만든 향수)를 만드는 방법을 이야기해둬야 했다. 그렇게 눈코 뜰 새 없이 바빠도 향 부인은 매일 나와 같이 보낼 시간을 남겨놓았다. 향 부인과 나는 나비를 잡기도 했고 그네를 타기도 했지만 더 많은 시간은 방 밖의 회랑 마루에 앉아서 보냈다.

그런 고요한 시간에는 꽃의 향기가 옷을 적시고 새들은 나무 사이를 날았다 앉았다 하였다. 우리는 품이 넓은 모시옷을 입었고 머리는 비단 끈으로 대충 묶었으며, 나는 발에 아무것도 신지 않았는데 그녀도 어떨 때는 나처럼 맨발이었다. 우리는 용수초龍鬚草로 엮은 화문석 위에 어깨를 나란히 하고 앉아서 가만히 화원을 바라보았다.

정원에 가득한 꽃들은 비단을 펼친 듯했는데 오후에는 밝기도 하고 어둡기도 한 빛과 그림자 사이에서 중국비단의 질감 같은 것이 느껴졌다. 우리는 둘 다 별로 말을 하지 않았고 그리 할 말도 없었다. 내가 천천히 숨을 들이마시면, 공기 중에서 향 부인의 일상이 담긴 냄새가 나의 콧속으로 파고들었다. 냄새만으로 많은 것을 알 수 있었다. 아침에 머리를 감을 때 창포물에 술과 식초를 넣었는지, 목욕할 때는 무슨 꽃을 짓이겨 즙을 냈는지, 옷을 말릴 때는 어떤 향초로 훈향을 하였는지, 만일 전날에 남자와 같이 밤을 보냈다면 그녀의 몸에서는 약간 비릿한 냄새가 풍기기도 하였다. 향 부인의 앞섶에서 나는 나른한 숨결은 가을마당에 널어놓은 햇벼에서 나는 향긋한 냄새 같았다.

남원부의 시장마당에서 향 부인에 대해 참새처럼 종일 떠들어대는 사람 중에 사실 향 부인의 그 어떤 것도 제대로 아는 사람은 드물었다. 향 부인의 피부, 머리 모양, 자주 쓰는 장신구 등의 특별한 점을 말이다. 사람들은 향 부인에 대해 말하기를 좋아하였으며 향 부인을 남원부의 보물처럼 여겼다. 그러므로 그녀를 언급할 때는 자신들이 금은보화와 관련이라도 있는 것처럼 하였다. 남자들은 향 부인과 조금이라도 얽힌 일이 있으면 더욱 그랬는데 향 부인과 어찌어찌했다고 떠들어대는 사람 중 대다수는 사실은 향 부인의 얼굴조차 본 적이 없었다. 향 부인이 마지막으로 얼굴을 드러내놓고 다닌 것은 18년 전의 일이었다. 약사의 딸인 향 부인의 아름다움은 한낮의 태양보다도 더 눈부셔서, 그 얼굴을 본 이는 해를 맨눈으로 오래 바라본 것처럼 정신이 아득해지고 눈이 멀 것 같아서 조여들어오는 가슴을 부여잡아야 하였다. 그런 통증을 한 번이라도 겪어본 이는 한림안찰부사翰林按察副使 나리가 죽은 지 여러 해가 지난 후에도 마치 그의 대변인이라도 되는 양 그의 행적을 변호하곤 하였다.

한림안찰부사 나리는 사헌부 금오랑金吾郎 어른의 사위로, 남원에 부임한 동안 그가 남긴 가장 뚜렷한 발자취는 약사 이규경李圭景의 다섯 칸짜리 초가집을 너른 정원이 딸린 고래등 같은 기와집으로 바꾸어놓은 것이었다. 스무 칸의 방은 앞뒤 두 마당으로 나뉘어 한 자의 '用(용)' 자처럼 구획하였는데, 아래 열린 부분이 저택으로 들어가는 입구고 그 주위로 저택 면적의 세 배나 되는 화원이 저택을 둘러싸고 있었다.

저택의 이름은 향사香榭였다.

내 이야기가 시작되기 전에, 향사와 향 부인에 관한 이야기는 이미 전설이 되어 있었는데 판소리 광대들이 서로 앞다투어 구연하여 노래하고 설을 푸는 과정에서 널리 퍼졌으며, 그 후 세책가를 운영하는 서생들에 의해 패담으로 쓰여서 더욱더 멀리 퍼졌다. 처음에 향 부인은 오직 자기 이야기의 주인공이었지만 뒤에는 전혀 상관없는 많은 이야기의 주인공이 되어버렸다. 그녀의 이름은 마치 한 덩어리의 염료처럼 어떤 이야기든지 그 이야기로 하여금 색깔이 입혀져 살아나게 하였으며, 전해지는 과정에서 이전 이야기에 더 새롭고 더 많은 이야기가 끊임없이 덧붙게 하였다. 이런 양상은 우리가 봄이면 늘 보는 것처럼 처음 필 때는 다만 한 송이였던 꽃이 이후 나무 전체로 번지다가 결국에는 온 봄을 꽃으로 뒤덮게 되는 것과 같았다.

향 부인의 이야기가 도대체 얼마나 먼 곳까지 퍼졌는지 정확히 알 수는 없지만 남원부에서는 낯선 억양과 처음 보는 얼굴의 외지인들이 눈에 띄는 횟수가 점점 많아졌다. 그 외지인들은 대부분 지나치게 엄숙한 표정을 한 젊은이들이었다. 그들은 남원 토박이에게 향사가 어디 있는지 차마 묻지도 못하고 오직 향 부인과 우연히 마주치기만을 바라며 길거리를 배회하고 다녔다. 그런 외지인들의 옷차림과 생김새를 뜯어보며 출신과 가문을 추측하는 것이 남원 사람들의 새로운 오락거리가 될 정도였다.

젊은이들은 어쩌다 서로 마주쳐 말을 섞을 일이라도 생기면 마치 연적이라도 만난 것 같았다. 그중에서도 성격이 불같은 두 젊은이의 사건이 사람들 사이에서 가장 회자되었는데 그 내용은 이러했다. 그들은 의견이 맞지 않자 칼을 뽑아 다투었으며 본 적도 없는 연인에 대한 사랑 때문에 칼을 휘두르며 대숲에서 꽃밭으로, 풀이 덮힌 언덕에서 강가로 싸움을 이어갔다.

도검끼리의 맞부딪힘은 벼락처럼 격렬하고 또 번개처럼 순간적이었다. 그중 한 젊은이가 크게 다쳤는데 어떤 사람은 그의 피가 강을 붉게 물들였다고 하고, 또 어떤 사람은 말하기를 그의 피가 숲속 오솔길을 따라 핀 제비꽃에 뚝뚝 떨어졌고, 어느 나무 밑에서 온몸의 피를 다 쏟아내고 죽었으며 시신의 안색은 첫눈처럼 새하얗고 눈도 감지 않은 채였으며, 시신의 시선과 혈흔이 묻은 검은 멀리 향사 쪽을 향하고 있었다고 하였다.

점점 더 먼 곳에서 더욱 많은 젊은이들이 향사로 찾아왔다. 그들의 시야에 처음 들어온 것은 판소리로 일찍이 들어 알고 있던 '장미꽃 바다'였다. 장미꽃이 피어 전체를 뒤덮고 있었기에 한자 용 자형의 건물은 섬처럼 격리되어 있었다. 나비와 벌들은 꽃들 사이에서 춤을 추었고 꽃의 향기는 투명한 비단옷처럼 향사를 감쌌다. 한림안찰부사 나리의 지휘 아래 지어진 스무 칸의 저택은 크고 웅장하였으며 하늘을 찌를 기세로 솟아 있는 짙은 남색의 단향목 처마 끝에는 보리 이삭 모양의 놋쇠 풍경이 매달려 바람이 불 때마다 흔들리고 있었다.

댓잎처럼 푸른 기와에는 금방이라도 공중으로 날아갈 것 같은 까치가 그려져 있고, 정교하게 세공한 보석함이 귀한 패물을 담고 있듯이, 이 아름답고 높고 장엄한 향사 안에는 사람들이 사모해 마지않는 여인이 살고 있었다. 먼 길을 온 젊은이들은 향사를 보면 콧등이 시큰해져왔다. 나는 그들이 사랑에 짙게 절여진 뒤에 뿜어내는 우울한 숨결을 식물의 향기에서 맡을 수 있었다.

이때 향 부인은 잠을 자고 있을 뿐이었다. 그녀는 향사라는 조개 안에 살고 있는 진주와도 같았다. 낮에 자고 밤에 일어나서 달빛만을 받았기에 피부에는 투명하고 윤기 있는 진줏빛이 감돌게 되었다. 매년 봄에 미닫이문과 창문에 창호지를 새로 바르는데, 꽃이 조각된 문창살 위를 덮은 미백색 창호지는 채처럼 밖의 햇빛을 부드럽고 고운 분말로 걸러지게 하였다.

향 부인의 내실에는 오포五鋪로 짠 창포 문양의 안동 용문석(용의 무늬를 놓아 짠 돗자리) 대자리(대오리로 짠 자리)가 깔려 있었고, 왕골로 엮은 길쭉한 베개에도 창포꽃 무늬가 있었다. 도를 깨우쳐 신선이 되고자 했던 약사 이규경은 한 치에 마디가 아홉 개인 구절창포에 흠뻑 빠져서 약방 앞에 창포밭을 직접 만들었다.

창포를 베고 잠을 잤음에도 향 부인은 편안함을 느끼지 못했다. 늘 비슷한 꿈에 가위에 눌렸는데, 덮고 있던 흰 삼베로 된 홑이불이 두꺼운 장막으로 변하여 그녀를 둘러쌌으며, 어김없이 과거의 일들로 끌고 갔다. 사계절 중에 봄은 유난히 사람을 불안하게 만든다. 이 계절에는 모든 식물들에 생기가 일게 된다. 옛일들도 그렇게 기회를 틈타 다시 돌아와서 또 살아나고 또 새로워진다. 움트는 식물의 냄새는 문을 닫아도 문틈으로 기어들어 와 향 부인을 휘몰아치는 시간 속으로, 그 시작 지점으로 끌고 갔다. 향사의 이야기가 무성한 나무

잎사귀들처럼 수없이 자라나도 그 뿌리는 언제나 분명히 그 사람을 향해 있었다.

"매년 봄, 늘 같은 꿈을 꿉니다. 18년간 한결같이." 향 부인은 초저녁에 일어나면 장미꽃으로 제조한 화로수를 목욕통에 뿌리고 반 시진 정도 몸을 담그곤 하였다. 이날도 한편으로는 나무 바가지로 몸에 더운물을 끼얹으면서 한편으로는 감회에 젖었다.

은길은 동주전자의 주둥이를 목욕통 벽에 대고 천천히 뜨거운 물을 더하고 있었다. 은길이 한숨을 푹 내쉬었다. "해가 쨍쨍한 날에도 비가 오지 않는다고 장담하기 어렵고, 솥에 쌀을 안쳤어도 그 밥을 먹을 수 있을지 모른다지만 한림안찰부사 나리같이 한 점 도자기 같으신 분이 그렇게 비명에 가실 줄을 누가 알 수 있었을까? 내가 감히 단언하건대, 그 딱한 양반은 독사에 물리기 전에 간담이 오그라들어 죽었을 게야."

한림안찰부사 나리

한림안찰부사 나리와 향 부인의 사실적인 이야기 전체를, 나는 판소리 광대 태강의 창으로 알게 되었다. 향 부인이 특별히 나를 위해 준비한 자리였다. 판소리는 매우 자연스러운 상황에서 진행되었다. 내가 기억하는 그날의 밤하늘은 짙은 쪽빛이었고 백지에 쌓인 초롱 불빛이 밤안개를 비추었는데 아주 가느다란 빗줄기가 끝없이 흩날리는 듯하였다.

남원부 사람들의 기억 속에 한림안찰부사 나리는 출중한 용모에 고고한 태도를 지닌, 흰 장옷을 즐겨 입고 다니는 젊은이였다. 그는 5년마다 자리를 옮겨 다니는 관례에 따라 남원부에 오게 되었다. 그는 아름답고 풍요로운 이 작은 고을을 썩 마음에 들어 하지는 않았다. 그는 동료들이 인사를 건네거나 아랫사람이 자신을 추켜세울 때에도 예의상으로조차 웃어 주는 법이 없었다. 그는 늘 한 손에 금제 고리가 달린 합죽선을 들고 있었는데, 마음에 들지 않는 사람을 보거나 말하기 귀찮아질 때면 그 합죽선을 좌악 펼쳐서 천천히 부쳤다. 나중에 사람들이 그를 떠올릴 때면 그의 이목구비보다도 흰 바탕에 금을 뿌린 부채 면에 매혹적으로 그려진 금모란꽃을 더 잘 기억했다.

단옷날 한림안찰부사 나리는 편복(평상시에 간편하게 입는 옷) 차림으로 장에 나갔다가 기이한 향을 지닌 여인에게 홀리게 되었다. 그 여인은 별다른 패물을 두르지는 않았지만 정밀한 솜씨로 지은, 한 줄 구김 없이 다려진 연푸른색 옷을 입고 있었는데, 청루(기생집)의 기생 같아 보이지는 않았으나 그렇다고 양반가의 규수 같아 보이지도 않았다.

그들이 오가는 사람들 사이에서 바로 가까이 마주하게 되었을 때 단선團扇(둥근 부채) 꾸러미를 짊어진 부채 장수가 그 사이로 끼어들었다. 한림안찰부사 나리는 부채 너머로 어떤 향을 맡았는데 그것은 마치 오래 묵은 귀한 술을 한 모금 삼켰을 때, 속에서부터 구름과 안개가 확 올라와 신선계에 온 듯한 황홀함을 주는 취기였다. 그는 잠시 멈춰 서서 몸을 돌려 그 향기가 나는 곳을 찾았다.

여자의 아름다운 그림자는 사람들 사이에서 물고기가 헤엄치는 것 같았다. 한림안찰부사 나리는 그녀의 얼굴을 볼 수는 없었지만 그녀와 엇갈려 지나친 걸 깨달았다. 공교롭게도 그녀의 얼굴을 본 사람들은 하나같이 주문에라도 걸린 것처럼 그 자리에 멈춰 섰는데 어떤 사람은 입도 다물 틈이 없이 목이 꽈배기처럼 비틀어질 때까지 그저 여인이 멀어져가는 모습에서 눈을 떼지 못하였다.

장이 서는 큰 마당은 숲을 옆에 끼고 있었는데 그녀는 숲 깊숙한 곳에 있는, 아녀자들이 그네뛰기 시합을 하는 곳으로 곧바로 걸어 들어갔다. 한림안찰부사 나리는 숲가에 서서, 한 줄기 연푸른 새벽빛이 나무와 나무 사이로 점점 더 멀어지다가 어느새 녹음 속으로 사라지는 것을 보았다.

한림안찰부사 나리는 부채를 접어 다른 한 손에 대고 탁탁 소리를 내며 두드렸다. 그가 남원부에 온 지도 벌써 두 달이 되었다. 한성부에서의 시끌벅적하던 삶은 이제 흐릿한 과거처럼 느껴졌지만 마음만은 아직 그때의 삶을 붙잡고 싶어 했는데, 청루에서 밤을 보내고 새벽에 금오랑(의금부에 속한 종5품 관리) 댁으로 돌아가는 길에 피부에 아직 남아 있는 듯한 입맞춤과 애무의 아쉬움을 음미하노라면 여전히 가슴이 쿵쿵 뛰곤 하였기 때문이다.

한림안찰부사 나리는 남원부 남자들의 나긋한 사투리 억양을 끔찍하게 싫어해서 평소에 차라리 온종일 차를 마시면서 홀로 시간을 보낼지언정 지역 유지들의 술자리 초청은 마다할 정도였다. 그러나 그는 '남원부가 미인골'이라는 말에는 이의를 제기하지 않았다.

수수하秀水河에서 길러낸 여인들의 피부는 백자처럼 고왔고 허리는 가늘었으며 말씨는 부드럽고 눈빛은 봄의 물처럼 아름다웠다. 한림안찰부사 나리는 한성부에 있을 때 여자 보는 눈이 까다롭기로 유명했지만 그런 그조차도 남원부의 여인들이 참으로 고혹적이라는 것은 인정할 수밖에 없었다. 그는 마음에 드는 여인이 나타나서 로맨스가 생길 것을 은근히 바라고 있었으나 막상 그런 기회가 눈앞에 닥치자 오히려 주저하는 마음이 들었다. 한림안찰부사 나리는 아마 은연중에 느꼈을 것이다. 숲속에 펼쳐진 청춘의 기세로 짜인 큰 그물 안으로 일단 들어가면 다시는 헤어 나올 수 없을지도 모른다는 것을.

한림안찰부사 나리는 제 몸의 피가 혈관 속에서 솟구치는 소리를 들을 수 있었다. 숲의 그늘에 이르렀을 때 황홀한 생각들이 그를 스쳐 지나갔다. 햇빛이 나뭇잎 사이로 아롱지며 그의 몸에 비칠 때 그의 걸음을 따라 많은 나무들이 움직이는 듯하였고, 그와 함께 가는 듯하였다.

여인은 은행나무 아래에 서 있었다. 그 생동하는 그림자만으로 그는 불에 달군 낙인이 가슴을 태우는 것 같은 통증을 느꼈다. 지금 이 특별한 만남이 이전의 어떤 만남과도 다른 것이라고 온몸으로 느끼게 되었다. 한림안찰부사 나리는 부채를 펴고, 천천히 부치면서 긴장을 조금 가라앉히려고 하였다. 그러나 부치면 부칠수록 결과적으로 마음속 불은 점점 더 크게 타오를 뿐이었다. 부채 위에 있는 모란꽃만이 바람 속에서 한 번 또 한 번 지치지 않고 반복해서 피어났다.

한림안찰부사 나리는 여인에게 좀 더 가까이 다가갔다. 그 여인의 몸에서는 형용하기 어렵지만 결코 다른 냄새와 헷갈릴 수 없는 향기가 나고 있었다. 그녀의 머리는 하나로 땋아 등 뒤로 드리워져서 자연스럽게 짝을 기다리는 규중의 신분임을 드러내고 있었다. 검은 머리 사이로 보이는 하얗고 부드러운 귀는 영롱한 버섯이 자라난 것 같았다.

한성부에서 온 이 젊은이는 그만 마음의 병으로 인해 너무 허약해진 나머지 자신이 얇은 옷으로 변하여 그녀의 피부에 들러붙고 싶다고 생각하는 것이었다.

그때 여인이 그를 한번 돌아보며 웃었다.

그녀의 가벼운 미소는 어떤 날카로운 물건처럼 한림안찰부사 나리의 가슴속을 콕 찔러서 온몸이 마비될 정도로 그의 마음을 아프게 하였다. 그는 넋이 나간 듯이 그 여인을 바라보았다. 한참 동안 그녀의 의도를 알지 못하다가 그녀가 손가락으로 그들 앞쪽을 명확하게 가리켜서야 바로 알아차릴 정도였다.

앞쪽에는 복숭아나무 한 그루가 있었다. 벼락을 맞아 절반은 이미 말라 죽었으나 나머지 절반은 푸른 잎이 무성했다.
그 복숭아나무의 죽은 가지 중에 가장 굵은 부분에 찻잔 주둥이만큼 굵은 뱀이 똬리를 튼 채 서려 있었는데 그 몸에는 가로세로 얽힌 줄무늬가 화려하고 다양한 색깔로 빽빽하였다.

뱀의 대가리는 똬리 위로 헌칠하게 튀어나와 있었는데, 그 목의 붉은 무늬가 꼭 두 송이 아마릴리스 같았다.

뱀은 그들과 대치하고 있었으며, 시간만이 심장 뛰는 소리와 함께 쿵, 쿵, 쿵 흘러갔다. 뱀이 눈을 전혀 움직이지 않으면서 혀를 날름거리며 내는 쉭쉭거리는 소리가 괴이한 웃음을 짓고 있는 것 같았다.

그때 무엇인가가 한림안찰부사 나리의 손을 꽉 붙들었다. 그는 그 와중에도 자신의 손이 얼음장처럼 차갑다는 것을, 그리고 제 손을 붙잡은 여인의 손이 비단처럼 매끄럽다는 것을 느낄 수 있었다.

그렇게 차 한 잔 마실 정도의 시간이 지나자 뱀은 갑자기 채색 띠처럼 풀어져 우듬지에서 한 번 돌고 나서 하늘로 날아가버렸다. 나뭇잎이 부딪히는 소리가 한바탕 나더니 다시 고요해졌다. 한림안찰부사 나리는 혼이 몸에서 빠져나가버려서 그 뒤에 자신이 어떻게 숲에서 장마당으로 돌아왔는지 전혀 기억해낼 수 없었다.

장마당에서의 춤이 다시 한림안찰부사 나리의 눈앞에 펼쳐졌는데 한 무리의 처녀 총각이 두 원을 그리며 강강술래를 추고 있었다. 남자는 바깥의 원을 이루고 여자는 안의 원을 이루고 있었다. 그 두 원이 서로 반대 방향으로 돌아가며 춤을 추었다가 멈췄다가 하였는데 멈추었을 때는 남자와 여자가 쌍쌍이 짝을 지어 어깨동무를 하고 가슴을 펴고 다리를 공중으로 차는데 그때마다 여자들의 긴 치맛자락이 부채처럼 둥글게 펼쳐졌다.

한림안찰부사 나리는 제정신이 돌아오고 나서야 여인이 흔적도 없이 사라진 것을 알게 되었다. 그는 목을 길게 빼고 저

무리 중에 여인의 모습이 혹 있는지 한참을 찾아보았지만, 결국 실망에 빠져 이마를 짚게 되었다. 그 순간 손바닥에 밴 냄새가, 그로 하여금 하마터면 펄쩍 뛰게 할 뻔하였는데 기이한 향이 들숨과 함께 폐부 깊숙이 스며들었기 때문이다.

비단구렁이 환영은 그림자처럼 한림안찰부사 나리를 따라다녔기에 그는 자신의 관사에서 밤새 잠을 이루지 못하였다. 눈만 감으면 비단구렁이가 온갖 요염한 자태로 온몸을 휘감았다. 그는 밤이면 밤마다 뜬눈으로 짙은 쪽빛의 밤하늘을 응시하였는데 별빛이 앞다투어 반짝이는 것이 꼭 모양이 선명하지 않은 꽃들이 피고 지었다가 또 피는 것 같았다. 그렇게 며칠을 보내자 그의 눈가에는 눈곱이 가득해졌다. 닦아내고 닦아내도 없어지지 않는 그 부정한 분비물은 한림안찰부사 나리를 거의 미칠 지경으로 몰고 갔다. 그리하여 한림안찰부사 나리는 집사의 안내를 받아 남원부에서 가장 유명한 약사라는 이규경을 찾아가게 되었다.

"약사님은 신선이 되겠다며 산에 들어갔습니다." 표정이 어두운 한 아낙이 그에게 말했다. 그녀는 절구에 막 익힌 찹쌀을 찧고 있었다. 찹쌀의 쌀알은 동글동글하고 투명한 흰색에 푸른 기가 살짝 도는 것이 특징이었는데 남원부 동쪽 수평이라는 마을에서 나는 특산품인 벽미碧米였다. 은길이라 불리는 이 아낙은 가득 쌓인 화를 쏟아내기라도 하는 듯 절굿공이를 쾅쾅 내리찍어댔다.

"지난달에 허연 눈썹에 흰 수염을 가진 도사가 찾아와서는 연단煉丹/鍊丹(불로불사의 묘약)이니 등선登仙이니 하는 이야기를 사흘 밤낮 늘어놓는데, 글쎄 이 약사가 거기에 정신이 쏙 빠져서는 약방도 내던지고 인사도 없이 그 마귀 같은 노인네를 따라 산으로 가버렸지 뭡니까."

한림안찰부사 나리는 바로 떠나지 않고 약방 앞의 한 뙈기 창포밭을 서성거렸다. 오랜만에 느끼는 청량감이었다. 단오절 이후 처음인 것 같았다. 그는 주변을 둘러보다가 약방 앞에 있는 망태기에 시선이 멎었다. 망태기에는 마른 쑥이 가득 들어 있었다. 그 쑥에서, 언젠가 맡아본 적 있는 그 향이 나고 있었다.

은길은 이제 완성된 떡을 칼로 작게 잘라내어 복숭아 꽃잎을 깔아둔 백자 접시에 올려놓고 있었다. 접시의 흰색과 떡의 희고 푸른 색 사이에 꽃잎의 분홍빛이 선명한 대비를 이루었다.

"여기 혼자 사시오?" 한림안찰부사 나리가 운을 떼었다.

"……약사님의 딸도요……."

"그녀는 어디에 있소?"

"그 애는 약사가 아닙니다." 은길이 동작을 잠시 멈추었다. "나리께 별 도움을 못 드릴 겁니다……."

"그녀가 어디 있는지 물었소." 한림안찰부사 나리의 말투가 무겁게 가라앉았다.

은길이 한림안찰부사 나리를 똑바로 보았다. 한림안찰부사 나리의 뒤편에서 집사가 뭐라 만류하려는 듯 손을 마구 내젓고 있었다. 은길은 한숨을 내쉬고 돌아서서 숲 사이로 난 오솔길을 가리켰다. "이쪽으로 쭉 가면 찾을 수 있을 겁니다. 하지만 별 도움이 안 될 거라고 저는 분명히 말씀드렸습니다."

한림안찰부사 나리는 복숭아 숲으로 들어갔다. 흐드러지게 핀 복사꽃이 한낮의 태양빛을 받아 빛났고 두 눈꺼풀이 타들어갈 듯이 아파왔다. 갑자기 찬물 한 대야를 머리에 쏟은 듯이 그는 복숭아 숲 끝에서 발걸음을 멈췄다.

넓은 파초잎 몇 개를 바닥에 깔았는데 그 푸르름은 마치 깊은 우물 속의 물을 떠서 바닥에 깐 듯하였다. 흰 저고리와 치마를 입고 초록색 두건을 쓴 약사의 딸은 파초잎 위에 앉아 청동으로 만든 절구통에다 약을 짓고 있었다. 그녀는 한림안찰부사 나리가 가까이 다가가자 하던 동작을 멈추었다.

한림안찰부사 나리의 가슴은 미친 듯이 뛰었고 눈앞은 훤해졌다.

"우리 단옷날 만난 적이 있지 않소?"

약사의 딸은 말없이 그를 바라보았다.

"그대를 만난 이후 나는 이렇게 눈병이 났소."

약사의 딸은 시선을 아래로 내리깔았다.

"뱀을 보고 놀라 얼어붙었을 때, 그대가 나를 구했지."

한림안찰부사 나리는 몸을 숙여 약사의 딸에게 얼굴을 가까이 하였다. 그러고는 자신의 눈을 좀 봐달라고 청하였다. "이번에는 이 병에서 좀 구해주시오."

약사의 딸이 고개를 내저었다. "저는 약사가 아닙니다."

"그대요." 한림안찰부사 나리가 미소 지으며 말했다. "그대 눈길이 닿기만 하여도 아픔이 씻은 듯이 사라지니 말이오."

"여기가 어디라고 생각하고 오신 겁니까?" 약사의 딸이 얼굴을 붉혔다. 그 계면쩍어하는 수줍음에 향내가 더 짙어셨다. 약사의 딸은 절굿공이를 절구통에 던져놓았다. "나리께서 이렇게 경박하시니 체통이 더럽혀지는 것이 두렵지 않으신가 봅니다."

약사의 딸이 몸을 일으켜서 떠날 때 그녀의 옷고름이 한림안찰부사 나리의 얼굴에 살짝 스쳤는데 그 감촉이 마치 남성을 유혹할 때 얼굴을 쓰다듬는 요염한 손길 같았다.

한림안찰부사 나리는 관저로 돌아가는 길에 다시 눈의 통증을 느꼈다. 그는 고삐를 당겨 말을 멈추고, 고개를 돌려 복숭아 숲에 가려진 약방을 돌아보았다. 약방에서 나는 그 향 때문인지, 복사꽃은 더 아름다워 보였고 노을은 전보다 더 찬란하게 빛나는 듯했다.

향사 香榭

한림안찰부사 나리가 약방에 다녀간 다음 날, 은길은 아침부터 방 밖이 소란스러워 급히 옷을 꿰어 입고 나왔다가 먼지가 자욱한 광경에 깜짝 놀랐다.

약사의 딸은 이미 한참 동안 자기 방문 앞에 서 있던 것이 분명하였다. 목수 몇십 명이 목재를 마당 가득히 쌓고 있었고, 더 많은 물건들을 끊임없이 들여오고 있었다.

"일찌감치 그런 난리가 날 줄 알았지……."

마침 장이 섰을 때라 남원부에 솜씨 있는 장인들이 많이 모여 있었고 보기 좋고 단단한 재목도 부족하지 않았다. 한림안찰부사 나리는 솜씨가 남다르다는 목수들을 모두 불렀고, 모내기가 끝나서 일이 없는 농민들도 품삯을 주겠다며 불러 모았다. 그렇게 모인 일꾼들은 반나절 만에 약방 뒤의 복숭아나무를 모두 베어버렸다.

그렇게 잘린 복숭아나무들은 은길에게 아물지 않는 상처가 되었다.

"그게 다 얼마나 오래된 나무들인데." 은길이 나에게 그 복숭아나무 이야기를 할 때면 발을 동동 구르기도 하고, 지붕을 가리키기도 하였다. "봄에 꽃이 필 때는 큰불이 난 것처럼 온 사방이 복사꽃이었지. 거기서 나는 복숭아는 모양은 못났어도 맛은 얼마나 기막혔는지 한 입 베어 물면 달고 향기로운 즙이 입안 가득히 흘러넘쳤지. 그날 내가 장에 나가기 전만 해도 그 나무들은 노래라도 부르듯 제 잎을 사락거리면서 그 자리에 가만히 서 있었는데, 글쎄 장을 보고 집에 돌아오니 모두 바닥에 쓰러져 있지 뭐냐. 나뭇가지에는 아직 어린 복숭아가 그대로 달려 있었는데……. 그런 짓을 했으니 동티가 나고 말지."

그 말을 하는 은길의 눈에는 눈물이 고여 있었다. 나는 수건을 은길에게 건넸다.

"그걸 보고 나는 마차에 앉아 이 일을 지시하고 있던 그 양반한테 득달같이 가서 따졌지. '얌전하게 서 있는 나무들이 무슨 죄를 지었다고 다 이렇게 죽어라 베었습니까?' 그랬더니 글쎄 그 양반은 내 말을 귓가에 스치는 바람인 것처럼 여기고 부채만 살살 부치면서 앉아 있지 무어냐. 내가 말했지. '나무의 신령님들이 이 꼴을 보고도 가만히 계실 것 같습니까? 두고 봅시다.' 하구."

"맞아요." 나는 바닥을 툭툭 치며 말했다 "이 나무뿌리들은 아직 밑에서 살아 숨 쉬고 있어요."

"춘향아." 은길이 울다가 웃으며 말했다. "너는 네 외할아버지를 닮아 타고난 신선 같구나. 대부분 사람들이 보지 못하는 것도 보고."

한림안찰부사 나리는 복숭아 숲을 다 베어버리는 것으로 모자라 다섯 칸짜리 초가집으로 된 약방도 허물고 싶어 하였다. 그것도 그냥 허무는 게 아니라, 불로 싹 태워서 없애버리려고 했는데 흙으로 만든 집을 그냥 헐면 온 천지에 먼지가 난다는 이유에서였다.

"그 말을 듣고 난 정말 미쳐버리는 줄 알았단다. 그 목수들은 자기 일이 아니랍시고, 조상의 은덕으로 궁궐 같은 집에 살게 되었다는 말을 덕담처럼 하지 무어냐. 내가 참다못해 부엌칼을 뽑아 들고 마구 휘두르니 그놈들이 나를 피해 다니더라."

"그때 나리가 나한테 '헌것이 없어져야 새것이 생긴다.' 하는데 내가 대꾸했지. '당신이 새로 짓는 집을 누가 바랐답니까? 설령 이것이 진흙 덩어리라 하더라도 당신들 누가 감히 건드리는지 두고 보겠습니다.'"

"그랬더니 나리는 기분이 상해서 얼굴을 잔뜩 찡그리고는, '산에 들어간 약사에게 이 몇 칸의 낡은 방이 무슨 소용이겠느냐.' 하기에 내가 말하기를 '눈이 머리 위에 달린 당신은 설마 새가 둥지에서 날아간 뒤에 돌아오는 것을 한 번도 본 적이 없습니까?' 라고 하였지."

"한림안찰부사 나리는 벼슬아치들이 제 권세를 과시할 때 그러듯이 어깨를 뻣뻣이 하고는, '그러는 너는 약사의 무엇이라도 되느냐?'라고 하더라구. 나도 그분을 조금도 두려워하지 않았기에 말했지. '나도 나리와 같이 명분도 없이 이 집에 들어온 불청객일 뿐이라고.'"

"그렇게 우리 둘은 얼굴이 붉어질 때까지 언성을 높였는데, 그분의 화난 모양을 보니 당장이라도 나를 옥에라도 가둘 기세더구나. 나중에 네 어미가 나와서야 그분이 봐주는 거 같더라."

약방과 약방 앞에 있는 창포밭은 온전히 보전되어 저택의 用(용) 자 모양의 중간 부분이 되었다. 여기를 중심으로 사방을 높은 청색 기와집이 둘러쌌고 새집과 헌 집은 회랑 마루로 이어졌다. 회랑 마루는 모든 방으로 연결되었는데 허리 높이 정도였다.

향사가 지어진 후 한림안찰부사 나리는 그의 세간 일부를 옮겨놓았고, 종 넷이 그의 생활과 식사를 돌보았다. 새 저택에 있는 날이면 그는 매일 회랑 마루 위에 앉아 책을 읽거나 아니면 양반다리를 하고 앉아 정원의 무궁화꽃이 피고 지는 것을 보았다.

약사의 딸은 더 이상 지난날의 삶을 누릴 수 없었다. 약방은 새로 지어진 저택에 둘러싸였고, 그녀는 늘 한 쌍의 눈에 쫓겨 다녔다. 그 시선은 마치 투명한 밧줄처럼 그녀를 휘감았고 날이 갈수록 몸을 졸라 숨이 차오르게 하였다.

“아이고야 이걸 어찌한담.” 은길이 말했다. “남원부의 모든 사람들이 입만 열면 먹고 마시는 일 외에는 너희 이야기를 하는구나.”

약사의 딸이 웃으니, “처녀의 집안에서 소문은 아주 큰일이야.” 은길이 약사의 딸을 흘겨보며 말했다.

“울어도 시원찮을 판에 너는 웃는 게냐?”

“그러지 않으면 어쩌게요.” 약사의 딸이 한숨을 내쉬었다.

“그분은 가정이 있는 분입니다.”

은길도 한숨을 푹 내쉬었다. “듣기로는 무슨 높으신 양반 댁 사위라던데…….”

어느 날 밤 약사의 딸은 회랑 마루를 지나 습하고 차가운 밤안개 속에서 맞은편 방으로 건너갔다.

한림안찰부사 나리는 미닫이문을 열고 앉아서 부채를 가볍게 부치고 있었다. 그의 입가에는 웃음기가 묻어 있었다.

“나리께 말씀드릴 것이 있어 왔습니다. 저는 당신이 참으로 증오스럽습니다.” 그의 미소는, 약사의 딸에게는 송곳으로 찌르는 것 같은 통증이었다. “당신은 당신의 권세로, 그리고 이 저택으로 저를 모욕하였습니다.”

“정교한 함이어야 성대한 보물을 쌀 수 있는 법이오.” 한림안찰부사 나리가 느릿하게 말을 뱉었다. “만일 누군가 나를 위해 이런 집을 지어준다면 나는 매우 존귀해졌다고 느낄 것 같소만.”

"당신이 베푼 일은 더러운 물 한 동이를 제 몸에 붓는 짓입니다."

"설령 그대 말이 옳다고 하더라도 이는 그대가 자초한 일이오." 한림안찰부사 나리가 말했다. "그대가 먼저 나를, 낮에는 무얼 먹어도 맛을 모르고 밤에는 자리에 누워도 잠들 수 없게 하였기 때문이오."

볕이 뜨거운 어느 가을날이었다. 햇볕 속에는 금가루가 있는 것 같았고, 달빛이 닿는 곳은 모두 번쩍이는 은 덩어리를 펼친 듯하였다. 한림안찰부사 나리와 약사 딸의 사랑 이야기가 판소리 광대의 가락과 세책가 서생이 쓴 재미있는 이야기를 통해 단풍잎보다 더 붉은색으로 피어났다.

늦가을, 해가 떨어질 무렵 한림안찰부사 나리는 한성부에서 온 전령에게서 금오랑 어른의 관인이 찍힌 사적인 편지를 받았다.

금오랑 어른은 편지에서 사위가 즐기는 풍류에 관해서는 한마디도 언급하지 않고 다만 두 가지 선택지를 제시하였다. 하나는 스스로 당장 한성부로 돌아와 분수를 지키며 계속해서 금오랑 어른 댁의 사위로 사는 것이고, 다른 하나는 만일 그가 이 밝은 미래를 거부한다면 며칠 후 찾아올 사헌부의 죄수 호송 수레를 타고 한성부로 압송된다는 것이었다. 금오랑 어른이 편지에 별첨한 추신에는 한림안찰부사 나리가 남원부 재직 기간에 향사를 짓기 위해 유용한 각종 항목과 비용이 자세히 적혀 있었다.

약사의 딸은 편지를 다 읽고는 앙가슴을 부여잡고 한참 동안 아무 말도 하지 못하였다. "당신은 정말 공금을 유용하셨군요……."

한림안찰부사 나리는 빛을 등지고 앉아 있었고 모든 햇빛이 그의 등을 비추고 있었기에 그의 잘 다린 관복의 주름에는 짙은 음영이 드리웠다. 얼굴의 절반은 어둠에 잠겨 있었고 나머지 절반은 빛을 받아 금빛으로 빛나고 있었다.

"내가 어디를 가든, 무엇을 하든……." 그는 편안한 표정으로 한 손으로는 약사 딸의 치마를 들추는 장난질을 하며 말했다. "금오랑 어른의 눈에서 벗어날 수는 없소."

"당장 향사를 팔아서라도 공금을 다 돌려놓으세요." 약사의 딸은 두 손으로 사랑하는 이의 얼굴을 감쌌다. 고인 눈물 너머로 보이는 한림안찰부사 나리의 얼굴은 빛 때문에 점점 희미해지고 윤곽이 점점 흩어져 결국에는 이목구비를 분간할 수 없게 되었다. "우리의 사랑에 비하면 재물 같은 건 정말로 보잘것없는 것입니다."

한림안찰부사 나리는 손가락으로 약사 딸의 얼굴을 가만히 쓸어내렸다. "그대는 천상 가장 좋은 집에서 살아야 하고, 가장 아름다운 옷을 입어야 하며, 가장 좋은 음식만을 먹어야 하오."

"그런 말씀 마세요." 약사의 딸은 두 손으로 그의 손을 지그시 누르면서 목이 멘 소리로 말했다. "향사를 즉시 팝시다, 우리."

"이 향사는 나무나 돌로 지어진 것이 아니오." 한림안찰부사 나리는 고개를 들어 서까래를 바라보면서 낮지만 단호한 목소리로 말했다. "이 집은 우리의 사랑으로 지어진 것이라오. 그대 생각에는 우리의 사랑을 얼마에 팔 수 있다고 할 수 있겠소?"

"제발 말도 안 되는 말씀 하지 마세요. 집은 집일 뿐입니다. 나중에 새로운 집을 지을 수도 있고요. 그러나 지금 상황은……."

"향사 이외에 우리가 갈 곳은 없소." 한림안찰부사 나리가 손을 빼면서 말했다. "그대는 정말로 금오랑 어른이 원하는 것이 공금이라고 생각하오?"

"……그러면 제가 나리를 따라가겠습니다." 약사의 딸은 잠시 침묵하다가 곧 떨리는 목소리로 이어 말했다. "제가 기꺼이 첩으로……."

"한번은, 내 아내의 몸종이 포도 한 송이를 훔쳐 먹은 적이 있었소. 그 몸종은 이가 다 부러져 빠질 때까지 치도곤을 당했지." 한림안찰부사 나리가 일어서며 말했다. "그런데 그대는 그 여자의 남자를 훔쳤으니, 그 여자의 손아귀에 잡히면 어떤 종말일지 생각해보시오."

한림안찰부사 나리는 옷을 떨치고 밖으로 나갔다.

약사의 딸은 열어놓은 들창 너머로 시선을 옮겼다. 향사의 문 앞에는 호화로운 장식을 두른 검은 마차가 멈춰 서 있었다. 한성부에서 온 마차였다. 금오랑 어른의 편지에 따르면, 그 마차는 한림안찰부사 나리를 사흘간 기다릴 것이었다.

한림안찰부사 나리는 마차에 다가가서 말에게 여물을 먹이는 마부에게 몇 마디 말을 건네고 또한 말도 쓰다듬었다.

한림안찰부사 나리가 한성부로 올라가기 전날 밤, 약사의 딸은 계속 눈물을 흘렸고, 그녀의 얼굴에 비친 달빛도 마치 조용히 흐르는 강물이 된 듯하였다. 그녀는 정인의 곁에서 무릎을 꿇고 낮은 소리로 애걸하기를 "제발, 저를 버리지 마세요. 제가 애를 가진 것 같습니다……."

"내가 얼마나 더 해명해야 비로소 멈출 것이오?" 한림안찰부사 나리는 몸을 일으켜 앉아 가까이서 약사의 딸을 보다가 그녀가 어떻게 해도 풀리지 않을 것 같은 짙은 비애가 드리운 얼굴을 보고 손을 들어 위로하려고 하기도 전에 뒤로 드러누워버렸다.

"금오랑 어른이 나를 끌고 가려고 한다면 내가 어찌한들 막을 수가 없는 일이오."

다음 날 이른 아침에 마차는 한림안찰부사 나리를 싣고 떠났다.

약사의 딸은 향사의 문 앞에 서서 눈으로나마 정인을 배웅하였다.

한림안찰부사 나리는 마차에 오른 후 휘장을 걷고, 단지 미소로 이별을 고하였다. 그의 미소는 기괴했는데 그녀가 예전에 제례의식에서 누군가가 쓰고 있던 봉산탈에서 보았던 미소와 비슷하였다.

남원부의 경계에 있는 숲에서 한림안찰부사 나리는 소변을 보러 숲으로 들어갔다. 숲속은 고요했고 시원한 바람이 불고 있었다. 단풍나무 가지 사이에서 하얀 거미를 발견하였는데 몸이 엄지손톱만 한 그 거미는 차분하게 흰색 거미줄을 치고 있었다.

한림안찰부사 나리는 볼일을 마치고 옷매무새를 정돈하는 내내 시선을 그 거미에게서 떼지 못하고 있었다. 그는 거미가 마지막 줄 몇 가닥을 쳐서 거미집을 완성하는 것을 유심히 들여다보았다. 햇볕이 단풍잎 사이로 떨어져 그의 몸에 숨어 있던 예지의 눈을 뜨게 하였다. 그는 마치 자신이 하늘에서 내려다보고 있는 듯한 환영을 보았는데, 향사가 마차로 변하더니 약사의 딸을 태우고 휘황찬란한 세계로 떠났고, 한성부 금오랑 댁 역시 마차로 변해 또 다른 빛이 있는 먼 곳으로 가버렸다. 그를 두렵게 만든 것은 두 마차에 모두 자신의 자리가 없다는 것이었다.

그 순간 땅바닥 밑에서 뒤틀린 나무뿌리 같은 것이 힘차게 솟아올라 와 한림안찰부사 나리의 두 발을 휘감아 잡았다. 정오 무렵이었음에도 그의 주변은 갑자기 밤처럼 어두워졌다. 거미줄은 어둠 속에서 은빛으로 반짝거렸는데 거미가 벗어놓은 매우 화려하고 아름다운 겉옷 같았다. 사악, 사악 하는 규칙적인 소리가 멀리서부터 가까워졌다. 단옷날 보았던 그 비단뱀이 다시 나타난 것이다. 혀를 날름거리는 뱀의 머리가 갓 지은 거미집을 뚫고 튀어나와, 혀를 날름거리며 괴기한 웃음으로 그의 목을 향해 날아와서 물었다.

이틀 후 한림안찰부사 나리가 탄 검은 마차가 한성부 금오랑 댁에 멈춰 섰다. 그의 부인은 저택의 여러 마당을 종종걸음으로 지나친 뒤 문밖으로 뛰쳐나와서 마차 주변에 있던 하인들이 알아채기도 전에 마차의 휘장을 열어젖혔다.

마차 안에는 흰 천이 탄 사람을 덮고 있었는데 한림안찰부사의 부인은 천을 걷어 자신의 남편이 합죽선을 들고 자리에 앉아 있는 모습을 보았다. 피부는 시커멓고, 굳은 표정에는 괴이한 미소를 띠고 있었다. 뱀에게 물린 목 부분에 있는 처연한 붉은 자국은 아마릴리스 같았다.

한림안찰부사의 부인은 두루마기의 넓은 소매에서 비수를 꺼내 하인들이 소리치며 끌어내기 전까지 남편의 가슴을 계속 찔렀다.

이 비수는 부인이 처녀였을 때부터 정절을 지키기 위해 지니고 있었던 것이다.

"부인은 무슨 까닭으로 칼을 들고 다니시오?" 그녀의 남편이 일찍이 비웃은 적이 있었다. "부인이 입을 열면 그 혀가 칼보다 날카로운데."

춘향

나는 단오절에 태어났다. 오월 초닷샛날은 일 년 중 가장 시끌벅적하고 이야기도 많으며 행사도 가장 많은 날이다. 남원부에서는 가장 큰 장이 서는 날이기도 하였다.

약사의 딸은 새벽부터 시작된 진통이 점점 심해지는 것을 참았는데 어두웠던 창호지가 어슴푸레하게 밝아지고 있었다. 날이 밝고 나서야 그녀는 또 한 차례의 진통이 오기 전에 침상에서 일어나 배를 받쳐 들고 나왔다.

약방 입구에는 약사가 입산하기 전에 심어놓은 창포밭에서 주발만 한 큰 꽃이 피어 있었다. 창포잎의 모습은 완연히 하늘을 향해 치켜든 녹색 검처럼 날카롭기 그지없었고 붉은 꽃은 빨갛기 그지없어 피의 색깔과 비슷하였다.

"어젯밤에 이렇게 피었지 뭐냐." 은길이 약사의 딸에게 기분 좋게 말했다.

그녀는 부엌에서 소반을 꺼내서 먼저 흰 탁자보로 소반을 꼼꼼히 덮고 흰 탁자보 위에 붉은 사각 탁자보를 겹쳐 깔았다.

향로를 올리고 마른 것과 신선한 과일을 색깔에 맞춰서 가지런히 올려놓았다.

"심은 지 삼 년인데 꽃을 보는 건 처음이구나." 은길이 말했다. "이것은 분명히 한림안찰부사 나리의 혼이 저승에서 너와 배 배 속의 아이를 걱정해서 꽃을 빌려 보러 오신 모양이다."

약사의 딸은 멀리 장터 쪽을 넘겨보았다. 바람결에 노랫가락이 들리는 듯하였다. 지난날이 마치 어제 일처럼 선명했다. 그러나 그녀는 이제 일 년 전의 기쁨과 웃음소리가 넘쳐나는 세상으로 돌아갈 수 없다는 것을 잘 알고 있었다. 왜냐하면 자신이 지난 일 년간 매일 힘들게 거쳐온 고난의 고갯길을 되돌아 넘어간다는 건 상상도 할 수 없었기 때문이다.

그녀는 배가 뒤틀리며 아프기 시작했는데 마치 한이 맺힌 통증과 비슷했다.

"성묘를 못하니 집에서라도 제사를 지내야지." 은길은 제사상을 모두 차린 뒤에 붉은 천의 중앙에 한림안찰부사 나리의 위패를 단정하게 올려놓고는 가는 향 세 개를 들고 약사의 딸을 불렀다. "이리로 와서 나리께 몇 마디 올려라. 시간이 어찌나 빠른지, 여덟 필의 말이 끄는 마차보다 빨리 지나가는구나. 작년의 햅쌀을 입에 대기도 전에 묵은쌀이 되었네. 불쌍한 사람. 제 핏줄이 세상에 나오는 것도 보지 못하고 갔네그려."

약사의 딸은 옷이 땀으로 흠뻑 젖어 있었다. 은길의 부축을 받으며 제사상 앞에 온 약사의 딸은 느닷없이 위패를 집어 들어 창포꽃 밭에 던져버렸다.

"무슨 짓이야……." 은길이 소리를 질렀다.

"우리가 바로 그분의 무덤 속에서 살고 있는데 무슨 제사예요?"

"죽은 사람인데, 뭐하는 짓이야……." 은길은 화가 나서 따귀라도 때리고 싶었다. "지독한 것. 옥수수를 가는 맷돌도 네 배알보다는 부드럽겠구나."

"……잊지 마세요, 그분이 먼저 우리를 버리고 나서 죽은 거란 말입니다."

"네가 그런 식으로 말하면 뱀에 물려 죽은 그분이 땅속에서도 편치 못할 거야."

"……애가 나올 것 같아요……." 약사의 딸이 신음 소리를 냈다.

"그 불쌍한 사람한테 그러면 안 되지." 은길은 한림안찰부사 나리의 위패를 찾으러 꽃밭에 갔다. "나리는 내가 살면서 본 사람 중에 가장 다정한 분이셨어. 그런 면은 입산하여 신선이 된 약사님과도 비교할 수 없어."

"은……길……!"

"독사의 그 독이 한림안찰부사 나리의 목숨을 빼앗을 정도라지만 네 입에서 나온 말은 그 두 배나 독하구나." 은길은 위패를 들고 돌아와서야 약사 딸의 치마가 피로 흠뻑 젖은 것을 발견하였다. 그녀는 위패도 던져버리고 급하게 뛰어와서는 치마를 들춰보고는 놀라 소리 질렀다. “애기 머리가 이미 나왔네. 우리가 방금 했던 말도 다 들었겠다.”

“네 엄마는 널 떼어버리려고 했어.” 은길이 나에게 말했다. 향 부인 앞에서도 그런 말을 서슴없이 하였다. 이런 이야기가 나오는 때는 보통 섣달그믐, 한 해의 마지막 날 밤이었다. 새해를 맞이하기 위해 밤을 지새우며 우리는 기억을 뒤져 지난 이야기를 하고 또 하였다. 오직 이날에만 향 부인이 한때 약사의 딸이었고, 나의 어머니이며, 은길의 가장 가까운 사람이라는 것이 실감나곤 하였다.

약사의 딸은 배 속의 나를 떼어내려고 하루 종일 그네를 뛰었다. 거의 하늘로 날아갈 정도로 높이 올라갔다. 은길은 늙은 몸의 기력을 다해서야 겨우 그 미친 짓을 말릴 수 있었다. 그다음에는 굶어 죽으려고 꼬박 사흘간 문을 걸어 잠그고 버텼다. 보다 못한 은길이 도끼로 문짝을 부수고 나서야 약사의 딸을 햇볕 아래로 끌어낼 수 있었다.

“네 어미 탓만도 할 수는 없어. 한림안찰부사 나리의 혼이 네 어미한테 달라붙은 게지.” 은길이 말했다. “살아 있을 때도 그렇게 난리니 죽어선들 가만히 있겠어?”

“사실 한림안찰부사 나리가 난리 친 것도 아니지.” 은길이 근엄한 표정으로 말했다. “우리가 보지도 못하고 만지지도 못한다고 해도 분명 존재하는 것들이 있어. 그런 것들이 처음에는 도사를 끌고 와서 약사를 홀려 산에 들어가게 하고, 그다음으로는 한림안찰부사 나리를 데리고 왔지. 그리고 그 복숭아나무들이 있잖아, 그 일꾼들이 무슨 담력으로 그 나무들을 다 베었겠어. 복숭아나무들을 베면 동티가 나는 것을 다들 아는데…….”

은길은 무당을 불러 굿판을 벌였다. 안찰부사 나리가 떠나고, 약사의 딸이 실신하여 인사불성이 된 지 며칠이 지났을 때였다. 어느 날 오후 그녀는 갑자기 한림안찰부사 나리가 자신을 부르는 소리를 들었다. 분명히 그분의 목소리였다. 잘못 들은 것일 리 없었다. 큰 소리로, 서둘러 부르는 목소리에는 기쁜 기색이 섞여 있었다. 그녀는 며칠 전 전해온 나쁜 소식이 틀림없이 잘못된 것이구나, 하는 생각이 들었다. 그러자 순식간에 온몸에 기운이 돌게 되어 일어나서 벽을 짚고서 방문까지 갔으며, 미닫이문을 열고 회랑 마루로 가서 섰다.

햇빛이 마치 수많은 바늘처럼 약사 딸의 눈을 찌르는 것 같았다. 그녀는 두 눈을 질끈 감았다. 붉은 닭 피 한 대야가 머리 위로 뿌려졌다. 다시 눈을 뜨자 여자아이가 두 손으로 향로를 받들고 서 있었다. 향로에서는 푸른 연기가 피어오르고 있었다. 용뇌향龍腦香이 타는 냄새가 온 사방에 그득했다.

큰 북 앞에 선 한 사내는 두 팔을 휘둘러 둥둥둥 북을 치고 있었다.

그리고 한 여인이 얼굴에는 연지를 찍고 높이 묶은 머리 위에는 나무로 된 관모를 썼는데 관모에는 동방울이 수십 개나 달려 있었다. 옷은 색동옷이었고 허리에는 붉은 띠를 맸으며 손에는 일곱 색깔의 채찍을 들고 춤을 추면서 약사 딸의 주위를 돌며 그 채찍을 내려쳤다. 채찍이 공기를 찢어 가르는 소리가 사람들에게 오싹한 기분이 들게 했다.

무당의 소매는 일반 소매보다 몇 배나 길어 팔을 허공에 휘두를 때마다 바람이 일었다. 무당이 북소리를 따라 이리저리 뛰자 마당에는 그녀의 긴 소매가 휘날렸다. 마지막으로 무당이 약사의 딸을 손으로 가리키고 채찍으로 바닥을 치면서 노래를 불렀다.

> 누른 얼굴 금빛 얼굴 바로 그 사람이
> 방울채찍 손에 잡고 귀신을 부리는구나
> 장구 소리 등등 울리고 바람 소리가 우레 같으니
> 원래의 정기가 돌아오게 봄 춤을 추어라

이야기가 이 대목에 이를 때마다, 나는 은길에게 팔에 긴 띠를 묶고 무당이 춘 춤을 보여달라고 졸랐다. 붉은 비단을 닭 피 삼아 향 부인에게 던져보자고 부추기기도 하였다.

"치워라." 향 부인이 웃으며 말했다. "그 대야의 닭 피들은 지금도 생각만 해도 구역질 난다."

"그래도 그것이 네 모녀의 목숨을 구한 거야." 은길이 말했다.

"우리를 살린 건 은길 어르신이지." 향 부인이 말했다. 은길은 깔깔깔 웃기 시작하였다.

"은길의 뒤로 빨리 가보아라." 향 부인이 나를 툭 치며 말했다. "달걀을 낳았을지도 모르니."

매년 단옷날, 화원의 창포밭에는 꽃이 흐드러지게 피었다. 내가 태어난 이후에 은길은, 한림안찰부사 나리가 꽃을 빌려 혼으로 돌아온 것이라는 말을 바꿔서 활짝 핀 창포꽃이 내가 곧 세상에 온다는 징조라고 풀이하였다.

"약사님은 오로지 구절창포를 기르려고 하셨어. 그걸 먹으면 신선이 될 거라고 말씀하셨지." 단옷날마다 은길은 창포 꽃대를 끓여 만든 옥빛 창포물에 나를 씻겼다. 그리고 매번 씻길 때마다 늘 같은 말을 중얼거렸다. "창포들이 요 춘향 아씨를 위해 필 줄을 누가 알았겠어!"

은길이 그렇게 혼잣말을 하는 동안 나는 혼자서 물장난을 쳤다. 어떤 때는 내가 온몸을 물속에 넣어 잠수를 했는데 은길이 곧바로 내 머리를 물 밖으로 끄집어내면서, "이 말 안 듣는 물고기 같으니라고! 너 그러다가 빠져 죽는다!"라고 하였다.

나는 그러고 놀다가 몇 번 목욕물을 먹었는데, 물에선 부드러운 쓴맛이 났다. 그래도 쓰기만 할 뿐이었다. 창포꽃은 입에다 넣고 천천히 씹으면 쓴맛은 곧 혀끝에서 사라지고 독특한 맑은 향이 입안 가득히 퍼진다. 그럴 때마다 꼭 입안에 노래를 가득 머금고 있는 것 같았다.

향 부인은 나를 낳고 나서 젖이 돌지 않았기에 은길이 젖어미를 찾아야 하였다. 그러나 나는 거무튀튀한 젖꼭지 앞에서는 절대 입을 벌리지 않았다. 향 부인과 은길은 대여섯 명의 다른 젖어미를 찾아보았지만 결국 나를 젖으로 기르는 것을 포기할 수밖에 없었다. 나는 두 살이 되기 전까지는 꽃가루가 섞인 꿀만 먹었다. 갓난애에게 꿀을 먹였다간 탈이 나서 죽기도 한다는데, 나는 비쩍 마른 것 말고는 기침 한 번 하지 않았다. 한동안 은길은 버릇처럼 손가락을 내 입속에 넣어 내 잇몸을 더듬었다. 그러다 부드러운 살 속에서 두 개의 유치를 만졌을 때, 은길은 비로소 마음이 놓였다고 하였다.

이가 난 후, 나는 낮 동안은 꽃밭에서 꽃잎이나 이파리를 뜯어 먹으며 지냈다. 나는 부엌에서 온 것들과는 영 서먹하였다. 밥때가 되어서 내 앞에 음식이 놓이면 나는 먼저 숨길 만한 큰 나뭇잎으로 싸서 꽃밭에 파묻어버리곤 하였다. 그렇게 밥과 반찬을 묻은 자리에는 나중에 꽃과 풀들이 아주 무성해졌다.

어느 날은 은길이 기어코 인동덩굴 밑에서 내가 막 묻은 밥과 반찬을 찾아냈다. "이렇게 먹을 걸 함부로 하면 천벌 받는다!" 은길은 손 앞의 덩굴 가지를 꺾어 들고는 그걸로 나를 때리려고 하였다. 나는 향 부인이 있는 곳으로 도망쳤다. 향 부인이 있는 곳을 정확히 알 수는 없었지만, 나는 그녀의 방 안에서 나오는 가야금 소리를 들을 수 있었기 때문이다.

내가 향 부인의 방 안으로 뛰어 들어가자마자 매우 키가 큰 사람에게 안기게 되었다. 그는 미닫이문에 서서 내가 뛰어오는 것을 보고 있었던 것이다.

그 사람은 키가 크고 어깨도 넓어 덩치가 집채만 했으며 몸에서는 독특한 향이 났다. 향사의 다른 사람에게서는 맡아본 적 없는 냄새였다. 나는 손을 뻗어 그 사람의 아래턱을 만지며 물었다. "왜 얼굴에 풀이 났어요?"

가야금을 뜯던 향 부인과 문 앞까지 쫓아온 은길이 웃음을 터뜨렸다.

"이 깜찍한 것." 그 사람은 웃으며 나를 번쩍 들어 어깨 위에 앉혔다. 그렇게 높은 곳에 있으니 꼭 나뭇가지 위에 앉은 새가 된 것 같았다. 그래서 나는 짹짹거리며 새 울음소리를 흉내 냈다.

"실례했습니다." 향 부인이 웃으며 말했다. "그 아이를 내려주셔요."

그 사람은 나를 붙들고 한 바퀴 빙글 돈 후에야 나를 내려놓았다.

"어찌 아이를 이리 비쩍 마르게 두었나?" 그는 나를 옷 위로 만져보며 은길에게 말했다. "한마디로 피골이 상접했구나."

"이 아이는 입으로 먹어야 할 밥을 잎으로 싸버린답니다." 은길이 대답했다. "그걸 아주 밭에다가 묻어버리지요."

"정말 그러니?" 남자가 나를 보고 눈썹을 치켜올렸다. 그 눈썹은 굵고 진한 것이 향 부인, 은길, 그리고 향사에서 일하는 다른 사람들 중 그 누구와도 비슷하지 않았다.

"사람은 밥을 먹지 않으면 죽고 만단다. 춘향아, 너는 죽는다는 게 무엇인지 아느냐?"

"물론이지요." 내가 대답했다. "새가 더 이상 울지 않고, 나비가 땅에 떨어져 다시 날아오르지 못하고, 꽃잎을 입안에 넣고 씹어도 어떤 향도 맛도 느낄 수 없는 것이 바로 죽음이에요."

향 부인

예닐곱 살쯤 되었을 때부터 나는 향 부인이 맞이하는 손님을 주의 깊게 살펴보기 시작하였다. 손님들은 대체로 몸이 컸고 어깨가 널뛰기판과 같이 넓었으며 우레 같은 소리로 웃었고 큰 소리로 말을 하였다. 그들이 옷을 입는 것도 우리와 달랐는데 치마는 가운데를 텄을 뿐 아니라 허벅지 안쪽으로 꿰매어 붙였고 머리 위에는 꼭 검은 갓을 쓰고 있었다.

한 번은 그 검은 갓을 가져다가 꽃밭에서 꽃잎을 담는 데 썼는데, 내가 그걸 갖고 왔을 때 은길은 손님에게 사과하였다.

"정말 죄송합니다. 춘향 아씨가 당신의 모자를 꽃바구니인 줄 알았나 봅니다."

또 한 번은 다른 검은 갓을 나무 위에 올려놓은 적도 있었다. 은길은 한 달이나 지나고 나서야 그 갓을 찾아냈는데 나무에서 내릴 때 그 속에서 새 두 마리가 지저귀며 날아갔으며, 안에는 마른 풀잎과 새알 여섯 개가 놓여 있었다.

"이런 갓을 살 돈으로 쌀을 산다면 일반 가족이 일 년도 족히 먹을 텐데, 이제는 오히려 새집이 되었구나."

은길은 기가 차서 웃으며 나를 때리려고 손을 쳐들었으나 나는 은길의 손길에서 도망쳤다.

어느 날은 한밤중에 자다가 깼는데 옆에 은길이 없었다. 나는 두루마기를 걸치고 나가서 회랑 마루를 따라 앞마당까지 걸어갔다. 향 부인의 침실 창호지로 누르스름한 빛이 새어 나와 따듯하게 느껴졌다. 질긴 태지苔紙를 더했기에 향 부인 방에서 나는 소리는 전에 숲속에서 작은 샘구멍을 파던 일을 떠오르게 하였다. 샘구멍에서 솟아오른 물은 땅 위에 드러난 나무뿌리에 막혀 괴여서는 끊임없이 물결이 일며 작은 소리가 났는데 장마가 지난 뒤 나무뿌리에 있던 샘구멍은 사라져버렸다.

나는 향 부인 침실의 미닫이문을 열어젖혔다. 바로 낮에 돌쩌귀에다 기름칠을 했기 때문에 아무 소리도 없이 문이 열렸다. 방에는 술잔 주둥이만큼 굵은 초가 큰 두 송이 꽃처럼 어둠을 밝히고 있었다. 방 안 가득 깔린 요 위에, 향 부인이 다른 사람과 엉겨 붙어 있었는데 몸의 어떤 부분이 연결되어 있어 떨어지려 해도 떨어질 수 없는 듯했다. 향 부인은 허리를 흔들면서 가벼운 소리를 내고 있었고 그 위에 엎드린 사람은 힘들었는지 숨소리가 고르지 않았다.

그들이 나를 보기 전에 내가 소리 내어 물었다. "둘이서 뭐 하고 있어요?" 그들은 나를 향해 머리를 돌렸고, 향 부인의 입에서는 새된 비명 소리가 나왔다. 향 부인을 껴안고 있던 그 사람도 입을 크게 벌려서 그 입이 내 주먹이 들어갈 정도로 벌어졌으나 아무 소리도 내지는 않았다.

우리는 서로 마주 보고 있었는데 그들의 표정이 참으로 웃겼다.

"은길, 은길……." 나는 부엌으로 뛰어갔다. 은길과 함께 바쁘게 술을 데우고 안주를 만들던 다른 여인들이 모두 나를 돌아보았다. 나는 두 주먹을 꽉 쥐어 허벅지 위에 놓으며 말했다. "저 사람은 왜 허벅지 위에 이런 것을 달고 있어요? 그리고 그거 아래에는 풀 같은 것도 자랐던데요?"

부엌이 삽시간에 조용해졌다. 솥에서 물이 부글부글 끓는 소리만 들렸다. 여인들은 모두 독약이라도 먹은 것처럼 얼굴을 일그러뜨리고 배를 움켜잡으며 바닥에 주저앉았다. 주저앉으면서 치마를 잡은 여인들은 얼굴이 완전히 덮이도록 치마를 뒤집어쓰고 그 속에서 웃음을 터뜨렸는데 그것이 꼭 우는 소리처럼 들렸다.

내가 잘못을 저지르면 향 부인은 나를 이전의 약방에 가두었다. 이번에도 그랬다. 그 건물에는 사람이 살지 않아서 안에서 소리를 질러도 벽에 부딪혀 밖으로 나가지 않고 메아리만 울렸다.

사실 나는 이 집을 무척 좋아하여 낮에는 많은 시간을 여기서 보내는 편이었다. 외할아버지가 떠나며 남겨놓은 것들이 모두 그대로 남아 있었다. 마치 외할아버지가 오래전에 입산하신 게 아니라 단지 날이 좋아서 잠시 산책을 나간 것처럼 느껴졌다.

은길도 이 몇 칸짜리 집을 좋아하여 여전히 예전에 살던 방에서 살았다. 언제 한번은 내가 약재 창고로 쓰는 방에서 큰 나무 상자를 찾아내서 그 안에 있던 부채를 갖고 논 적이 있었다. 은길은 그걸 보자마자 그 부채를 뺏어 들고는 내 엉덩이를 몇 대 때렸다.

"다시는 이 물건들을 함부로 뒤지면 안 된다!"

그 물건들은 한림안찰부사 나리의 것이었다. 향 부인이 태우라고 했지만 은길이 몰래 숨겨놓았던 것이다. 은길은 내가 그 비밀을 멋대로 찾아내서 약간 화가 난 것 같았지만 그 상자 안에 있는 물건에 대해 이야기할 때는 어쩐지 들어주는 이가 있어 기쁜 것 같아 보이기도 하였다.

상자 안에는 옷, 모자, 신발, 버선 등 옷가지가 몇 점, 책이 몇 권, 족제비 털로 만든 붓이 몇 자루, 좋은 한지 몇 꾸러미와 수묵화가 그려진 색지 한 꾸러미, 다구와 식기, 향로, 이부자리가 얇은 것 하나 두꺼운 것 하나, 그리고 베개 두 개가 있었다. 원래 거북을 조각한 검은 옥 문진과 용과 봉황을 조각한 상아 젓가락도 있었지만 내가 태어나고 얼마 되지 않아 먹을 쌀도 없었을 때 몰래 팔아버렸다고 은길이 말해주었다. 병풍으로 만들려고 준비한 천학도天鶴圖 원본도 있었다. 옅은 청색인

명천明川(함경도 육진 지역 지명의 하나로, 조선 시대 모시 산지로 유명함)의 고운 모시 위에 수놓은 천학도는 한림안찰부사 나리가 먼저 종이에 그린 것을 은길이 천에 대고 흰 실로 한 땀 한 땀 수를 놓은 것인데, 이 수를 다 놓기까지 한 달이나 걸렸다고 하였다. 은길은 나에게 그 천학도를 보여주며 통곡했는데 구슬 같은 눈물이 줄줄 쏟아졌다.

"그분의 혼은, 지금 어느 학이 입에 물고 있는지."

은길은 그 물건들을 다 갈무리하고 나서는 얼굴빛을 싹 바꾸었다. "너, 여기서 본 걸 다른 사람한테 말했다가는 엉덩이가 마늘처럼 여섯 쪽 날 때까지 몹시 맞을 줄 알아라."

그날 벌을 받고 있을 때, 나는 그 나무 상자 안에 기어 들어가서 놀다가 잠이 들었다. 꿈에서 어떤 사람을 만났는데 희고 긴 옷을 입었으며 손에는 합죽선을 들었는데 화려한 꽃이 그려진 부채였다.

내가 꿈에서 깨어나니 어느 사찰이었다. 향 부인과 은길 말고도 민머리에 청회색 옷을 입은 사람이 옆에 있었다. 미소를 머금고 나를 보는 그 사람의 손에는 긴 염주가 들려 있었다.

은길은 얼마나 울었는지 얼굴이 부었고 눈꺼풀이 온통 벌건 모습이었다. 은길이 말하길, 나를 상자에서 찾았을 때 나는 정신이 나가서는 내가 들어본 적도 없는 대단한 경전을 인용하며 마구 지껄이고 있었다고 하였다.

향 부인과 은길이 여러 의사를 찾아서 나를 보였는데 다들 고개를 저었고, 어떤 의사는 심지어 마음의 준비를 해야 할 것이라고 직설적으로 말하기도 하였다고 했다. 그녀들은 내가 이렇게 죽을 것이라고는 믿지 않았기에 산까지 오게 된 것이었다. 아미타불. 대자대비하신 부처님께서 내 몸에 들러붙은 그 삿된 것을 쫓아내주셨다.

나는 힘없이 흐느적거리고 가볍게 떠 있는 듯하였다. 마당에 놓인 것 같았고 또 하늘 위까지 떠오를 수 있을 것 같았다.

그 뒤에 나는 정말로 밖으로 옮겨졌는데, 절의 하늘은 얼음처럼 시리게 푸르렀다. 공기 중에는 나무 냄새가 떠돌았다. 나는 촉촉하고도 신선한 풀의 숨결을 느낄 수 있었다.

이 절의 주지 스님은 여기 있는 동안 나에게 매일 환약 한 알을 먹여주었다. 그 약은 나에게 내 몸 안에 특별한 세계가 있다는 것을 느끼게 하였다. 나는 여러 동물이 숨 쉬며 뛰어다니는 것뿐만 아니라 식물들이 내뿜는 냄새와 감촉도 느낄 수 있었다.

나는 손을 뻗어 주지 스님 손에 있는 염주를 만졌다. 염주에서는 단향목 향이 났다. 염주알은 반들반들해서 손 위에서 저절로 미끄러졌다. 단향목 염주알 사이에 붉은 돌이 두 개 꿰어져 있었는데 만져보니 차갑고 매끄러웠다.

"나 이거 갖고 싶어요."

"그러려무나." 주지 스님은 손을 놓아서 염주가 내 손 위로 흘러내리게 하였다. "그럼 우리는 인연을 맺은 거다."

"얼른 돌려드려야지." 은길이 말했다.

나는 염주를 옷 속에 쑤셔 넣었다.

"춘향아……." 은길이 뺏으려고 손을 뻗었다.

나는 몸을 웅크려서 그 손길을 피했다.

"어린 시주가 혜근慧根(도의 바탕이 되는 지혜)이 깊습니다." 주지 스님은 나를 보며 미소를 지었다.

"에비!" 은길이 얼굴을 찡그리며 방금 나에게 손을 뻗으면서 말한 것과 같이 스님한테도 손을 내저어 부인하였다.

"은길아……." 향 부인이 가볍게 꾸짖고 주지 스님을 돌아보며 말했다. "이것은 스님께서 매일 불공을 올리실 때 필요한 물건이니 그냥 받는다면 큰 실례가 될 것 같습니다."

"아무렇게나 준 것이 아닙니다." 주지 스님이 답하였다. "인연이지요."

은길은 아직도 나에게서 염주를 뺏으려고 내 가슴 쪽으로 손을 디밀었는데 내가 왁 물어버렸다.

은길이 악 소리를 질렀다.

사찰을 떠나는 날, 나는 날이 밝기도 전에 일어났다. 은길과 향 부인은 아직 자고 있었다. 나는 사찰의 모든 스님이 모여 있는 법당으로 뛰어 들어가서 방석 하나를 차지했다. 주지 스님이 경을 읽는 소리는 내가 들어본 것 중에서 가장 훌륭한 노랫소리였다.

아침 예참禮參(부처나 보살 앞에 절을 하여 예를 표하는 일)이 끝난 후

주지 스님이 내 앞으로 오셨다.

"하산하기 싫어요." 나는 주지 스님에게 말했다. "매일 여기서 스님께서 경 읽는 소리를 듣고 싶어요."

"만장홍진 심념일동萬丈紅塵 心念一動, 이 한없이 구차하고 근심 많은 세상 속에서도 다만 마음을 다해서 바란다면," 주지 스님이 미소를 지으며 말했다. "그 순간에는 너는 다른 곳에 있는 것이 아니라 이곳에 있는 것이란다."

우리는 향사의 새 마차를 타고 나갔는데 이 마차는 남원부에서 가장 유명한 마차지만 우리가 타고 산에서 내려와서 집으로 돌아갈 때에는 아직 아무도 이 마차가 향사의 것인지 모르고 있었다.

이 마차는 강향단降香檀(중국 해남산 나무로 약재 및 가구 재료로 쓰임)나무로 만들었는데, 양반 사족士族(문벌이 좋은 집안. 또는 그 자손)들의 검은 칠을 한 마차와도 다르고 거상들의 붉은 칠을 한 마차와도 달랐다. 향사의 새 마차에 칠한 것은 생칠이었다. 생칠은 옻나무를 베어 얻은 수액을 곱게 거른 것으로 그 액체에는 독이 있는데 이 독성 때문인지 모르지만 강향단나무의 재질에 남다른 광택이 나게 해 사람들로 하여금 나무 무늬의 아름다움에 이끌리게 한다.

마차의 못은 순금으로 나무에 박힌 모습이 마치 반짝반짝 빛나는 수십 개의 작은 태양과 같았다. 마차 윗부분에 길이가 반

자쯤 되는 금색 수술을 빙 둘러서 장식해놓았다. 마차의 휘장은 중국에서 온 노란 빛깔의 비단으로 만든 것인데 이런 신비한 비단은 눈을 감고 만질 때마다 흐르는 물에 닿은 듯이 착각하게 된다. 은길은 그 휘장에다가 금빛을 입힌 모란꽃을 수놓았다. 몇 년 후 판소리 광대 태강의 창을 들어 알게 된 것이지만 은길이 수놓은 모란꽃 도안은 일찍이 한림안찰부사 나리의 합죽선에 있던 것이었다.

마차보다 더 이목을 끄는 것은 마차를 끄는 백마 두 마리인데 털이 어찌나 하얗고 깨끗한지 마치 눈으로 지은 옷을 걸치고 있는 것 같았다. 그 백마 둘이 달리고 있으면 하늘 세계의 구름이 인간 세상에 떨어진 것처럼 보였다. 이 말들은 독서가처럼 고개를 들어 하늘을 바라보는 버릇이 있었는데 내가 살면서 보았던 중에는 가장 아름다운 동물이었다. 마부는 눈이 길쭉하고 몸에서는 건초 냄새가 나는 젊은이였다.

마차는 그 안이 매우 널찍했고 좌석 위에는 향기로운 풀을 엮어 만든 부드러운 방석과 등받이가 놓여 있었다. 은길이 나를 안고 앉았고 그 맞은편에는 향 부인이 앉았다. 우리가 이른 새벽에 동학사를 출발하여 남원부 경계를 거쳐 남원부에 도착하니 어느새 오후가 되었다. 향 부인은 휘장을 살짝 걷어 나에게 남원부의 저잣거리 구경을 시켜주었다. 처음에 나는 사람 외에는 다른 것을 볼 수 없었다. 얼마나 사람이 많은지 향사에 있는 풀처럼 셀 수 없을 정도로 빽빽했다. 밖의 사람들은 마차를 보면 멈춰 서서 팔을 흔들며 손가락으로 가리켰다.

"춘향아," 향 부인이 웃으며 나를 바라보았다. "세상에는 두 종류의 사람이 있단다. 치마를 입는 여자와 모자를 쓰는 남자란다."

내가 밖을 내다보니 과연 그랬다.

"여자 중에는 머리에 항아리 같은 걸 이고 있는 사람이 많은데 남자들 머리에는 없네요."

"남자들은 머리에 모자를 썼기에 그 위에 항아리를 올려놓을 수가 없는 거지."

"남자 중에는 말을 탄 사람도 있는데 왜 여자들은 다 걸어만 다니나요?"

"여자들은 치마를 입었기에 말을 탈 수가 없는 거지."

나의 시선은 남자와 여자의 모습을 넘어 거리 양쪽에 늘어선 가게로 모아졌다. 가게에서 흘러나오는 냄새 이외에도 그 앞에 걸려 있는 물건을 보고 무슨 가게인지 구별할 수 있었다. 부채 가게, 죽세공품 가게, 대나무 그릇 가게, 도자기 그릇 가게, 수예 공방, 신발 가게 등은 비교적 알아보기 쉬웠다. 백반집 앞에는 붉은 고추나 메주 같은 게 걸려 있었고 주막 앞에는 수를 셀 수 없는 대나무 바구니가 걸려 있었다.

내가 은길에게 왜 저렇게 해놓았냐고 물었더니 대나무 바구니는 본래 술을 가득 채운 항아리를 보호하던 것인데 술꾼들이 보통 주막 문을 넘기 전에 대나무 바구니를 뜯어내고 진흙으로 봉한 곳을 따서 걸어가면서 마시기에 이렇게 버려진 대나무 바구니가 가득 쌓여 주막의 간판이 된 셈이라고 하였다.

유화주막의 입구에는 앞섶을 풀어헤친 남자가 길 가운데 드러누워 있었다. 머리는 쑥대강이(머리털이 마구 흐트러져 어지럽게 된 머리)같이 산발이었고 수염은 웃자라 얼굴의 반을 덮었으며 한 팔로는 술동이를 끌어안았고 다른 팔로는 허공을 마구 휘저으며 입에 거품을 물고 뭐라고 큰 소리로 하늘에 대고 떠들고 있었다.

마차가 누워 있는 주정뱅이 앞에 멈추었다. 마부는 채찍을 허공에 휘둘러 위협적인 소리를 냈으나 주정뱅이는 듣지 못했는지 계속 하늘을 가리키며 주절주절거렸다. 주막의 손님들은 말채찍 소리를 듣고 너도나도 주막 창문 밖으로 고개를 내밀고 바라보면서 서로 수군수군거렸다. "저것이 어느 집의 마차일꼬?"

먼저 길을 가던 사람 중 몇몇이 마차를 보러 둘러쌌으며, 다음에는 유화주막 손님들이 나와서 마차를 둘러싸고 이리저리 뜯어보았다. 드러누워 있던 주정뱅이는 누군가의 발에 차이자 욕지거리를 내뱉으며 일어났다.

"야, 이놈아. 이게 뉘 집 마차냐!" 어떤 사람이 마부에게 소리쳐 물었다.

마부는 아무 대꾸도 하지 않고 허공에 다시 한 번 채찍질을 하였다. 길을 비키라는 소리 같았다. 그러나 술 취한 주정뱅이는 그 경고를 애초에 신경 쓰지 않았다. 주막에서 나온 취객 중간이 큰 놈이 손을 뻗어 말을 만지려고 하다가 말이 투레질하며 앞발을 들자 놀라서 물러섰다.

“이 말들은 정말이지 기운차군! 이런 준마 위에 올라타면 향 부인 위에 올라타는 것만큼 기분이 끝내주겠어!”

무리 속에서 웃음소리가 왁자하게 터져 나왔다.

“개만도 못한 것들이 길을 막고 있네.” 은길이 머리를 마차 밖으로 내밀고 마부에게 소리쳤다. “채찍을 휘둘러서 쫓아내! 길을 비키지 않으면 그냥 밟아버려!”

어떤 사람이 은길을 알아보고 외쳤다. “저것이 향사의 마차였구나!”

“은길아!” 누군가 날카로운 소리로 외쳤다. “향 부인과 자게 해줘! 향 부인하고 하룻밤만 같이 보낸다면 죽어도 여한이 없겠어!”

마부가 손에 쥔 채찍을 들어 일련의 독특한 소리가 나도록 휘둘렀다. 나는 말 울음소리를 듣고 바로 말들이 앞발을 치켜들고 일어서서 하늘을 보고 길게 우는 것임을 알 수 있었다. 차체가 덩달아 흔들렸다. 은길이 나를 꽉 끌어안았다. 내가 창가로 밀려 밖을 보니 사람들 무리는 아직 흩어지지 않고 있었다.

향 부인이 은길에게 한 꾸러미의 동전을 마차 뒤에 뿌리게 하고 나서야 사람들이 흩어졌다.

마차는 마침내 앞으로 달려갔다.

누군가가 주운 동전을 마차를 향해 던졌다. 동전 두 개가 마차의 휘장을 뚫고 내 발 옆에 떨어졌다.

"나도 마차에 태워줘! 여기 돈 있다고!" 차창 너머를 내다보니 사람들 속에서 어떤 사람 한 명이 자기 모습이 십자 모양이 되도록 두 팔을 벌리고 서 있었다. 우리 마차가 달리는 길 뒤로는 뿌연 먼지가 취객들의 모습을 묻어버렸다.

김수

한동안 나는 자주 아팠다. 아무 이유 없이 쓰러지기도 하였다. 그런데도 밥은 먹기 싫었다. 점쟁이가 향 부인에게, 집 안에 음기가 가득하여 내 안에 허한 화기火氣가 지나치게 많아진 것이 문제라고 일러주었다. 그리하여 김수라는 사내아이가 향사에 오게 되었다.

김수가 오던 날은 공교롭게도 바로 은길의 쉰 번째 생일이기도 하였다. 판소리 광대 태강이 데려왔는데, 그가 김수 어머니의 이야기를 판소리로 풀어내자 은길과 집에서 일하는 사람들이 모두 슬피 울었다. 그날 오후 향사에 떠도는 공기는 약간 짠맛이 감돌았다.

"김수 어미는 종달새보다도 듣기 좋은 목소리를 가졌다." 해 질 녘, 은길이 나를 씻겨주며 판소리의 내용을 말해주는데 ―나는 그때 화원의 풀밭에서 자느라고 태강의 소리를 놓치고 말았다 ―얼마나 울었는지 설명하는 목소리가 완전히 코맹맹이 소리일 정도였다. "팔자가 어찌나 기구한지 소태껍질(소태나무의 껍질)도

그보다 쓸 수는 없을 정도여서……."

김수는 나보다 한 살 많았고, 머리 반 개만큼 더 컸으며 무척 잘생긴 사내아이였다. 나는 밤마다 김수가 잘 때 그의 옷을 훔쳐서 숨겨놓곤 하였다. 그러면 다음 날 아침에 김수는 벌거벗은 채 나에게 옷을 찾아달라고 왔다. 나는 김수가 내 옷을 입는 것을 좋아하였다. 김수가 내 옷을 입으면 옷이 온통 터질듯 팽팽해졌는데 치마 아래로는 종아리와 큰 발이 드러났다. 나는 또한 이슬 맺힌 복숭아꽃을 따다가 그 꽃잎을 입술에 붙여주며 이 꽃잎이 마를 때까지 기다리면 입술이 복숭아꽃 색으로 물들 것이라고 하였다. 그러면 김수가 말을 할 때 입을 오므리고, 숨도 아주 천천히 쉬면서 입의 꽃잎을 떨어뜨리지 않기 위해 애쓰는 모습이 퍽 재미있었다.

김수는 내가 밥때마다 늘 회랑 마루에 앉았다가 열린 미닫이문을 통해 보고 있는 것을 알게 되었다. 어느 날 하루는 김수가 밥을 다 먹고서 내 손을 잡고 같이 뛰어갔는데 우리는 길고 긴 회랑 마루를 지나 풀이 무더기 진 곳으로 달려갔다가 바로 화원에서 가장 굵은 단풍나무 아래까지 뛰어가서 꽃가지 더미 뒤에 숨었다. 나무 위의 새 말고는 누구도 우리를 보지 못할 곳이었다.

김수는 옷고름을 풀고 품속에서 종이로 싼 덩어리 하나를 꺼냈다. 조심스럽게 펼친 종이에는 밥 두 숟갈, 김치 한 점, 떡 한 조각 그리고 고추장을 묻힌 뒤 구운 황태포가 조금 들어 있었다.

"이거 먹어." 김수가 나에게 말했다. "그래야 생선 가시같이 빼빼 마르지 않지."

나는 여전히 가쁜 숨을 고르면서 그의 손에 있는 것들을 멍하니 바라보았다.

"춘향아, 너는 도대체 무슨 잘못을 저질렀기에 어른들이 종일 밥도 안 주고 굶기는 거니?"

향 부인은 일찍이 나에게 금사로 엮은 작은 조롱을 준 적이 있었다. 매년 여름이면 향 부인이나 은길과 함께 화원에 가서 반딧불을 잡아다가 그 조롱에 넣었다. 이 반딧불은 낮에는 보기 어려웠다. 그러나 어두운 밤만 되면 반짝반짝 빛이 났다.

김수가 훔친 밥을 건네며 그 말을 했을 때, 그의 말 한마디 한마디가 마치 반딧불처럼 내 배 속에 스며들어 반짝거렸다.

그날 오후 나는 태어나 처음으로 곡식을 맛보았다. 쌀밥이나 떡은 냄새를 맡아보았을 때는 별로였는데 입에 넣고 씹자 담백한 단맛이 감돌아 나를 놀라게 하였다. 김치는 아주 조금만 먹어보았는데 고춧가루가 달아오른 숯덩이처럼 내 혓바닥을 뜨겁고 아프게 하였다. 황태포는 냄새만 맡아보았는데 짠 비린내가 역해서 김수에게 돌려주었다.

김수는 기뻐하면서도 놀란 표정을 지었다. "이게 얼마나 귀한 건데 먹기 싫다고?"

김수는 그 작은 황태포 조각을 참 아껴 먹었다. 먼저 혀로 고춧가루 깻가루 양념을 핥은 뒤에 손으로 황태포를 잘게 찢어서 창문의 태지보다도 얇게 찢은 황태포를 들어서 보여주며 말했다. "이 황태포는 겨울에 말린 건데 천천히 먹으면 이만한 조각을 백 조각으로 찢을 수도 있어."

그날부터 김수는 매일 자신의 음식을 조금씩 훔쳐다가 나에게 가져다주었다. 그 덕에 나의 위는 조금씩 커졌다. 어떤 날은 심지어 큰 산자饊子(찹쌀가루와 꿀, 튀긴 밥풀로 만든 과자) 한 조각을 먹어치우기도 하였다. 김수는 턱을 괴고 걱정 어린 얼굴로 나를 보다가 마지막 것을 먹고 나자 진지하게 말했다. "춘향아. 다음에는 산자를 먹을 때 좀 빨리 먹으면 안 될까? 네가 그렇게 천천히 먹으니까 나는 군침이 너무 돌아서 거기 빠져 죽을 거 같아."

나는 먹을 수 있는 음식이 점점 많아졌다. 음식을 좋아하게 되었고 전에 먹던 꽃잎과 풀잎들은 간식이 되었다. 한번은 김수에게 보답하겠다고 즐겨 먹던 꽃잎을 따서 주었는데 김수는 그 꽃잎을 한번 씹어보더니 바로 뱉어냈다. 그러고는 나를 확 밀치면서 울먹였다. "앞으로 네가 내 밥을 다 먹고 싶다고 해도 내가 토끼처럼 먹을 수는 없어!"

그날 오후 내내 나는 김수를 어디서도 찾을 수 없었다. 내가 살면서 가장 당황스러웠던 시간이었다. 나는 김수가 향사에서 일하는 다른 여인들처럼 말이 많아서, 염탐하는 걸 좋아해서, 다른 사람과 다투어서, 손발이 무뎌서 향사에서 사라질까 봐 무서웠다. 나는 김수가 이렇게 종적이 없어진다면 정말이지 살고 싶지 않을 것 같았다.

내가 뒤척이면서 그런 생각들을 하고 있노라니 날이 어두워졌다. 김수가 회랑 마루로 나를 찾으러 왔을 때 나는 한달음에 뛰어가서 그를 힘껏 끌어안았다.

"김수야, 다신 너에게 그런 꽃이나 풀 같은 걸 먹으라고 하지 않을게."

내가 그를 끌어당겼을 때 김수가 품에 숨겨두었던 냉면 한 그릇이 몇 발짝 떨어진 곳으로 엎어져서 면이 온 바닥에 흩어졌고 국물이 우리 둘의 옷을 온통 더럽혔다.

김수는 놀라서 온몸을 덜덜 떨었다. "큰일 났다. 이걸 들키면 우리는 내일부터는 김치만 훔쳐 먹어야 해."

"왜 김치를 훔쳐 먹어?" 나는 서둘러 그릇을 주워 드는 김수의 소매를 잡아당기며 물었다.

나는 여태까지 고춧가루 때문에 김치를 먹은 적이 없었다. 평소에 김치는 광의 항아리에 얼마든지 있었다.

"너는 왜 훔치는 걸 좋아하니? 그리고 또 매운 걸 먹는 걸 좋아하는 거니?"

"내가 매운 걸 좋아한다고 했었니? 김치로만 배를 채우면 속은 차갑지, 입은 바짝바짝 말라 물이 먹히거든." 김수의 눈시울이 붉어졌다. "내 배 좀 봐. 수박같이 탱탱하잖아."

"그럼, 왜 그렇게 먹는 건데?"

김수는 눈물을 뚝뚝 흘리면서도 냉면을 그릇에다가 주워 담았다. "내가 김치만 먹지 않으면 네가 어떻게 맛있는 밥하고 반찬을 먹을 수 있겠니."

나는 그제야 김수의 뜻을 알아들었다. 내 마음속 반딧불이 다시 반짝였다. 나는 울기 시작했다.

내가 우니 김수는 금방 울음을 그치고 냉면 그릇을 들고 나를 달랬다.

"춘향아, 울지 마. 국물은 엎었지만 면만 먹어도 엄청 맛있을 거야."

나는 그 냉면 그릇을 쳐서 엎어버렸다. 이에 김수는 화가 나서 손을 떨더니 한동안 내 면전에서 때릴 듯이 손으로 부채질하다가 결국은 손을 내려놓고 손가락으로 내 코를 가리키면서 말했다. "네가 이렇게 심보가 못돼먹었는지 알았으면, 나는 애초에 먹을 걸 훔쳐다 주지도 않았을 거야. 그럼 너는 계속 풀벌레처럼 풀이랑 꽃만 먹고 살았겠지!"

은길과 향 부인이 거의 동시에 우리 앞에 나타났다. 김수는 향 부인의 모습을 보자마자 얼굴색이 창백해졌다. 갓 쑨 흰 쌀죽도 그 순간의 김수 얼굴보다는 하얗지 못할 것이었다.

"끝장이다. 이제 나는 또 천음루로 돌려보내지겠구나." 김수가 중얼거렸다.

내가 잡고 있던 김수의 손가락이 얼음장처럼 차가워졌다.

"……제, 제가 훔쳤어요. 춘향이 아니에요."

"뭐라고?" 은길은 무슨 일인지 아직 깨닫지 못하고 있었다.

나는 은길의 손을 잡고 말했다. "은길, 나하고 김수가 지금 굶어 죽을 거 같아. 우리는 밥이 먹고 싶어."

"춘향아." 은길은 몸을 굽히고 내 팔을 붙들고 물었다. "다시 한 번 말해봐라. 네가 뭐가 먹고 싶다고?"

"김수가 자기 밥을 나 먹으라고 다 갖다줬어. 얘가 너무 배가 고파서 광에 가서 김치를 먹고 또 찬물을 잔뜩 마셨대." 나는 눈물이 왈칵 났다. "은길, 부엌에 가서 우리 먹을 밥 좀 차려달라고 해줘. 부탁이야."

"방금 들었어?" 은길은 고개를 들어 향 부인을 향해 말했다. "춘향이가 밥이 먹고 싶다네!"

"아마 한참 전부터 먹었을지도 모르는 일이지요." 향 부인이 미소 지으며 말했다.

"어떻게 이런 일이? 내 머리가 하얗게 셀 정도로 궁리했는데도 춘향에게 밥을 먹일 방법을 찾지 못했는데." 은길이 고개를 돌려 김수를 보았다. "김수야, 너 춘향이에게 뭘 한 게냐?"

김수는 철퍼덕 무릎을 꿇고 울면서 말했다. "저는 일부러 훔쳐 먹일 생각은 절대 하지 않았습니다. 다만 춘향이가 밥을 못 먹는 것이 너무 불쌍해서요."

은길이 큰 소리로 웃음을 터뜨렸다. 그녀는 우스꽝스럽게 부엌으로 뛰어가면서도 웃음을 멈추지 않았다.

향 부인은 김수를 잡아 일으키고 두 손으로 얼굴의 눈물을 닦아주었다. "김수야, 너는 참 대단한 아이구나. 어른도 하지 못한 일을 네가 해냈구나."

김수는 향 부인을 바라보고는 말도 못하고 꼼짝하지도 못했는데 그 모습이 꼭 물에 떠서 빤히 바라보는 물고기 같았다.

그날 저녁, 주방에서 만든 천하의 진미가 소반상에 차려져 나왔다. 향 부인을 제외한 향사의 모든 사람이 내가 밥 먹는 것을 보러 식당에 모였다. 사람들이 그렇게 눈을 크게 뜨고 다투어 보고 있으니 음식이 넘어가지 않았다. 김수는 넋이 나가서, 소반에 차려진 진미도 나간 넋을 불러오기에는 역부족인 모양인지 음식을 먹어도 맛을 모르는 듯하였다.

한밤중에, 김수는 내 방에 찾아와서 이불 속으로 들어와 나를 끌어안고는 심각한 목소리로 물었다. "춘향아. 향 부인이 정말 너의 어머니시니?"

"물론이지."

"그분이 너의 어머니라면 너는 왜 그분을 향 부인이라고 부르니?"

"모두가 그분을 향 부인이라고 부르고 은길도 그렇게 부르는데 왜 나는 다르게 불러야 하는데?"

"……그렇기는 해."

우리는 그렇게 이불 속에서 한참을 같이 누워 있었다. 김수는 갑자기 몸을 일으켜서 두 손으로 자기의 얼굴을 만졌다. "아까 향 부인이 손으로 나를 이렇게 만졌었어. 그렇지?"

"맞아."

"춘향아."

잠시 후 김수는 또 앉아서 나에게 물었다. "너, 향 부인이 내 얼굴을 만지는 걸 봤다고 했지, 그렇지?"

"응."

"내가 꿈을 꾸고 있는 건 아니지?"

"아니야." 이번에는 내가 그의 얼굴을 만졌다. "향 부인이 아까 지금 내가 만지듯이 이렇게 네 얼굴을 만졌어."

소단小單

김수가 향사에 오던 그해 겨울, 어느 날 아침에 은길이 볼일을 보러 나갔다가 돌아오면서 해진 옷에 맨발의 여자아이 한 명을 마차로 데려왔다.

나와 김수는 온실에서 놀고 있었다. 온실을 돌보는 여종 둘이 우리가 있는 줄도 모르고 아까 마당에서 본 여자아이에 대해서 떠들었다.

"그 애 아버지가 무슨 큰 도둑놈이라던데. 작년에 관아에서 그치의 얼굴을 그려다가 사방에 붙여놓았었지. 장마당이 열렸을 때 도자기 가게 벽에 붙은 걸 보았는데, 비쩍 마른 사람이 눈빛은 어찌나 섬찟한지 칼날 같더라구."

"듣자니 그치는 아오지에 유배되어 있다며?"

"아무렴. 거기는 여름에는 쪄 죽을 만큼 더운 데다가 역병이 돌고, 겨울에는 하룻밤 만에 집이 파묻힐 정도로 눈이 내려서 짐승도 피해 다니는 곳이래. 관아 사람들 말로는 거기 죄수들은 겨울에는 얼음을 깨서 물고기를 잡아야 하고 여름에는 산에 가서 나무를 해 와야 하는데 거기에 간 누구도 살아 돌아온 사람은 여태껏 본 적이 없다는 거야."

"참 딱하게 되었네……."

"무슨 말을 하는 거니. 그 사람들은 온갖 나쁜 짓을 저질러서 벌 받는 건데 그런 벌을 받아도 싸지 뭐."

"애가 불쌍하잖아."

"아니, 됐어. 먼저는 가기歌妓의 자식이, 이번에는 또 도둑놈의 딸이 연달아 향사로 들어왔잖아. 향 부인의 소문이 어떻든간에 입고 먹는 걸로 치면 남원부에서 어디 가서 이보다 더 누릴 수 있겠어."

나와 김수는 손을 잡고 수선화 뒤에 숨어 있었는데 '가기의 자식'이라는 말이 나오자 김수는 슬며시 내 손을 놓고 눈을 내리깔았다.

그 여종 둘이 선반 위 꽃들을 다 살피고 나서 꽃에 물을 주려고 왔다가 우리 둘을 발견하였다.

"춘향 아씨……."

김수는 고개를 돌려서 그 여종들을 보지 않았다.

"너희들이 아까 한 말, 그대로 향 부인께 이를 거야. 그럼 너희는 향사에서 쫓겨나겠지." 나는 큰 소리로 말했다.

"제발 그러지 마세요." 한 여종이 얼른 몸을 굽혀 나에게 얼굴을 가까이 하면서 말했다. "춘향 아씨, 우리가 일부러 그런 건 아녜요. 다시는 그러지 않을게요."

"김수가 화가 났어. 나는 너희를 용서 못해……."

김수가 고개를 돌려 나를 보았다. 그의 눈이 온실의 꽃들에 비쳐서 녹색 빛이 감돌았다. 그는 초록색 눈을 깜박이며 나를 보고 희미하게 웃었다.

"흥!" 다른 여종이 눈을 흘기면서 제 옆의 여종을 잡아당기고 내 앞에 나섰다. 그러고는 나를 차갑게 노려보았다.

"제가 오히려 춘향 아씨께 여쭤보겠어요. 어째서 방에 계시질 않고 못되게시리 여기 숨어서 무얼 하려는 거예요?" 그 여종은 사방을 둘러보며 덧붙였다. "훔칠 거라도 있었나 보지요?"

"우리는 꽃구경을 하고 있었어……."

"꽃이 보고 싶으면 저희한테 꽃을 방에 가져다 달라고 하면 되잖아요." 그녀는 이번에는 김수를 빤히 보며 말했다. "기생 자식이 나고 자란 곳이 빤한데 춘향 아씨를 데리고 이런 데 숨다니, 뭔 상스러운 일이라도 알려줄 생각이었어?"

나와 김수는 얼이 빠져버렸다. 이 지독한 여자는 제 허리에 두 팔을 얹고 있었는데, 마치 큰 가위가 우리 앞에 버티고 있는 듯했고 그녀의 말 한마디 한마디가 우리의 놀이인 '꿀밤 때리기'처럼 우리 이마를 때리는 것 같았다.

"향 부인께서는 이 가기의 자식을 데려와서 잘 가르치려고 했는데 도둑질할 생각이나 하고, 춘향 아씨를 데려다 방패 삼거나 춘향 아씨에게 천박한 짓을 가르치려 한다면, 정말 잘 생각해봐요. 향 부인이 누굴 파리 새끼처럼 쫓아낼지."

“헛소리…….” 나는 소리를 질렀다.

“춘향 아씨가 향사에선 상전이시지만 상전도 지켜야 하는 규범이 있는 법이에요. 이렇게 아무 데나 들어오면 안 되지요…….” 여종은 눈을 가늘게 뜨고 우리를 보며 낮은 목소리로 말했다. “제 말이 뭐 틀린 게 있나요? 여기서 나쁜 짓을 하려고 했지요?”

“네가 한 말, 은길에게 전부 말할 거야…….”

“그러셔요. 그러면 은길이 저에게 와서 그게 정말이냐고 하겠지요? 그때 가서 어디 누가 더 말을 잘하는지 보면 되겠네요.” 그 여종은 이를 다 드러내 보이며 웃었다. “왜 아직 안 가세요?”

김수가 내 손을 잡아끌며 온실 밖으로 나갈 때 그 여종의 웃음소리가 우레처럼 우리 뒤를 따라왔다.

“나는 은길에게 갈 거야.” 나는 화가 치솟아서 말했다.

“그만둬, 춘향아. 그렇게 표독한 계집을 어떻게 이기겠어.”

“표독한 계집이 뭐야?”

“이빨이 아주 못생겼고 말하는 것도 차마 듣기 어려운 여자지.” 김수는 머리를 숙이고 동시에 어깨를 늘어뜨렸다. “우리 엄마가 청루에 있을 적에, 늘 표독스런 여자들에게 괴롭힘을 당했지.”

“재들이 너보고 가기의 자식이라고 했는데 가기는 무슨 뜻이야?”

“노래를 아주 잘 부르는 여자란 뜻이야.”

"좋은 말이잖아? 왜 가기의 자식이란 말을 들으면 기분이 나빠지니?"

"가기라는 말을 싫어하는 건 아니야. 나를 가기의 아들이라고 부르니까, 나 자신이 엄마가 없는 아이라는 생각이 들어서, 엄마가 없다는 게 울적하게 해."

우리는 이야기하며 걸어서 앞의 화원까지 갔다. 도둑의 딸이라는 계집아이가 무궁화나무 밑에 서 있었다. 그 애는 고개를 푹 숙이고 손가락을 입에 물고 있었는데 눈만은 위로 치뜨고 향사를 살필 뿐 아니라 자기를 구경하러 모인 사람들을 보았다.

은길이 가위를 꺼내서 그 애의 머리채를 잡고 자르려고 하였는데 그 애가 빠져나오려고 힘껏 머리를 흔들자 은길의 손이 한쪽으로 밀쳐졌다. 은길이 귀싸대기를 올려붙이자 놀라서 목이 굳어졌고 다시는 머리를 움직이지 않았다.

나와 김수는 웃음을 터뜨렸다.

은길의 손에서 가위가 서걱서걱 소리를 낼 때마다 그 애의 머리카락이 뭉텅뭉텅 바닥에 떨어졌다. 그 머리털들은 화원의 말라 죽은 풀보다도 더 보기 싫었다. 나와 김수가 가까이 오자 은길이 고개를 돌리고 우리에게 소리쳤다. "너희 둘은 가까이 오지 마라! 지금 이 애 몸에는 이가 있으니까."

"이가 뭐야?" 나는 김수에게 물었다.

"쌀알보다 더 작은 검은 벌레인데 사람 몸 위를 막 기어 다녀."
김수는 손가락 끝으로 내 겨드랑이를 간질였다. 나는 목을 움츠리며 웃는 소리를 냈다. "간지러워 죽겠어!"

은길이 머리를 다 자르자 그 도둑 딸의 머리카락은 내 새끼손가락만큼 짧아졌다. 은길은 또 그 애의 옷을 다 벗겼다. 그 애는 몸이 거무튀튀했는데 나와 김수는 그 애의 살결이 바싹 말라서 뼈마디가 도드라져 보이는 것을 보고 끊임없이 웃음을 터뜨렸다.

향 부인은 흰 여우 가죽으로 만든 두루마기를 입고 회랑 마루에 서서 그 애를 보고 있었다. "너는 이름이 무엇이냐?"

도둑놈의 딸은 흘겨볼 뿐 입은 꾹 다물고 있었다.

"이런 출신의 애들을 어떻게 다루는지는 내가 잘 알지." 은길이 빨랫방망이를 갖고 와서는 그 애 코 앞에 들이밀며 말했다. "어른이 물으면 성실하고 공경스럽게 대답을 하렴."

그러자 그 애는 당장 입을 열어 아주 맑은 목소리로 대답했다. "아버지는 저를 '밑진 것'이라 불렀어요."

그러자 김수와 나는 웃겨 죽을 거 같았다. 배를 부둥켜안고 웃다가 그만 나동그라질 뻔하였다.

'밑진 것'은 눈에 힘을 주고 우리를 째려보았다.

"그만 웃어라." 향 부인이 우리를 한번 보았다. 그러고는 몸을 돌려 은길에게 말했다. "외톨이인 아이이니 앞으로 소단小單이라고 불러라."

소단이 향사에서 첫 끼니를 먹는 모습은 나와 김수를 놀라게 하였다. 바짝 말라서 장작처럼 가느다란 몸이었지만 소보다 큰 위가 있는 것 같았다. 어른들이 잠시 눈을 돌리면 그 애는 손으로 입에다 밥을 쑤셔 넣었다. 나는 그 행동을 은길에게 일러바쳤다. 은길은 오랫동안 닭을 잡을 때마다 쓸개를 버리지 않고 모아놓았는데 틈만 나면 소단을 약방으로 끌고 가서 그 애의 닭발 같은 두 손을 쓸개즙에 한참 동안 담그게 하였다.

나와 김수는 금방 소단이 화를 잘 낸다는 것을 알게 되었다. 소단은 화가 나면 눈에 힘이 들어가는데, 어떨 때는 검은 두 눈동자가 콧등으로 향하는 사팔뜨기가 되었다. 그 모습이 퍽이나 우스웠기 때문에 소단이 화가 나지 않았을 때도 나와 김수는 온갖 방법으로 소단을 화나게 만들었다.

우리는 두 번이나 소단의 밥에다가 모래를 섞었다. 소단은 밥을 먹을 때마다 코를 밥그릇에 박고 허겁지겁 먹었기 때문에 밥그릇을 자세히 볼 수 없었다. 소단은 모래를 씹자마자 입안 가득 욱여넣었던 밥을 뱉어서 식전에 방금 닦아놓은 식당의 돗자리를 더럽혔다. 부엌에서 일하는 하인이 그 애의 귀를 잡아당기며 한바탕 욕을 퍼부었다. 소단은 모래를 잘못 씹어서 이에서 피가 나기도 했는데 기억력이 없는 건지 또 입안에 씹던 것을 뱉어냈는데 마침 된장국을 들고 지나가던 은길이 그걸 보고 소단의 뺨을 두 번이나 후려쳤다. 때리고 나서야 피가 난 것을 알았다.

“아니, 어찌 된 일이야?” 은길이 자신의 손을 살펴보았다. “내가 때려서 그렇게 된 거니?”

“재네들이 밥에 독약을 넣었어요!” 소단은 손등으로 피를 닦으며 다른 한 손으로 나와 김수를 가리켰다.

은길은 소단의 밥그릇을 보고는 서릿발 같은 눈으로 나와 김수를 쏘아보았다.

“독약이 아니고 모래야.” 나는 대수롭지 않게 대꾸했다.

“한 번만 더 이런 고약한 짓을 했다가는,” 은길은 나와 김수의 따귀를 한 대씩 툭 치며 으름장을 놓았다. “내가 불집게를 가져다가 너희 손톱을 하나씩 다 뽑아버릴 거다.”

나와 김수는 얼굴을 감싸 쥐고 서로 시시덕거렸다.

소단이 우리를 노려보는데 그 두 눈이 우리가 기대하는 것처럼 가운데로 몰렸다. 소단은 머리카락이 아직 묶을 수 있을 만큼 자라지 않았기에 머리가 늘 엉킨 실타래처럼 엉망이었고 아침저녁으로 세수를 했지만 여전히 거무튀튀했다. 소단은 참으로 우스운 추물처럼 생겼기에 그 애를 보고 웃지 않는 건 매우 어려운 일이었다.

소단은 제 옷이 없었기 때문에 은길이 내가 입지 않는 헌 옷을 가져다 입혔다. 나는 소단이 옷을 입자마자 말했다. “그 옷은 내가 입을 옷이야.” 그 애가 갈아입으면 나는 또 말했다. “이것도 내가 입을 옷이야.” 나는 매일 아침 그렇게 열몇 번을 갈아입게 하고서야 그쳤다. 한번은 소단이 화가 나서 옷을 내 앞에 내던지며 소리 질렀다. "뭐 그리 대단한 거라고! 전에 우리 집에는 귀한 중국 비단으로 지은 옷이 가득 있었어! 나는 종일 그 비단 속에서 잠을 잤다고!"

이 말에 내가 뭐라 되받아치지 못한 것이 소단을 참으로 우쭐하게 만든 게 분명했다. 그 후 나와 김수가 골탕 먹일 때마다 소단은 그 중국 비단 이야기를 꺼냈다.

한번은 식당에서 소단이 그 이야기를 하는 걸 글 가르치는 봉주 선생이 옆에서 듣게 되었다. 봉주 선생은 정색을 하고 소단을 야단쳤다. "너희 집에 있던 중국 비단들은 훔친 물건이다. 너는 그걸 부끄러워하는 게 아니고 오히려 득의양양하여 과시를 하고 있으니 정말이지 후안무치하구나."

"후안무치하다는 게 무슨 뜻인가요?" 나는 봉주 선생에게 물었다.

"부끄러워할 줄 모른다는 뜻이다." 봉주 선생이 흥 하고 코웃음 치고 나서 술을 마셨다. "염치도 없지."

나는 김수와 함께 웃고 얼굴을 돌려 소단을 보았다.

"부끄러운 줄도 모르고." 내가 말했다.

"염치도 없지." 김수가 옆에서 한마디 덧붙였다.

그리고 우리는 함께 혀를 내밀며 말했다. "후안무치한 애로구나!"

그날 소단은 봉주 선생이 다 먹은 그릇과 젓가락을 치울 때 소반에 있던 도자기 그릇과 접시를 모두 깨트려버렸다. 은길은 솔개가 병아리를 낚아채듯이 소단의 목덜미를 잡아채어 식당 밖의 마당으로 끌고 가서 다듬잇방망이로 엉덩이를 두들겨주었다.

소단의 날카로운 울음소리가 온 향사에 울려 퍼졌다.

"앞으로 조심할 거야, 안 할 거야?" 은길은 한참 매타작을 하고 나서 소단에게 물었다.

"내가 크면 너네 다 독살해버릴 거야!" 소단은 악에 받쳐서 매번 이렇게 말했다.

은길이 향 부인을 찾아가 소단을 청루에다가 팔아버리는 것이 좋겠다고 말했다.

"아이가 심술을 부린 것이지요." 향 부인은 웃을 뿐이었다.

"직접 그때 눈빛을 못 봐서 그래, 꼭 관아에 나붙었던 그 도둑놈의 눈빛이랑 똑같았다니까." 은길이 걱정하며 말했다.

"그런 아버지와 살았으니 성격이 사나운 것은 어쩔 수 없는 일이지요." 향 부인이 웃는 낯으로 이어서 말했다. "그 아이는 지금 얼음 덩어리입니다. 여기 오래 있으면 자연히 녹아 물이 될 것입니다."

향 부인은 오히려 방물장수를 불러 베를 몇 필 사서 소단에게 새 옷을 지어주었다. 나와 김수는 문 앞에 한참 서 있었는데 향 부인은 우리를 보지 못한 듯, 침모에게 이런 말을 건넸다.

"소단은 앞으로 무척 훌륭한 여인으로 자랄 것이야."

우리가 더욱 받아들일 수 없었던 것은, 향 부인이 매우 친절한 말씨로 소단에게 묻기를, "너는 수놓는 것을 배우고 싶으냐?"라고 하였던 것이다.

그 말에 소단이 고개를 어찌나 세게 끄덕였는지, 저러다 머리통이 떨어져 나갈까 걱정이 될 정도였다.

소단은 자수 외에도 부엌 어른들에게 원하는 것이라면 뭐든 배울 수 있다는 허락을 받았다. 설날 먹는 깨강정을 만드는 날이면 온 부엌에 달큰한 냄새가 진동했는데 점심때 소단은 손에 찹쌀가루를 묻히고 몸에서는 꿀 냄새를 풍기면서 금방 만든 약과를 봉주 선생께 시식하게 한다고 우리 옆을 지나가면서도 못 본 척하였다.

그날 오후 방에서 공부를 하는데 김수가 눈물을 쏟았다.

"향 부인께서 더 이상 우리를 좋아하지 않으시나 봐. 그분은 소단만 좋아하셔."

"그게 무슨 상관이야?" 나는 아무렇게나 대꾸했다.

"너는 정말 바보야." 김수가 내가 심한 말이라도 한 것처럼 분을 내며 쏘아보았다. "두고 봐, 우리는 곧 소단이 싸리비로 마당 먼지를 쓸어낼 때 같이 향사 밖으로 쓸려나가게 될 거야."

봉주 선생

향 부인이 봉주 선생을 향사로 모셔 왔을 때, 봉주 선생의 나이는 이미 예순을 넘어 있었다. 봉주 선생은 남원부 사람이라면 모두 아는 유명한 파락호(재산이나 세력 있는 집안의 자손으로 집안의 재산을 털어먹는 난봉꾼)였다. 원래 봉주 선생은 몇십 칸이나 되는 기와집에 살았고 18세가 되던 해에는 칠품 문관을 지낸 집안의 딸을 아내로 맞이하였다. 봉주 선생의 아내는 몹시 아름답기로 소문이 자자하였으나 몸이 약해 시름시름 앓다가 시집온 지 2년 만에 세상을 뜨고 말았다.

아내가 죽은 후에도 아홉 번이나 과거 시험을 보았는데 시험장에 들어가서 사방의 흰 벽을 보면 머릿속이 하얗게 되어서는 저 백지에다 무얼 가득 써내야 벼슬을 할 수 있다는 것이 믿기지 않아 망연히 앉아 아무것도 쓰지 못하였다. 그렇게 처음 과거를 보러 간 봉주 선생은 삼 일 동안 세 장의 백지를 제출하였다. 그다음 여덟 번도 마찬가지였다. 아홉 번째로 과거에 낙방한 봉주 선생은 돌아오자마자 공부하던 책을 전부

모아 불에 태워버렸다. 그러고는 돌아가신 부모에게 진심으로 향을 올렸다.

봉주 선생의 부모가 생전에 바라던 것이 두 가지가 있었는데 첫째는 아들이 출세를 하는 것이고, 둘째는 그 출세한 아들이 근사한 회갑 잔치를 열어주는 것이었다. 이 두 가지 바람은 급작스런 병으로 모두 허사가 되었는데 바로 봉주 선생이 아홉 번째 과거를 보러 갔을 때였다.

봉주 선생은 효자로, 양친이 살아계실 적에는 한 번도 부모의 뜻을 거스르지 않았다. 아내를 얻는 것이나, 과거 시험을 보는 것이나 모두 부모의 뜻을 따른 것이었다. 부모가 돌아가신 뒤, 봉주 선생은 이제는 자신이 원하는 대로 살아야겠다고 생각하고 옷 몇 벌과 책 몇 상자를 챙기고 천음루라는 청루에 눌러앉았다.

봉주 선생은 간판급 예기藝妓처럼 천음루에 단독으로 방을 차지하고 생활하는데 시중을 들어주는 사람도 있어서 이보다 입맛에 맞는 곳이 없었다. 낮에는 매우 조용하여 책 읽고 글 쓰는 데 조금도 방해되는 것이 없었다. 밤에는 홍등이 휘황찬란하게 빛나고 떠들썩한 술판에서 노래하는 가기歌妓와 춤추는 무기舞妓가 한껏 치장한 채 나비처럼 청루 사방을 팔랑팔랑 날아다녔기에 봉주 선생은 침상에 누워서도 공기 중에 떠도는 각종 향기를 맡고, 가야금으로 반주하는 음악 소리, 여인들의 교태 어린 말과 웃음소리를 창호지 너머로 듣게 되어 여러 해 이어진 불면증이 이런 분위기 속에서 자연스럽게 사라졌다.

봉주 선생은 소년 시절부터 학식이 깊고 재능이 있다는 명성이 있었는데 자못 시문에 조예가 있을 뿐 아니라 학문적으로도 독자적인 견해를 지니고 있어 그를 흠모하는 사람들이 찾아오곤 하였다. 봉주 선생은 손님을 벗처럼 대접하였는데, 멀리서 온 손님에게 더욱 신경을 써서 낮에는 좋은 차 좋은 술을 아끼지 않았고 밤에는 청루에서 가장 인기 있는 기생들을 모두 불러 모아 손님을 기쁘게 하였다. 그가 호방하다는 명성이 널리 퍼지니 거의 매일 손님으로 가득 찼다.

이렇게 풍류를 즐기며 10년을 보내니 재산이 다 없어졌다. 천음루의 행수 기생(관아에 속한 기생의 우두머리)은 봉주 선생을 한집안 사람처럼 생각해서 딴에는 봉주 선생을 대접한다고 종 치는 종지기로 머물 수 있다고 제안하였다가 이가 두 개나 날아갈 정도로 세게 귀싸대기를 얻어맞았다. "이 천한 늙은 년이 감히 양반한테 그딴 말을 내뱉어?"

봉주 선생은 책궤 하나만 들고 천음루를 떠나 유화주막으로 옮겼는데 천음루에 방이 있었던 것처럼 주막에서는 상을 하나 빌려 잠자는 것 말고는 모든 생활을 유화주막에서 하기 시작하였다.

주막은 원래 시끄러운 곳인 데다가 술주정뱅이들이 서로 욕하고 싸우는 일이 다반사로 일어나는 난장판이었으나 봉주 선생은 그 사이에서도 언제나 유유자적하였다. 옷은 늘 하루에 한 번 갈아입었고, 인사불성이 될 정도로 취해도 갓은 단정하게 쓰고 있었다. 그의 책상에는 술과 안주 외에도 서적과 지필묵이 꼭 올라가 있었다.

어느 말 많은 술꾼이 술에 취해 비틀거리며 봉주 선생 책상 앞에 와서 책상을 치면서 훈계를 늘어놓았다. "양반이 되어서 이렇게 쉬어빠진 김치 꼴로 추레하게 사느니 나라면 차라리 확 머리를 박아 죽어버릴 것이오."

"그래서 그대가 양반이 못 되는 것이지." 봉주 선생은 변함없이 한가롭게 대꾸하며 조금의 방해도 되지 않는 듯 쓰고 있던 시조를 멈추지 않고 써 내려갔다. "머리를 확 박고 죽어버리는 건 양반의 체통에 어긋나는 일이오."

"다들 당신이 집마저 팔아버렸다는 것을 알고 있소." 취객이 흥 하고 비꼬았다. "집도 없는 양반이 체통머리를 지킨들 무슨 소용이오?"

"사람이 죽으면 모두 땅에 묻히고 만다고 생각해서" 봉주 선생이 만면에 웃음을 띠고 말했다. "집을 팔게 된 것이오."

봉주 선생은 집도 팔고 옷가지도 거의 팔아서 남은 것이라곤 건강한 몸뿐이었다. 그럼에도 봉주 선생은 늘 유쾌하였다. 봉주 선생은 화를 낸 적이 딱 한 번 있었는데, 누가 부채에다가 시를 쓰거나 그림을 그려 팔라고 권했을 때였다. 그 후 봉주 선생이 유화주막의 책상 하나도 차지하기 어렵게 되었을 때, 향 부인이 사람을 보내서 봉주 선생을 향사의 글 선생으로 모셔 가고자 하였다.

이렇게 때맞추어 생긴 절호의 기회였지만 봉주 선생은 조금도 주저하지 않고 거절하였다.

"향 부인에게 이렇게 전해라." 봉주 선생이 말을 전하러 온 마부에게 말했다. "나의 신분은 그 댁의 글 선생을 하기에는 맞지 않으니 다른 분을 찾도록 하시오."

그렇게 단칼에 거절을 하니 다른 사람들은 봉주 선생을 다시 보게 되었다. 유화주막의 주인도 봉주 선생에게 열흘간 더 책상을 두고 있게 해주었다.

"선생께서는 늘 스스로가 운이 좋지 못하다고 말씀하셨는데, 이렇게 늘그막에도 운이 트일 수 있군요." 깊은 밤, 주막의 주인이 봉주 선생과 마주 앉아 술잔을 기울이다가 진심을 담아 이야기하였다. "향사는 남원부에서 사람들이 가장 가고 싶어 하는 곳입니다."

"나는 너무 늙었소." 봉주 선생이 술 항아리를 끌어안으며 웃었다. "나에게는 미색보다 이 술 항아리가 더 매력적이라오."

봉주 선생의 속사정을 뻔히 아는 술집 주인도 더는 말하지 않았다.

봉주 선생이 유화주막에 머무를 수 있는 마지막 날이 도래하였을 때, 향사의 마부가 다시 봉주 선생 앞에 나타났다. 이번에는 서간이 아니라 찻그릇보다 큰 작은 술 단지 하나를 봉주 선생 앞에 내려놓았다. 봉주 선생은 한참 동안 고급스런 술 단지를 바라보다가 손을 뻗어 흙으로 된 봉인을 열었다. 술 향기가 온 사방으로 흘러넘쳤다.

남자가 한 번 소리친 뒤처럼, 여자가 높은 소리로 노래한 뒤처럼, 유화주막의 시끌벅적한 소리가 놀라 잠잠해지는 것이 모든 먼지가 천천히 바닥에 가라앉는 것 같았다. 주막의 정적 속에서 주막 안에 있던 술꾼들의 시선이 일제히 봉주 선생의 손에 들린 술 단지로 쏠렸다.

"역시 약사의 딸이로군." 한참 동안의 침묵 끝에 봉주 선생이 술 단지를 보며 웃었다. "참으로 신통한 묘안을 궁리해냈어."

"저런 걸 술책이라 내놓다니." 어떤 사람이 끼어들며 말했다. "정말이지 세상 물정 모르는 여인이로세."

"설마 봉주 선생이 양반인 것을 모르는 것은 아니겠지?"

"봉주 선생은 돈 보기도 돌같이 하는데 겨우 술 단지 하나라니? 하! 웃음거리만 되겠군."

"꼭 그렇지는 않소." 봉주 선생이 여유롭게 말했다. "내가 살면서 여자의 유혹에 넘어가본 적은 없으나 애주가로서 술의 유혹에는 넘어가지 않은 적이 없소. 이는 체통에 어긋나는 일이 아니지."

마부는 봉주 선생을 도와 책궤와 옷을 마차에 실었다. 봉주 선생은 주막 손님들과 그 술을 나눠 마시고는 향사의 마차에 올랐다.

봉주 선생이 향사에 온 뒤, 향 부인은 나와 김수, 그리고 소단을 뒤편의 방에 거주하게 하고 매일 오전에 한문과 한글을 배우게 하였다. 이때가 봉주 선생이 가장 정신이 맑은 시간이었다. 아침의 봉주 선생은 엄숙한 표정을 하고 입가에 힘을 주고 손에는 회초리를 들고 있었다.

소단은 부엌일도 도와야 했기 때문에 나와 김수보다 일찍 일어났고, 놀 시간도 적었으며 잠잘 시간도 부족하였다. 그러나 봉주 선생은 그런 사정은 아랑곳하지 않고 수업 중에 소단이 마음에 들지 않으면 사정없이 회초리를 내리쳤다.

"등을 곧게 펴고." '타악.'

"붓은 똑바로 쥐고." '타악.'

"글씨를 쓸 때는, 가로획은 평평하게 세로획은 올곧게 써라." '타악, 타악.'

봉주 선생의 회초리를 맞을 때마다, 소단은 꼭 꿈이라도 꾸는 듯한 눈빛으로 봉주 선생을 똑바로 보며 꿈쩍도 하지 않았다.

"야만스러운 눈빛이다." 한번은 봉주 선생이 소단을 그리 평하였다.

소단은 수업 때마다 눈만 감으면 곧 잠들어버렸다. 봉주 선생은 가르치던 것을 멈추었고 나와 김수는 그 둘을 번갈아 보았다. 고요해진 방 안에서는 소단의 숨소리만 들을 수 있었다.

"고려는," 봉주 선생이 기침을 두 번 하고 목소리를 높였다. "산이 높고 물이 좋다는 산고수려山高水麗라는 말에서……."

소단은 여전히 눈을 감은 채였다. 나와 김수는 그 애가 정도가 지나쳤음을 직감했다.

봉주 선생은 책상 가에 있던 회초리를 잡고 소단에게 휘둘렀다. 그런데 그 회초리가 갑자기 부러진 것은 예상치 못한 일이었다. 부러진 조각이 봉주 선생의 얼굴로 날아왔다. 봉주 선생은 그 조각에 얻어맞으며 악 하고 소리를 질렀고, 나와 김수는 선생의 얼굴이 퍼렇게 멍들어 붓기 시작하는 것을 볼 수 있었다.

소단은 때마침 꿈에서 깼는지 입을 크게 벌리고 봉주 선생을 보고 있었는데, 그게 놀란 표정인지 웃는 표정인지는 알 수 없었다.

수업이 다시 시작되었을 때, 봉주 선생의 손에는 새 회초리가 들려 있었다. 회초리를 잡은 지 이틀도 되지 않아 회초리는 입이라도 있는 것처럼 봉주 선생의 손을 물어댔다. 투명하고 끈적이는 나뭇진이 손에 묻으면 거무튀튀하게 변했는데 이걸 닦아내려면 오전 내내 양잿물에다 손을 담그고 수세미로 벅벅 문질러야 하였다. 마침내 깨끗해진 손을 물에서 꺼내니 손바닥이 꼭 건어물을 불린 것처럼 하얗게 퉁퉁 불어 있었다.

그동안 우리는 수업이 없으니 마루에 앉아 봉주 선생의 분주한 모양을 구경하였다. 소단은 화원에서 그네를 뛰었는데 붉은 치마가 바람결에 부채질하는 것처럼 보였다.

봉주 선생은 이전 회초리를 두 개 합친 것만큼 굵은 막대기를 새로 구해 왔다. 은길은 봉주 선생이 그 막대기를 끌고 다니는 걸 보고 비렁뱅이 같다고 하였다. 그 굵은 막대기 앞에서 수업할 때 우리는 숨도 가늘게 쉬게 되었다. 소단도 몸을 반듯하게 하고 배울 때는 두 눈을 봉주 선생에게 고정하였다. 소단이 그렇게 집중하는 모습은 거의 부엌에서 맛있는 것을 보았을 때의 모습과 별 차이가 나지 않았다. 김수와 나도 매우 진지하게 수업에 열중하였다. 모두 약속이라도 한 듯이 봉주 선생이 그 새 막대기를 쓸 일이 없게 하려고 노력하였다.

향사에서는 누구나 봉주 선생이 털 달린 짐승을 싫어한다는 것을 알았다. 봉주 선생은 일찍이 털이 다 뽑히지 않은 닭 다리 때문에 부엌 사람들에게 노발대발하며 심지어 향사를 떠나겠다는 말까지 하였다. 회초리를 바꾼 지 며칠 지나지 않은 어느 날 아침, 봉주 선생이 우리를 가르치고 있을 때였다.

"조선이란, 나라가 동쪽에 있어 아침 햇빛을 먼저 받는……."

찍찍대는 소리가 났는데 소리가 가늘고 시끄러웠다.

"누가 말하고 있지?" 봉주 선생이 수업을 멈추고 우리 쪽을 돌아보았다.

우리는 얌전하게 앉아 움직이지 않았지만 소리가 여전히 들려왔다.

"어찌 된 일이냐?" 봉주 선생이 또 물었다.

"마치," 김수가 조심스럽게 대답하였다. "……쥐소리 같은데요."

"서재에 어찌 그런 것이 있단 말인가?" 봉주 선생의 얼굴이 하얗게 질리며 몸이 꽉 쥔 주먹처럼 움츠러들었다. "그놈이 어디 있는 거지?"

"마치," 김수는 봉주 선생의 옷 위로 불룩 튀어나온 것을 가리키며 말했다. "……선생님의 두루마기 안에 숨어 있는 것 같습니다."

봉주 선생은 널뛰기판에 올라탄 사람처럼 펄쩍 높이 뛰어올랐는데 하마터면 서까래에 갓을 부딪칠 뻔하였다. 봉주 선생은 그대로 자빠져서 바닥에 웅크리고 꼼짝도 하지 못하면서 신음 소리조차 내지 못했다. 김수는 얼른 뛰어가서 은길을 불러왔다. 은길이 나무 막대를 들고 봉주 선생을 마구 내려치자 마침내 회색 쥐새끼가 속옷 소매에서 나와 꼬리를 흔들며 서재에서 도망쳤다.

서재에는 갑자기 지린내가 진동하였다. 봉주 선생의 얼굴이 오줌처럼 누렇게 되었다. 봉주 선생은 우리를 내보낸 후 한참 동안 혼자 창문 앞에 서서 옷을 볕에 말리고 나서야 자리를 떠났다.

그 후로 봉주 선생은 소단이 서재에서 삐딱하게 앉아서 책을 보든, 고개를 숙이고 졸고 있든, 아래턱을 괴고 창밖을 멍하니 보든 상관하지 않았다. 소단이 책상 뒤로 도망가서 뒤의 화원에서 그네를 뛰거나 혼자 널뛰기판 위에 앉아 있어도 봉주 선생은 공부하러 오라고 부르지 않았다. 마치 이상한 건망증이 생겨 소단을 잊어버린 것 같았다. 그렇지 않으면 이상한 눈병이 난 것이었는데 소단과 마주하고 있어도 보이지 않는 것 같았다.

매일 점심을 먹고 나면 봉주 선생은 완전히 다른 사람이 되었다. 어깨를 들썩이고 비틀거리며 춤이라도 추는 것처럼 서재에 들어오는데, 몸에서는 유화주막의 술 냄새가 진하게 풍겼다. 아침의 엄숙한 표정도 어디론가 사라지고 아주 자상한 얼굴로 우리를 바라보았다.

봉주 선생의 오후 수업은 참 인정미가 넘쳤는데 하늘의 별, 땅 위의 산천초목, 옛날부터 전해온 신화, 고려 왕조 시대의 어떤 정변, 시조를 쓰는 법, 오늘 점심으로 나왔던 생선회를 뜨는 방법 등 봉주 선생은 마음 가는 대로 청산유수로 떠들어대면서도 나와 김수가 그 말에 귀 기울여 듣든 종이에다가 자기를 그리든 신경 쓰지 않았다. 힘을 잃은 노인처럼 취한 후의 봉주 선생은 제 혀를 통제할 고삐를 쥘 여력이 없는 듯 말이 멋대로 날뛰게 두었다.

어느 날, 봉주 선생이 목이 마르다고 했을 때 김수가 차를 한 잔 따라서 가져다드렸다. 봉주 선생의 시선이 김수를 따라 움직이다가 김수가 가까이 오자 앞의 탁자를 탁탁 치면서 말했다. "손을 여기에 올려보거라." 김수가 손을 탁자에 올려놓자 봉주 선생은 눈을 가늘게 뜨고는 한참 동안 아무 말도 하지 않았다.

다음 날, 봉주 선생은 수업할 때 쟁반에 차 한 잔을 받치고 있었다. 봉주 선생은 김수에게 차를 입에 머금고 있다가 혀의 양쪽에 닿게 하며 삼키라고 하고 차 맛을 평가하게 하였다.

이것이 정해진 순서처럼 되어서 매일 수업을 시작하기 전에 하게 되었다.

춘향

제일 먼저 한림안찰부사 나리는 사람들에게 산에서 들장미를 캐 와서 화원 둘레에 심게 하였다. 들장미의 굵고 긴 가시는 향사의 천연 울타리가 되었다. 후에 향 부인은 매년 정원지기에게 장미를 사서 심게 하였으므로 매우 빽빽해졌는데 가지치기를 할 수 없을 정도로 지나치게 넓은 면적에 재배되었다. 칠팔 년쯤 지나니 향사의 장미꽃은 아름답고 향기로운 가시의 강처럼 되었다. 보통 사람 키의 두 배는 될 정도로 높이 자라나서 날개가 있지 않고서는 누구도 넘을 엄두도 낼 수 없게 되었다.

이는 우리에게 밖을 전혀 내다볼 수 없게 했지만 동시에 밖에서도 우리의 생활을 전혀 알 수 없게 하였다.

장미꽃이 피는 계절마다 나는 꽃을 먹던 습관이 도졌다. 색이 옅은 꽃잎은 색이 짙은 꽃잎보다 맛은 더 쓰지만 향이 더 맑고 깊었다.

향 부인도 장미꽃을 즐겨 먹었지만 나처럼 생으로 먹는 것은 아니었다. 향 부인은 찬모에게 신선한 꽃잎을 따다가 밀가루를 묻혀 기름에 튀기게 한 뒤 꿀을 뿌려 간식으로 먹었다.

장미꽃이 피기 한 달 전, 날이 점점 풀리며 온 산천초목에 싱그럽고 활발한 기운이 일어날 때, 봉주 선생의 얼굴색은 나날이 차마 볼 수 없을 정도로 되었다. 첫 번째 장미꽃이 피어났을 때 봉주 선생의 팔에는 쌀알 크기의 붉은 반점이 드문드문 나타났다. 장미꽃이 많이 피고 꽃향기가 진해질수록 봉주 선생 몸의 붉은 반점은 점점 많아졌고 봉주 선생이 옷으로 몸을 꼼꼼히 싸맸지만 어쩌다가 소매에서 팔이 드러날 때면, 얼핏 보기에 붉은 장갑을 끼고 있는 것처럼 보일 정도였다. 봉주 선생은 날이 갈수록 말수가 적어졌고 숨이 가빠졌으며 가슴속에서 항상 이상한 소리가 났는데 고깃국 같은 걸 끓이는 소리 같았다.

"너희는 저 가시들이 보이느냐?" 봉주 선생은 늘 밖의 장미꽃을 가리키며, 숨 가쁜 목소리로 나와 김수에게 말했다. "저 가시들이 모두 나를 찌르고 있구나."

나는 그의 고통을 느낄 수 있었다. 가슴속에서 불덩이가 타는 듯 봉주 선생의 호흡에서는 마르고 건조한 탄 냄새가 났다. 피부에는 붉은 반점이 피었고 숨이 차서 목소리는 늘 목이 멘 것 같았다. 모두 폐에 열이 차서 생기는 증상이었다.

나는 김수에게 구부러진 대나무의 한쪽 끝을 뾰족하게

다듬어달라고 하여 그 대나무를 화원에 있는 몇십 년 묵은 고로쇠나무에 꽂아 넣었으며 대나무의 다른 한쪽에는 입구가 넓은 병을 받쳐두었다. 한참 동안 기다리니 고로쇠 수액이 병을 반절 정도 채웠다. 나는 찬모에게 신선한 도라지 즙을 내어 끓여달라고 하였다. 끓인 즙을 식힌 후 벌꿀과 으깬 황설리화(매화의 일종) 열매를 고로쇠 수액에 넣었다.

완성된 약즙은 아주 걸쭉했는데 황록 색깔로 인해 백자 그릇에 담아놓으니 마치 화장실에 있어야 할 물체처럼 보였다.

봉주 선생은 음식을 넘기지 못한 지 벌써 며칠이나 지난 상태였다. 김수와 내가 그의 방에 갔을 때, 봉주 선생은 곧 숨이 끊어질 물고기처럼 돗자리에 엎어져 있었으며 입을 한껏 벌리고 있었다.

"약을 가지고 왔어요." 나는 그릇을 내려놓았다.

"……독약이면 가지고 오너라." 봉주 선생은 고개를 들지도 않고 눈도 감은 채로 말했다.

"춘향아," 김수가 나의 옷자락을 잡아당기며 내 귀에 속삭였다. "지금이라도 그만두는 게……."

"제가 직접 지은 약이에요." 나는 숟가락을 봉주 선생에게 건네주었다.

"이 약을 마시면 내 이 늙은 목숨이 바로 끊어질 거라고 말할 수 있느냐?" 봉주 선생은 그 한 문장을 마치는 데도 숨을 몇 번이나 몰아쉬었는지 모른다.

"아마도 그렇겠지만……." 나는 갑자기 무서워져서 약을 도로 가져가기로 하였다. "그러면 시도하지 마세요."

"잠깐만," 봉주 선생은 내 손을 잡아 눌렀다. "정말 네가 이 약을 지었느냐?"

"네."

"나는 네 외할아버지의 의약서에서 처방을 찾지 못했다."

"이건, 제가 스스로 찾아낸 처방이에요."

"그래? 그러면 당연히 시도해봐야지." 봉주 선생은 나를 보고 웃으면서, 손을 뻗어 그릇을 집었다.

"더 생각해보셔야 하지 않겠습니까?" 김수가 그릇을 붙잡았다.

"기억해둬라. 만일 내가 죽게 된다면 이 장미꽃 향기를 더는 못 견딘 것이고 이 약이랑은 아무 상관없는 일인 것이다." 봉주 선생은 김수를 보며 한층 무거운 말투로 당부하였다. "이 말을 꼭 향 부인에게 전해라. 알겠느냐?"

그는 말을 마치고, 약그릇을 입에 가져간 뒤 단숨에 다 삼켜버렸다.

나는 봉주 선생의 입가에 남은 황록색을 보고 약물이 그의 오장육부에서 어떤 괴물로 변하고 또 그 힘이 얼마나 클지 생각해보았으나 잘 가늠할 수는 없었다.

오후부터 초저녁까지 나와 김수는 회랑 마루에 앉아 봉주 선생이 침실과 뒷간을 왔다 갔다 뛰어다니는 것을 지켜보았다.

맞바람이 불자 봉주 선생의 옷이 뒤로 펄럭이며 뼈밖에 남지 않은 몸이 더욱 두드러져 보였다.

내가 김수의 손을 잡으니 김수가 고개를 돌려 나를 보았다. “만일 봉주 선생님께서 돌아가시면 어쩌지?” 나는 김수에게 물었다.

“그럼 글공부하러 가지 않아도 되겠지.” 김수는 짧게 웃다가 금방 그 웃음을 멈추고 내 손을 잡았다. “걱정하지 마, 춘향아. 선생님은 돌아가시지 않을 거야. 돌아가시더라도 저 장미꽃들 때문이지 너 때문은 아니야.”

우리 뒤에서 발소리가 들렸다. 소단이 나막신을 신고 서재에서 나와서 거의 우리 뒤를 지나 딸각딸각 회랑 마루를 따라 앞뜰로 뛰어갔다. 소단의 치마가 바람에 부풀어 올라 둥글어지는 모습이 꼭 비쩍 마른 몸이 받치고 있는 우산 같았다.

잠시 후 은길과 부엌에서 일하는 여자 두 명이 소단을 따라 바삐 뛰어왔다.

봉주 선생은 고개를 움츠리고 등을 구부리고 뒤꿈치를 끌며 막 측간에서 나오던 참이었다.

“세상에나, 얼굴이 완전히 퍼래졌네.” 한 계집종이 손으로 입을 막았다.

“반은 누렇게 떴고 반은 푸르죽죽해.” 다른 계집종이 한마디 거들었다. “얼굴색을 보아하니 내일 해가 뜰 때까지 숨이 붙어 있을지 모르겠네.”

"춘향아." 은길이 내 옆에 앉아 낮은 목소리로 물었다. "도대체 뭘 마시게 한 게야?"

"병을 고칠 약이에요."

"어디서 그 처방을 구했느냐? 약방에 있던 것이야?"

나는 고개를 저었다. "내가 생각한 처방이에요."

"아이구!" 한 계집종이 탄식했다. "춘향 아씨, 혼자 생각한 처방으로 봉주 선생님을 치료하려 했어요?"

"맙소사." 다른 계집종이 주저앉아 손으로 회랑 마루를 두들기며 말했다. "이렇게 사람 하나가 골로 가는구나."

"걔네들은 공부하기 싫었나 봐요." 소단이 우리를 가리키며 소리 높여 말했다. "그래서 봉주 선생님께 독약을 먹인 거예요."

소단은 두 눈을 등잔불이 타오르듯 번뜩이면서 후다닥 앞으로 달려갔다. 소단은 향 부인과 함께 뒷마당으로 되돌아왔다. "이러다 송사가 벌어지진 않겠지?" 은길이 고개를 들고 향 부인에게 물었다. "춘향이는 아직 어리니……."

"춘향아." 향 부인이 몸을 숙이며 나를 바라보았다. "네 처방에는 뭐가 들었느냐."

"봉주 선생님은 돌아가시지 않아요." 나는 대답했다.

그리고 그 말 외에는 더 해줄 말이 없었기에 입을 꾹 다물었다.

"너 이 녀석……." 은길이 손을 번쩍 들었다.

나는 아무 말도 하지 않고 은길을 똑바로 보았다. 은길은 결국 한숨을 내뱉고 내 머리를 쓰다듬으며 나를 품에 꼭 안았다.

향 부인은 김수를 한쪽으로 불렀다. 나는 은길의 품속에서 고개를 돌려 그를 바라보았다. 김수는 단정히 서서 향 부인의 짧은 물음에도 중얼중얼 한참을 대답하였다.

날이 어두워지자 은길은 회랑 마루 처마에 걸려 있는 사방등四方燈(네모반듯한 등)을 모두 밝히게 하였다. 향사 사람들은 하나도 빠짐없이 뒷마당에 모여서 회랑 마루에 일렬로 앉았다. 봉주 선생에게는 발밑의 징검돌이 역청으로 변하기라도 한 듯해서 발을 뗄 때마다 지켜보는 사람들을 걱정하게 하였다. 발을 겨우 떼더라도 힘써 다리 사이를 오므리는 모습이 마치 망가진 옷집게 같았다.

누군가 부축하려고 하였으나 향 부인이 제지하였다.

"봉주 선생은 너희의 도움을 바라지 않을 것이다."

나는 봉주 선생의 몸에서 혼탁한 기운이 조금씩 빠져나가는 것을, 그리고 더운 기운이 끊임없이 더해지고 있는 것을 냄새를 통해 알 수 있었다. 그러나 그가 지켜오던 체통은 여인들 앞에서 완전히 잃어버리고 말았다.

봉주 선생이 마지막으로 측간에서 나와서 가는 중에 바닥에 엎어지면서 입으로는 검은 피를 뿜어냈다.

"드디어 숨이 끊어졌구나." 한 계집종이 하품을 하고는 양손으로 허리를 받치며 자리에서 일어났다. "저렇게 오래 뛰어다니다니 황천길은 정말 짧지 않구나."

나는 봉주 선생 옆으로 뛰어가서 그의 소매를 걷었다. 팔의 붉은 반점이 모두 없어져 있었다.

"언제부터 그런 걸 할 수 있게 된 거니?" 향 부인이 나에게 물었다.

봉주 선생이 혼절한 후, 은길과 하인 두 명에게 봉주 선생을 씻기게 하였는데 그 전에 다른 하인들은 모두 들어가서 자고 김수와 소단도 각자 자기 방에 돌아가라고 하였기에 뜰에는 나와 향 부인만 남게 되었다.

"저는 여러 물건에서 나는 독자적인 냄새를 구별할 수 있어요. 그리고 외할아버지의 책에는 흥미 있는 처방이 많아요."

"그러니?" 향 부인이 웃으며 말했다. "너는 남자로 태어났다면 틀림없이 훌륭한 약사가 되었겠구나. 네 외할아버지처럼 말이다. 아니, 외할아버지보다도 더 훌륭한 약사가 되었을 수도 있겠지."

봉주 선생도 나에게 비슷한 말을 한 적이 있었다. 봉주 선생은 가끔 약방에 앉아서 할아버지가 남긴 의약서를 들춰보곤 하였다.

"너희 할아버지는 대단한 사람이다." 봉주 선생이 말했다.

은길은 외할아버지와 관련된 일은 사소한 이야기라도 무척 기뻐하였다. 은길은 봉주 선생이 양반이라 역시 학식도 깊고 안목이 있어 낡은 의약서만 보아도 외할아버지가 대단한 사람인 것을 알아낸 것이라고 하였다.

"유능한 사람들은 다 어딘가 닮은 구석이 있다니까." 그러면서 은길은 외할아버지와 봉주 선생이 보통 사람들과는 다른 이유를 여러 가지 들어 보였다.

봉주 선생은 정말로 외할아버지를 생각나게 하는 면이 있었다. 은길이 말하기를, 외할아버지도 술을 좋아하셨다고 한다. 물론 봉주 선생처럼 그렇게 목숨 걸고 마시지는 않았다고 했으며, 봉주 선생은 다른 사람이 물 마시는 것보다 더 많은 술을 마시고 있을 거라고 하였다.

"봉주 선생님께서도 저에게 좋은 약사가 될 것이라고 했어요." 나는 향 부인에게 말했다.

"그래, 지금은 나도 그렇게 믿는단다."

향 부인은 사방등의 불빛 아래서 나에게 미소 지었다. 불빛이 부나방을 끌어들이듯, 그 아름다운 미소는 사람을 끌어당겼다.

"저는 당신의 몸에서 자주 다른 사람의 냄새를 맡아요."

향 부인의 얼굴에서 미소가 사라졌다. 그렇지만 남아 있는 미소만으로도 향 부인의 얼굴은 노을처럼 아름다웠다.

"……그래? 냄새가 난다고?"

"네."

몇 년 전, 한밤중에 향 부인의 방문을 열어젖혔던 일이 생각났다. 향 부인의 눈빛에서 나는 향 부인도 같은 일을 떠올리고 있다는 것을 짐작할 수 있었다.

"춘향아. 네가 자라서 어른이 되면 많은 것을 다른 시선으로 보게 될 것이란다. 그렇지만 지금의 너에게 내가 무어라고 말해야 할지……."

"저는 이미 남녀 사이의 일이 무엇인지 알아요." 나는 향 부인의 눈을 바라보며 말했다. "외할아버지의 책에서 보았어요. 그림까지 그려져 있는 책이요."

"그래?" 향 부인이 눈썹을 치켜올렸다. "김수와 소단도 본 적이 있니?"

"아니요. 그 애들은 약방에 가는 걸 별로 좋아하지 않아요."

한림안찰부사 나리의 부인

한림안찰부사 나리의 부인은 친정아버지를 전라남도 선산에 모시고 한성부로 돌아가는 길에 굳이 멀리 돌면서까지 남원부에 들렀다.

검은 옻칠을 한 그녀의 마차는 하인 여섯과 함께 사황의 경계를 받으며 향사 앞에 멈춰 섰다. 사황은 한 어미에게서 함께 태어났으며, 진도에서 태어나 두 시간 만에 조련사의 강보에 싸여 향사로 오게 되었다. 진돗개는 충성심이 높고 체구가 그리 크진 않지만 호피색 노란 털에 대추색 눈, 삼각형 귀, 낫 모양의 장대처럼 빳빳하고 긴 꼬리를 가지고 있었다. 진돗개는 경계심이 유별나고 감각이 무척 예민하여 밤에 잠을 자다가도 무슨 작은 소리만 나도 벌떡 일어나 대응 자세를 취한다. 조련사를 포함하여 향사의 그 누구도 네 마리의 개를 분간하지 못했기 때문에 한 마리를 불러도 사황이라고 하였다.

은길이 사황이 짖는 소리를 듣고 나와서 손님을 맞이하였다. 상복 차림의 한림안찰부사 나리의 부인은 한마디도 하지 않았지만 옆의 몸종이 나서서 은길을 야단쳤다. "눈이 멀었느냐? 뭘 보고 있는 것이냐! 당장 이 버릇없는 개를 쫓아내고 귀빈을 모시지 않고!"

한림안찰부사 나리의 부인은 향사를 한 바퀴 돌아보았다. 장미꽃은 푸른 잎 사이로 막 꽃봉오리를 맺고 있었고 약방 앞의 창포는 이미 주발만 한 꽃을 탐스럽게 피워내고 있었다. 선혈같이 붉은 빛깔의 꽃이 피어 있는 광경은 마치 피범벅이 된 상처라도 보는 것 같아서 섬뜩한 느낌이 들었다.

부인이 손님방에 도착하였을 때 향 부인은 이미 몸단장을 마치고 기다리고 있었다. 향 부인은 회랑 마루에서 한림안찰부사 나리의 부인에게 몸을 숙여 인사하였다. "오셨습니까."

부인은 향 부인의 얼굴을 뚫어져라 쳐다보다가 아래위를 죽 훑어보고는 흥 하고 콧소리를 내며 객실로 들어가서 병풍 한가운데 상석에 앉았다. 그네의 몸종이 곁에 따라 들어와서 그 뒤에 앉았다.

향 부인은 객좌(손님이 앉는 자리)에 앉았고 은길이 그 옆에 앉았다.

"줄곧 궁금하였다." 한림안찰부사 나리의 부인이 마치 자신의 여종에게 묻는 것처럼 말했다. "도대체 무엇이 그이의 목숨을 빼앗았는지."

"독이 있는 꽃 때문이지요." 그네의 몸종은 입술을 종잇장같이 얇게 하고 눈을 칼날같이 가늘게 뜬 채 향 부인을 훑어보았다.

"태생이 천한 것. 만악萬惡의 근원. 꽃은 피어보았자 한 철인 법. 지금 웃는 모습은 보기 좋지만 늙어서 시들어지면 남자들은 발 닦는 데 쓰는 걸레나 길가의 쥐, 들판의 측간처럼 여길 거야."

"천한 것이라 하면 그이를 빼놓을 수 없지." 한림안찰부사 나리의 부인이 찬찬히 말했다. "은혜도 모르는 가난뱅이. 출신은 양반이라고는 하지만 겉만 번드르르하고 속은 비어서 나의 아버지가 아니었다면 그가 어찌 체통을 유지했겠는가."

"그러니 그런 응보를 받은 것이지요." 몸종이 맞장구쳤다.

"별 이상한 사람들을 다 보겠네." 은길이 말했다. "왜 남의 집에 와서 굳이 혼잣말을 지껄인담? 정말 바지 벗고 방귀 뀌는 것 같네."

"여기가 어디라고 개가 짖는가?" 몸종이 은길을 매섭게 노려보았다.

"어이구, 옳은 말씀도 하시네." 은길은 조금도 물러서지 않았다. "집 지키는 개가 짖으려면 장소를 보고 짖어야지."

그 말에 분기탱천한 몸종이 몸을 반쯤 일으켰을 때, 한림안찰부사 나리의 부인이 콧소리로 "으흠……" 해서 멈추게 하였다.

몸종은 은길을 흘기며 다시 자리에 앉았다.

"나는 지금 상중이다." 한림안찰부사 나리의 부인이 고개를 들고 향 부인을 보았다. "나의 아버님께서는 벼슬길에 오른 후 순탄대로만을 달리며 뭇 사람의 존경을 한 몸에 받으셨다.

그런데 너와 내 남편이 파렴치한 짓을 벌여 체면을 더럽혔지. 심지어 그치가 죽은 후에도 너희들의 소문이 여전히 귀신처럼 사방으로 퍼져서 아버님께서는 그 추문을 피할 수가 없어서 벼슬길도 험난해졌고 십여 년간 웃음조차 잃으셨다."

"그러하다면 지금은 그 고통에서 벗어나셨을 테니 참으로 잘된 일입니다."

"네 이녀언!" 한림안찰부사 나리 부인의 얼굴이 분노로 떨렸다. "방자하기 짝이 없구나!"

"이 파렴치한 창녀가 감히!" 몸종이 확 몸을 일으키며 소매를 걷고 향 부인에게 손찌검을 하려고 하자 은길도 벌떡 일어났다.

"사는 건 또 무엇이 기쁘고, 죽는 건 또 무엇이 두렵겠습니까." 향 부인이 담담하게 말했다.

"……그치가 만일 죽지 않았다면 나는 그에게 너를 첩실로 삼으라 하였겠지." 한림안찰부사 나리의 부인은 평정을 되찾고 나서 단어를 하나씩 씹듯이 말했다. "우리가 한집에서 살면 재미있었을 텐데."

은길이 서재로 뛰어 들어와 나를 찾는데, 이마가 온통 땀으로 흠뻑 젖어 있었다. 은길은 뭐라 설명할 틈도 없이 솔개가 병아리를 낚아채듯이 책상에 앉아 있던 나를 뒤에서 집어 들고 회랑 마루를 따라서 앞으로 달려갔다. 동동거리며 달리는 그녀의 발소리는 북소리보다 더 컸다.

그녀의 조급함은 나에게도 전염되어 내 가슴도 콩닥콩닥 뛰기 시작하였다.

"내가 일찌감치 방비했어야……." 은길이 횡설수설하였다. "내가 그 계집종을 쏘아보느라 정신이 팔린 사이에 일이……."

한림안찰부사 나리의 부인은 떠나는 순간에 회랑 마루에 멈춰서 배를 부여잡으며 주저앉았다.

은길은 몸종과 서로 어깨를 밀치고 지지 않으려고 노려보느라 바빴다. 향 부인은 잠깐 주저하다가 부인에게 다가가 몸을 숙이며 물었다. "왜 그러시나요? 잡아드릴까요?"

한림안찰부사 나리의 부인이 손을 뻗어 향 부인의 팔을 콱 움켜쥐면서 그 거대한 몸으로 향 부인을 누를 뻔하였다.

은길이 얼른 뛰어가서 한림안찰부사 나리 부인을 한쪽으로 옮기고 향 부인을 끌어냈다.

"그치들이 떠나는데 얼굴의 표정이 꼭……." 은길이 말했다. "그때부터 뭔가 잘못되었구나, 하는 생각이 들었는데 향 부인이 갑자기 쓰러지더니……."

김수와 봉주 선생을 제외한 향사의 모든 사람이 향 부인의 침실 앞에 모여 있었다. 그들은 향 부인 방 밖 회랑 마루에서 입술을 꾹 다물고 있었다. 나를 보는 그들의 시선에서 어떤 아픔을 느낄 수 있었다.

나는 은길을 따라 방 안으로 들어갔다. 자리에 누워 있는 향 부인은 얼굴이 푸르고 입술은 보랏빛이었으나 그럼에도 장미꽃

봉오리처럼 아름다웠다.

"춘향아 ―" 은길이 나의 어깨를 붙들었다. 손을 벌벌 떨며 힘껏 나를 흔들었다. "제발 살려다오……."

나는 은길을 토닥이고, 향 부인 옆에 무릎 꿇고 앉았다. 그러고는 눈을 감고 가볍게 혀끝으로 향 부인의 입술을 맞추었다. 향 부인 몸 안에 한 줄기의 차갑고 검은 상처가 점점 커지고 있는 것이 느껴졌다. 그 힘이 이다지도 강하니 향 부인이 눈을 뜰 힘조차도 없는 것이었다.

나의 머릿속은 엉킨 실타래처럼 어지러워졌다. 나는 실마리를 찾으려고 애썼고 생각이 점점 선명해졌다.

"……물을 끓여요. 큰 솥에 물을 올려서 마늘을 있는 대로 넣어요……."

은길이 입을 열기도 전에 여인들이 부엌으로 이미 뛰어갔다.

나는 고개를 내밀어 정원 지기를 보고 말했다. "우리 집에서 기르는 알로에 잎 중에 가장 큰 것을 따다가 즙을 내세요. 어서요."

두 정원지기는 서둘러 온실로 향했다.

나는 은길에게 방을 지키라 하고 약방으로 뛰어가 마른 감초를 찾아냈다. 이어 서랍을 뒤져서 독초로 만든 약을 찾을 때 조금의 망설임도 없었다. 해독제를 짓기 위해서는 독이 필요했던 건데, 나는 그 같은 사실을 나도 모르게 그냥 다 알고 있었다.

약방에서 나오는 길에, 나는 김수와 거의 부딪힐 뻔하였다.

“그분께서 돌아가시니? 그러니?” 김수의 얼굴은 눈물로 범벅되어 있었고 새로운 눈물이 끊임없이 흘러내렸다. 혼절한 향 부인보다도 그의 눈빛이 더 죽을 사람 같았다.

“나도 몰라.” 나는 감초를 김수에게 넘겼다. “나 대신 이걸 부엌에 갖고 가서 물에 끓이라고 해.”

김수는 감초를 받아들며 말했다. “춘향아, 네가 그분을 살릴 수 있겠니?”

“……나도 모르겠어.”

방에 돌아가자 은길이 향 부인을 끌어안고 물에 빠진 사람처럼 자기 손발을 어디에 두어야 할지 몰라 하며 눈에는 눈물이 그렁그렁하였다.

“춘향아, 춘향아…….” 은길이 나를 불렀다. “이걸 어찌해야 좋으냐.”

나는 은길에게서 향 부인을 받아 부축하여 자리에 바로 눕혔다.

“이것 좀 만져봐라.” 은길이 향 부인의 한 팔을 내 손 위에 올려놓았다. “이제 살아나기 틀린 것은 아니겠지? 살이 이렇게 차갑고, 맥도 뛰지를 않으니…….”

팔을 보니 한림안찰부사 나리의 부인이 손톱으로 긁어놓은 상처가 몇 개의 굵고 검은 선으로 변색되어 있었다. 이 상처로 독이 들어간 것이 틀림없었다.

온실 방향에서 크고 작은 소리가 들려왔다. 정원지기가 큰 그릇 위에 작은 그릇을 덮어서 들고 뛰어오는데, 즙이 사방으로 넘치며 튀고 있었다. 나는 손에 있는 환약을 그릇에 넣고 숟가락으로 천천히 저어 녹게 하였다. 그 뒤에 나는 은길에게 향 부인을 일으켜 앉혀달라고 하였다. 향 부인은 평소보다 몸이 축 늘어져 있었고 입술도 이미 검게 되어 있었다. 나는 향 부인의 뺨을 눌러 입을 벌리게 하고 은길에게 숟가락으로 알로에즙을 떠서 천천히 다 먹이게 하였다.

이어 나는 하인들에게 향 부인을 욕실로 옮기라 하고 마늘을 잘 끓인 물을 한 동이씩 가져오게 하여 욕조에 가득 채우고 향 부인을 거기에 담그게 하였다. 반 시진마다 감초 달인 물을 한 사발씩 입속에다 부었다. 향 부인은 감초 달인 물이 목으로 넘어가기 무섭게 그 물을 다 토해냈다. 향 부인의 흐느적거리는 몸에는 힘이 하나도 없었는데, 놀랍게도 감초 달인 물이 저절로 용솟음치며 향 부인의 입속에서 뿜어져 나왔다.

우리가 향 부인을 욕조에서 꺼낸 후에, 나는 모두 함께 방금 삶은 계란을 살갗 위에다 굴리게 하였다. 그 계란들의 껍질을 벗겨보니 흰자가 모두 거멓게 변해 있었다. 그날이 지나가고 다음 날 달이 밝아졌을 때 향 부인의 숨은 안정되어 있었다. 그녀의 얼굴색은 계란 흰자처럼 투명해졌고 입술도 더 이상 보랏빛이 아니라 빗물에 씻긴 꽃잎 빛깔이 되었다.

그때 나는 혼자서 향 부인 곁을 지키고 있었다. 문득 옛날 생각이 났다. 향 부인과 같이 맨발로 회랑 마루에 걸터앉아 꽃 냄새를 맡고, 나비가 날아다니는 모습과 밤에 빛나던 반딧불을 보았으며, 향 부인 방에서 들렸던 사내의 웃음소리가 들리는 듯했다. 남자들은 마치 이 세상의 모든 즐거운 일이 그 만남 때문인 것처럼 큰 소리로 웃었다.

향 부인의 얼굴에 호수처럼 빛나는 미소가 떠올랐다. 도무지 현실의 것 같지 않은 그런 미소였다.

"춘향아, 어찌하여 울고 있느냐?" 향 부인이 입술을 달싹이며 실처럼 가는 목소리로 말했다.

나는 회랑 마루로 뛰어갔는데, 가장 먼저 마주친 사람은 손에 술병을 들고 있는 봉주 선생이었다.

"향 부인이 살았어요!" 나는 봉주 선생의 손을 잡고 큰 소리로 말했다. "믿겨지세요?"

"그럼." 봉주 선생은 차분하게 대답했다.

그 태연자약한 태도가 나의 발걸음을 붙들었다. "이렇게 될 줄 알고 계셨던 건가요?"

"너는 그 약 처방을 어떻게 알게 되었느냐?" 봉주 선생이 나를 흘깃 보는데 미묘한 미소를 띤 얼굴이었다.

"어떨 때는 지금처럼 외할아버지가 제 머릿속에 살고 계시는 것 같아요. 그분의 처방이지 제 것이 아니에요."

"춘향아. 그건 네가 타고난 것이란다. 청출어람이로구나." 봉주 선생이 술병을 나에게 내밀었다. "한 입 마셔라. 축배를 들어야지."

나는 내키지 않는 눈으로 술병을 보았다. "이 주전자 주둥이에는 선생님 침이 묻어 있잖아요."

봉주 선생은 크게 웃었다.

"그렇구나, 그럼 억지로 권하지는 않겠다."

향 부인이 몸조리를 하는 동안 나는 정원지기들에게 매일 들장미의 뿌리를 캐내서 끓는 물에 우려내어 향 부인이 그 물에 한 시진 동안 몸을 담글 수 있게 하였다. 이런 일이 있은 뒤, 향 부인은 전보다 더 젊고 아름다워졌다. 그녀의 피부는 나와 소단보다도 더 부드러웠고 몸에서는 은은한 향이 났다. 설령 여자라고 해도 향 부인을 보면 그 아름다움에 가슴이 뛸 정도였다.

궁정악사

남원부에 낯선 얼굴들이 나타난 것은 그 이후의 일이었다. 이 젊은이들은 대부분 나이와 어울리지 않는 엄숙한 표정을 짓고 칼을 차고 다니다 보니 더욱 독특해 보였는데 꼭 사헌부에서 몰래 사찰하러 다니는 관리 같았다. 처음에 이 젊은이들이 성안을 배회하고 다니자 남원부 사람들 사이에서는 궁금증이 점점 커져갔는데 말하기 좋아하는 사람들이 마침내 이 젊은이들이 판소리 광대와 패담에 홀려서 오로지 향 부인을 뵙고 싶어 하게 되었다는 것을 알게 되었다.

"맙소사, 그런 거였군."

남원부 사람들의 궁금증은 가라앉았지만 동시에 향 부인 이야기가 생전 가본 적도 없는 곳은 물론이고 상상조차 해본 적도 없는 곳까지 아주 멀리 퍼졌음을 깨닫게 되었다.

이 외지인들의 출현은 의심할 바 없이 또다시 판소리 광대와 세책가 서생들의 새로운 소재가 되었다. 그러므로 모두들 남원부의 공기는 두 가지로 가득채워져 있는데 하나는 향 부인의 명성이고 다른 하나는 유화주막의 술 향기라고 하였다.

궁정악사는 바로 이런 분위기에서 남원부에 돌아왔다. 이 궁정악사는 바로 판소리 광대와 세책가 서생들이 줄기차게 인용하는 이 시조를 지은 사람이다.

배꽃에 달 비치고 은하수 깊은 밤에
한 가지에 담긴 봄 마음을 어찌 두견새가 알며
녹이상제* 살찌게 먹여 시냇물에 씻겨 타고
용천설악** 들게 갈아 허리에 차고 둘러멘다.

궁정악사는 나이가 들어 백내장이 생겨서 관직에서 물러났는데 오만하고 자부심이 넘쳤던 이 악사는 고향에 돌아온 뒤 남원부 사람들이 일찍이 왕궁에서 관직을 지낸 자신의 훌륭한 경력은 궁금해하지 않고 오직 향 부인 이야기에만 관심이 있음을 알게 되었다.

어느 날 악사는 유화주막에서 한 젊은이와 마주치게 되었다. 옷차림을 보아하니 젊은이는 양반집 자제 아니면 아주 부잣집 출신 같았다. 악사는 시야가 혼탁했지만 그럼에도 그 젊은이가 차고 있는 화려한 검이 대단히 훌륭한 보검이라는 것은 여전히

---

* 빠르고 좋은 말을 비유적으로 이르는 말. '녹이'와 '상제'는 모두 중국 주나라 목왕이 타던 준마(駿馬)이다.

* 용천설악(龍泉雪鍔)은 최영장군의 유명한 시조에 나오는 최영 장군이 아끼는 애검(愛劍)을 말한다. 용천은 보검(寶劍)의 이름이며, 설악(雪鍔)은 잘 베어지는 칼날이다.

알아볼 수 있었다.

"향 부인은 금으로 된 요강 같구나." 궁정악사는 수염을 만지작거리며 옆에 앉은 주막 손님에게 감탄하는 어조로 말했다. "아래에 털도 안 났을 새파랗게 어린 것도 그녀 앞에서 바지를 내리고 싶어 하니 말이지."

그때는 오전이었고 주막이 문을 연 지 얼마 지나지 않았기에 손님들 대부분은 아직 정신이 또렷한 상태였다. 젊은이는 아무 대꾸도 하지 않고 검을 뽑아 악사를 찌르려 하였고 몇 사람이 얼른 막으려 달려들었다.

악사가 소리를 듣고 고개를 돌렸을 때, 칼끝이 가슴에서 반 자도 떨어져 있지 않았다.

젊은이의 눈은 칠흑처럼 검고 깨끗하며 차가웠다.

주막 손님들이 소리치면서 밀고 당기고 나서야 젊은이를 떼어놓을 수 있었다.

"네 놈의 혀는 화원의 잡초처럼 조만간 사람 손에 의해 뽑힐 게야." 젊은이는 검 끝을 악사에게 향한 채로 말했다. 그러고는 천천히 검을 칼집에 집어넣고 아래층으로 내려갔다.

악사는 화가 나면서도 두려워서 온몸이 벌벌 떨렸다. 유화주막 탁주를 연거푸 세 사발 마시고서야 떨림을 진정시킬 수 있었다.

"그 자식은 어디서 온 놈이야?!" 악사가 상을 내려치며 소리쳤다. "누가 감히 왕궁에서 20년이나 일한 악사를 괄시하냔 말이야!!"

그날 오후, 악사는 술을 몇 병이나 비웠는데 혼자도 마시고 또 다른 주막 손님과도 마셨다. 세 번째로 술동이의 봉인을 헐었을 때, 악사는 갑자기 주막 벽에 장식으로 걸어놓은 소고小鼓(손잡이가 달린 작은 북)를 내렸다. 그러고는 판소리 광대처럼 창을 하는데 그 내용은 한성부 기생들의 이야기였으나 여주인공의 이름을 모두 향 부인이라고 하여서 주막 손님들은 포복절도하지 않을 수 없었다.

악사의 노래는 열렬한 환영을 받았으며, 한 번으로 끝낼 수 없어 매일 점심에 유화주막에 나와서 한 곡조를 뽑아내야 하였다. 유화주막 입구는 문전성시를 이루었는데 농사지으러 가던 일꾼들도 오로지 악사가 노래하는 향 부인의 이야기를 들으러 모였으며, 듣고 나서야 밭일을 하러 바삐 돌아가는 것이었다.

한 달이 지난 어느 날 밤, 악사가 실종되었는데 가족이 몇 날 며칠을 찾은 끝에 산에서 그를 발견하였다. 악사는 죽은 채로 나무에 묶여 있었는데 머리 위에는 그의 잘린 혀가 은으로 된 못으로 박혀 있었다. 말라비틀어져 쭈글쭈글해진 혀는 언뜻 보면 마른 잎이 나무에 붙어 있는 것처럼 보였다.

악사는 평생 체면을 중시했으나 죽었을 때는 실오라기 하나 걸치지 못했으며, 온몸에 꿀을 발라놓았기에 검은 개미들이 꼬여 들끓었는데, 마치 움직이는 옷을 입은 듯 보였다.

악사의 가족들은 그를 나무에서 내려 들것에 싣고, 은못에 꿰여 있던 그의 혀도 나무에서 뽑아 그의 입 옆에 두었다. 한낮, 장에 사람이 가장 많을 시간에 악사의 가족들은 그 들것을 메고 장마당을 가로질러 지나갔다. 코에 솜을 쑤셔 넣은 장정 네 명이 엄숙한 표정으로 들것을 메고 걸어갔고 그 뒤로 머리를 가슴에 묻은 여인들이 코를 막고 곡을 하며 따라갔다. 곡소리는 공중에 펄럭이는 큰 천을 갈기갈기 찢을 듯하였다.

장마당에 있던 사람들은 밀물처럼 도로 양쪽으로 나뉘었고 가장 빨리 달려가서 악사 가까이 갔던 사람은 몸을 돌려 빠져나오려 했으나 뒤에서 밀려오는 사람들이 벽처럼 막아서서 돌아갈 길을 막고 있었다. 사람이 점점 많아지자 앞에 서 있던 구경꾼들이 시체 썩는 냄새를 견디지 못하고 길바닥에서 무릎 꿇고 토하기 시작하였다.

악사의 가족들은 기세등등하게 악사의 시신을 메고 남원부의 관아 앞에 당도하였다. 장정 넷은 돌아가며 억울함을 호소하는 북을 두들겼다. 처음으로 북을 쳤던 사람의 차례가 네 번째로 돌아오고 나서야 남원부사 나리가 마침내 피로한 표정으로 대청마루 위에 나타났다.

"왕궁에서 20년간 최선을 다하여 직무를 수행한 악사가 뜻밖에도 이런 비참한 변고를 당하였으니, 이는 까마귀 머리도 희게 세고, 호랑이도 눈물을 흘릴 일입니다." 악사의 가족은 울분이 가득 찬 목소리로 말했다.

“나리, 와서 보십시오. 고귀하였던 예인이 이렇게 처참한 꼴로 모욕당하였습니다.”

“살아 있는 사람은 천태만상으로 다르게 생겼거늘, 죽은 사람은 분간하기도 어렵구나.” 남원부사 나리는 앉은 자리에서 인상을 쓰며 소매로 얼굴을 가리고는 좌우에 선 시종들에게 부채질을 하라 하였다.

“냄새가 참으로 지독하군.” 남원부사 나리가 탄식하였다.

“이 모든 것은 향 부인이 저지른 짓입니다.”

“일개 아녀자가 아닌가.” 남원부사 나리는 잠시 생각에 잠겼다. “어찌 이런 일을 할 수 있겠는가?”

“손수 한 것이 아닐지라도 다른 사람에게 사주하여 저지른 것이지요.”

“그 다른 사람이란 누구인가? 증거가 있는가?”

악사의 가족들은 순간 말문이 막혔다. “악사께서는 왕궁에서 20년간 관직을 지내셨고…….”

“그건 이미 알고 있고.” 남원부사 나리가 소매를 휘두르며 악사 가족의 말을 잘랐다.

“저희가 바라는 것은 오직 살인범을 벌하여 원혼을 위로하는 것뿐…….”

“물론 그리할 것이다.” 남원부사 나리는 책상을 짚으며 일어나면서 좌우에 도열한 관졸들에게 말했다. “너희가 이 일을 맡아보아라.”

좌우의 관졸들이 예, 하고 대답하자 악사의 가족들이 큰 소리로 악을 쓰기 시작하였다.

"조사하지 않아도 살인자가 누구인지는 자명한 일입니다! 이건 향 부인이 원한을 가져 저지른 일이란 말입니다!"

"향 부인이 도대체 무슨 일로 원한을 가져서 사람을 죽이기까지 한단 말이냐?"

"일전에 악사께서는 유화주막에서 기생들의 이야기를 한 적이 있는데, 향 부인은 그것이 자신을 빗댄 이야기라 생각하여 보복한 것이 틀림없습니다."

"악사는 오래 관직을 지낸 이인데 어찌하여 판소리 광대나 할 법한 짓을 했단 말인가?" 남원부사 나리는 웃는 낯으로 말을 이었다 "또 그가 부른 노래가 기생 이야기라면 향 부인과는 무슨 상관이란 말이냐? 내가 듣기로는 악사는 검을 찬 젊은이와 주막에서 말다툼을 벌였다고 하던데. 그때 혀와 관련된 이야기도 나왔었다지? 그렇다면 그 젊은이가 향 부인을 흠모하여, 사랑하는 여인이 모욕당한 것 때문에 일을 저질렀다고 보는 것이 더 이치에 맞지 않겠느냐?"

악사의 조카가 벌떡 일어나 냉소적으로 말했다. "나리께서 계속해서 그 몰염치한 천한 것을 비호하시니 혹시 그것과 사사로운 관계가 있으신 건 아닌지 궁금해지는군요."

"나이도 어리면서 간은 무척 부은 자로다." 남원부사 나리는 물불을 가리지 않고 말을 내뱉는 젊은이를 빤히 바라보다가 두 손을 탁자에서 거두고 느긋하게 기지개를 켜며 다시 자리에 앉았다. "어째서 그러하다고 생각하는지 이야기해보거라."

"숙부님께서 행적이 묘연해지시고 우리는 밤낮으로 그분을 찾았습니다. 그리고 그분이 실종된 이튿날 밤, 저는 나리의 관저 협문(정문 옆의 작은 문) 앞에 향사의 마차가 서 있던 것을 제 눈으로 보았습니다. 마차는 강향단나무로 만들었고 밤에도 희게 빛나는 백마 두 마리가 끌었는데, 누군가 향사의 마차에서 상자를 가지고 내렸고 곧이어 마차가 떠났습니다. 날이 밝기 전 제가 협문을 지나는데 향사의 마차는 또 거기에 서 있었고 망토를 걸친 이가 관저에서 나와 마차에 오르자 마차가 떠났습니다."

"죽은 악사에게서 판소리의 비결이라도 전수받은 모양이지?" 남원부사 나리가 웃으며 말했다. "참으로 그럴싸한 이야기를 지어냈다만, 사람 목숨은 너의 혀가 아니라 하늘에 달린 것이다. 나는 더 이상 네가 헛소리하는 것을 들어줄 생각이 없다. 지금 가장 유력한 용의자는 주막에서 악사와 말다툼한 젊은이니 먼저 그를 잡은 후에 이 일을 다시 논하겠다."

남원부사 나리는 그렇게 말을 하고 퇴청하였다.

관졸들이 용의자를 추포하여 잡기 위해 유화주막에서 거리에 접한 가장 큰 탁자를 차지하고 하루의 절반이 넘는 시간을 거기서 보냈다. 관졸들은 누가 값을 치르는 것인지도 모를 좋은 안주와 좋은 술을 권하거니 자시거니 하며 신선보다 즐거운 나날을 보냈다. 악사가 개미 떼에 장사당하기 전만 해도 악사에게 저주를 내뱉었던 그 젊은이를 보았다던 사람이 많았으나, 악사가 죽고 나서는 그 그림자마저도 허공으로 사라진 것 같았다.

악사의 가족들은 관아에서 만족스런 답을 얻지 못하자 악사의 시신을 메고 향사 앞으로 갔다. 그들은 나무와 넝쿨로 침상을 만들어 그 위에 악사를 두었다. 또한 입이 건 여자 십여 명을 고용하여 솜으로 코를 막고 향사를 가리키며 욕을 하도록 시켰다. 밤이 되면 그 사람들은 악사만을 침상에 두고 각자 집으로 돌아갔다.

은길은 사람들을 데리고 향사의 대문 앞에 넓은 도랑을 파고, 도랑에 많은 석회를 깔고, 그 위에 숯을 덮게 하였다. 숯에 불을 붙이고 화원의 여인들이 그 숯 위에 마른 향초 더미를 계속 던져 넣었다. 건조하고 짙은 향기를 따라 매우 붉은 불꽃이 사방으로 퍼져나가 큰 너울(조선 시대 여성들이 나들이할 때 얼굴을 가리기 위하여 쓰던 물건)을 거꾸로 쓴 것처럼 밤하늘에 나부꼈다. 시신에서 나는 고약한 냄새도 너울에 덮여 분간할 수 없게 되었다.

"나는 이런 밤이 좋아." 김수가 내 손을 잡고 회랑 마루에 앉아 마당에 있는 어른들의 그림자가 이리저리 다니는 모습을 보며 즐거워했다.

"꼭 명절날보다 더 시끌벅적한 것 같아." 나도 아주 재미있다고 생각하였다.

소단은 우리와 멀지 않은 곳에 앉아 있었는데 뒷마당에 혼자 있기도 싫었지만 우리와 함께 있고 싶지도 않았기 때문이다.

악사의 시신에서 나는 악취는 먼 곳까지 퍼졌다. 그렇게 사흘이 지난 밤, 어떤 사람이 밤에 시신을 관아 앞에 옮겨놓았는데 동시에 역병에 관한 뜬소문이 거리마다 퍼지며 무시무시한 공포가 남원부를 휩쓸었다. 죽은 악사와 살아 있는 악사의 가족들은 남원부에서 가장 환영받지 못하는 존재가 되어 사람마다 겁을 내며 피해 다니게 되었다. 결국 악사의 가족들은 관아의 관졸들이 부랑자를 시켜 그 시신을 깊은 산속에 버리게 하는 것을 눈 뜨고 지켜볼 수밖에 없었다.

몇 개월이 지난 후, 산에 다녀온 사람이 개미가 버려진 시신을 다 뜯어먹어서 백골만 남아 있더라고 전해주었다.

"바람이 불 때마다 뼈가 까랑까랑 소리를 내는데, 마치 판소리 창을 하는 것 같더라니까."

그로부터 2년이 지나고 임기가 찬 남원부사 나리는 한성부로 돌아가서 사헌부에서 한직을 맡게 되었다. 한 술자리에서 술 취한 사내들이 풍류에 대해서 이야기하는데, 향 부인 이야기가 나왔다.

향 부인의 마차는 낮에는 출타하는 적이 거의 없으나 거의 매일 밤 사람을 모시고 배웅한다는 이야기였다.

"정말 찾는 사내가 그리 많습니까?" 누군가가 의심쩍게 물었다.

"그러면 향 부인의 몸이 견뎌낸답니까?"

모두 큰 소리로 웃음을 터뜨렸다.

"향사로 보내는 선물은 모두 마차로 나르는데 그 광경이 장관이라 합니다."

"정말 그렇소?" 누군가가 전 남원부사에게 물었다.

"나는 그만한 재력이 없어서 잘 모르오." 전 남원부사가 대군을 보며 말했다. "하오나 대군 대감께서는 다르시겠지요."

"허허, 그리 겸양할 필요 없소." 대군이 웃으며 말했다. "어느 고을의 수령은 곳간에 노적가리(한데에 수북이 쌓아둔 곡식 더미)가 수북하다는데 그에 비하면 우리는 집만 컸지 속 빈 강정이지 않소?"

어떤 사람이 궁정악사의 죽음을 언급하였다.

"그 악사 가족의 말에 따르면" 대군 이소심이 말했다. "그날 저녁 향 부인이 자네의 관저에 갔다는데 정말로 그랬소?"

"그날 누군가 오긴 하였으나 향 부인이 아니라 전주의 유명한 기생 김표金飄였습니다."

"나도 그 이름을 들어본 적이 있소." 누군가 끼어들어서 말했다. "그 기생은 쟁반 위에 올라 아박무牙拍舞(타악기인 아박을 손에 들고 추는 춤)를 출 수 있다던데!"

"참으로 몸놀림이 가벼운 여인이었지요." 전 남원부사는 수염을 쓸어내리며 미소를 지었다.

"향 부인이 자신의 미색이 아니라 다른 기생을 뇌물 삼아 청탁을 한 겁니까?" 누군가가 물었다.

"김표는 다만 유화주막에서 있던 일의 전후 사정을 말해주러 온 것이었습니다. 또한 악사가 변을 당하던 날 향 부인이 누구와 같이 있었는지도 말해주었지요."

전 남원부사가 공경스런 태도로 대군에게 미소를 지었다.

대군의 얼굴이 북처럼 팽팽해졌다.

"그게 누구였소?" 어떤 이가 흥미진진해하며 물었다.

"남원부에서 마신 탁주가 제 머리를 아주 혼탁하게 만들었지 뭡니까." 전 남원부사는 자기 머리를 두드렸다. "기억력이 몇 년 전부터 아주 말썽입니다."

"향 부인이 남에게 뒤집어씌우려고 수작을 부린 것일 수도 있는데 그 여자의 말을 어떻게 믿는가?" 대군이 물었다.

"원래는 믿지 못하였으나 다음 날 아침 김표가 떠난 후에 알게 된 것이 있습니다." 전 남원부사는 애매한 웃음을 띠며 말했다. "전날 밤, 관사에 들인 것은 큰 상자였고 그 상자에서 김표가 나왔습니다. 당시에도 이상함을 느끼긴 하였지요. 다른 사람의 이목을 피해야 했다면 망토로 얼굴을 가리면 그만일 텐데 무엇 하러 이렇게 힘들게 상자 안에 숨어서 들어왔을까, 하고 말입니다."

"그 상자 안에 다른 비밀이 있었소?"

"비밀은 그 상자 자체였습니다." 전 남원부사는 사람들이 모두 자신의 이야기에 집중하고 있는 것을 죽 둘러보고는, 탄식하며 말했다. "날이 밝자 나는 그 상자가 황금으로 되어 있는 것을 알게 되었습니다."

"이 여인이……." 대군의 표정이 멍해졌다가 곧 희미한 미소로 바뀌었다. "향 부인은 참으로……."

"심계心計(마음속으로 하는 궁리나 계획)가 깊은 여인이지요." 전 남원부사가 마음 깊이 탄복한 듯이 말했다. "만일 그 여인이 악사의 목숨을 거두고자 했으면 그렇게 어리석은 방법을 쓰진 않았을 겁니다."

"설령 그 여인이 정말 그 일의 배후라 하더라도," 대군이 웃었다. "그 누가 무슨 능력으로 그 여인을 잡아넣을 수 있겠소?"

"대군처럼 권세가 드높은 분이 있다 하여도," 전 남원부사가 말했다. "차마 향 부인을 어쩔 수는 없을 것입니다. 향 부인 없는 남원부는 색이 없는 천이요, 소금 없는 찬이며 풀 없는 초원이지요. 향사는 남원부의 무대 같고, 향 부인은 남원부를 새가 지저귀고 꽃향기가 가득한 무릉도원으로 만들었습니다."

나와 김수

내가 열네 살이 되던 해, 봄철 내내 나는 내 몸에서 일어나는 변화 때문에 곤혹스러웠다. 열매가 무르익으면서 나는 비릿한 냄새가 잠을 깨웠다. 나는 점점 내 몸이 낯설게 느껴졌다.

열다섯 살이 된 김수는 이미 키가 은길과 비슷하였다. 김수는 공부하는 것 외에는 다례에 온 정열을 쏟고 있었다. 입동이 지나고 나서, 향 부인은 손님을 맞지 않는 밤이면 김수를 불러 그동안 배운 다례를 행하게 하였다. 그렇게 부르기 시작한 첫날만 은길이 자고 있던 김수를 깨웠고, 그날부터 김수는 자정 이전에 잠들어 있는 법이 없었다.

김수가 향 부인을 위하여 차를 따르고 있을 시각에 나는 잠을 자고 있었다. 나의 허다한 꿈들은 모두 꽃과 연관되어 있었다. 향 부인은 내가 오랫동안 꽃 달인 물로 목욕을 해서 그렇다고 하였다. 녹음이 짙은 계절이면 장미꽃 향기가 온 향사를 뒤덮어서 사람들이 모두 향기에 흠뻑 젖었다. 겨울이 와서 꽃이 시들고 잎이 지고 나서야 우리의 몸은 향사의 초목이 되어 각기

다른 냄새를 풍겼다.

“여인의 미모는 오직 눈을 미혹할 뿐, 진정으로 남자의 마음을 사로잡는 것은 여인의 숨결이다.”

이런 향 부인의 지론보다 나는 김수의 생각이 더 좋았는데 김수는 내가 있는 곳에는 늘 꽃이 만개해 있는 것 같다고 하였다.

나는 몇 년 전에 김수가 향 부인에게서 나는 향에 빠진 적이 있었던 것을 떠올렸는데 지금 김수는 아직까지 내 몸의 미묘한 변화를 전혀 알아차리지 못하고 있는 것 같았다.

매일 아침 우리가 식당에서 만났을 때, 김수의 눈이 벌겋게 핏줄이 서 있지만 눈빛이 반짝반짝 빛나고 있다면, 혹은 밥그릇을 다완茶碗(차를 마실 때 사용하는 사발)처럼 한 손으로 받치고 다른 한 손으로 그릇의 주둥이를 만지작거리며 입가에 미묘한 웃음기를 띠고 있다면, 아니면 제 몸에서 뿜어져 나오는 듯한 달큰한 향에 도취된 듯이 마음이 저 멀리 콩밭에 가 있는 것처럼 보인다면 나는 알 수 있었다. 전날 밤 김수가 향 부인 방에 다녀온 것임을.

그런 날이면 김수는 아침 식사를 끝내고, 내가 어디에 있든 반드시 나를 찾아왔다. 만약 김수가 전날 밤 있었던 일을 말하지 않고 오랫동안 속으로 참는다면 배 속의 말들은 기름 솥에 넣은 산자처럼 부풀어 터지면서 그의 배를 터뜨려버릴 것이었다.

김수는 자신이 내뱉는 말들에 새로운 것이 하나도 없다는 것을 모르는지 언제나 아주 세밀한 부분까지 육포라도 씹는 것처럼 맛깔나게 떠들어댔다. 그러면 나는 눈으로는 김수의 입을 보고 있지만 머릿속으로는 약방문(처방전)을 생각하며 김수가 제 배 속의 말을 다 토해낼 때까지 기다렸다. 한번은 실컷 떠들고 난 김수가 내 눈앞에 손을 흔들어서 자기를 주목하게 하고는 말했다.

"춘향아, 나는 이제 어엿한 남자가 되었어."

"향 부인께 차를 끓여드려서?"

"그분의 방에 들어가면 그분께서는 나를 정중하게 대해주신다. 남원부에서는 누구나 사내 어른만이 이럴 수 있다는 것을 알고 있지?" 그렇게 말하는 김수의 표정은 매우 진지했다.

"좋아, 김수." 나는 딱히 반박할 말이 생각나지 않았다. "너는 이제 어른이야."

요즈음 나의 생활과 식사를 담당하는 것은 소단이었다. 은길이 말하기를, 여자는 자라면서 열여덟 번은 바뀌는데 소단은 점점 머리가 영리해지고 손끝이 야무지며 얼굴도 예쁘게 변했다고 감탄하였다.

"엊그제만 하더라도 막 움튼 새싹 같았는데," 밥을 먹을 때 은길이 감탄하며 말했다. "눈 깜박할 사이에 셋 다 어른이 되었네."

"춘향 아씨는 물론이고 소단도 정말 미인이 되었어." 주방 여자도 감탄하였다.

소단은 매우 우아한 동작으로 나에게 채숫국을 가져다주었다.

"몇 년이 지나면 향사가 완전히 달라지겠군." 다른 하인이 말했다.

"남자들 때문에 향사 문지방이 다 닳아 없어지게 생겼네."

"향사에 문지방은 없지만 장미꽃 가시는 많지." 주방 여자가 말했다.

"향 부인은 우리 나이일 때 어떤 모습이셨나요?" 소단이 은길에게 물었다.

"그거야 춘향이를 보면 알지."

소단은 곁눈질로 나를 흘끗 보며 치약용 떡을 짝짝 씹었다. 매번 식사 후 혹은 옥수수 사탕을 먹고 다시 입을 헹군 후에 우리는 굵은 소금가루를 넣은 떡을 씹어 이를 닦았다. 소단은 어렸을 때에 짠맛을 싫어해서 은길에게 많이도 맞았었다. 소단은 은길이 간섭하지 않는 이제야 오히려 이 닦는 것을 좋아하는 것 같았다.

어느 날 오후, 나와 김수가 서재에서 공부를 하고 있을 때 나는 김수가 창밖 화원에 있던 소단을 멍하니 보고 있는 것을 알아차렸다. 소단은 댕기 머리를 감아올려 대젓가락으로 꽂아서 고정한 머리를 하고 꽃 더미 옆에서 옷 너는 장대를 수건으로 닦고, 허리를 숙여서 나무 대야에서 빨래를 하나 꺼낸 뒤 장대 위에다 널었다.

그 동작은 마치 버드나무 가지가 바람에 낭창거리는 듯이 보였다. 소단이 몸을 쭉 펼 때면 가슴의 매혹적인 곡선이 두드러졌다.

해 질 녘, 내가 목욕을 하고 있을 때 소단이 한 동이의 더운물을 들고 욕실에 들어왔다. 소단은 욕통에 물을 더하면서 내 가슴께를 한참이나 바라보았는데 얼굴에는 애매한 웃음을 띠고 있었다.

"내게 뭐 이상한 거라도 생겼어?" 내가 물었다.

소단은 키득거리며 웃을 뿐, 아무 대답도 하지 않았다.

"옷 벗어."

소단이 머뭇거렸다. "뭐라고 하셨어요?"

"옷 벗으라고."

나는 소단에게 물을 끼얹었다. 소단은 비명을 지르며 고개를 숙여 젖어버린 옷을 내려다보았다.

"아씨께서 어찌 이렇게 짓궂으시담……." 소단이 삐죽거리면서 고개를 들어 나를 보는데 눈가에 물기가 어리고 있었다. 소단은 천천히 옷고름을 풀고 저고리를 벗었고 이어서 치마의 어깨띠를 치마 위까지 내리고 그 안의 속치마도 벗었다. 마지막으로 속곳의 매듭을 풀었다.

나는 깊이 숨을 들이마셨다.

소단의 가슴에 눈같이 흰 두 송이의 연꽃 봉우리가 놓여 있었다. 유두마저 두 방울의 분홍색 이슬 같았다.

소단은 얼굴이 벌게졌으나 고개를 숙이지 않고 오히려 눈썹을 치켜올리며 나를 보는 모습이 마치 옷을 벗으라고 분부한 사람이 내가 아니라 소단인 듯 싶었다.

나는 소단에게 옷을 입고 나가라고 하였다.

우리는 낮에는 서재에서 공부를 하였다. 2년 전부터 봉주 선생은 술병을 낀 채 수업을 했는데 술병을 책상 위에 내려놓고 두 팔로 술병을 껴안고서 만면에 미소를 머금은 채로 아무 경전 이야기나 생각이 미치는 대로 한바탕 떠들었다. 어떨 때는 경전이 아니라 내키는 대로 시나 시조 같은 것을 읊고 마음대로 평하였다.

하루는 뜻밖에도 궁정악사가 향 부인을 비꼬기 위해 읊었던 시조를 언급하였다.

"비록 말에 저속한 점이 있고 듣기에도 일상적인 말이지만 자세히 뜯어보자면 운율이 어긋난 구절이 하나도 없다. 시조 전체가 흰색과 녹색으로 이루어졌는데 흰색은 여인의 살결을, 녹색은 남자의 생기를 뜻하는 것으로 참으로 생생하게도 형용하고 있다. 그 온축된 모습이 리듬의 완급, 고저장단에 있어서 참으로 말로 다 설명하기 어려울 만큼 생동감이 넘친다." 눈을 가늘게 뜬 봉주 선생은 술병을 열고 한 모금 술을 마신 후 입맛을 다시며 말을 이었다. "글이란 차나 술과 같다. 명문대가들이 쓴 시와 작품을 읽는 것은 다례처럼 차를 따르고 맛을 음미하는 것이라 할 수 있을 것이다. 젊었을 때는 그런 것들을 의미심장하다고 생각했다. 하나 이 나이까지 살아보고 나니 그런 것에 우롱당했다는 것을 알겠더구나. 그것들이야말로 심심하고 재미없는 것일 뿐이다. 오히려 시장바닥이나 청루 같은 데서 전해오는 시조의 어휘야말로 술의 경전과 비슷하여 처음에는 입에 맵지만 시간이 지날수록 풍미가 점점 가득 차게 된다."

봉주 선생은 머리를 좌우로 흔들며 한참을 감개에 젖은 뒤, 나와 김수의 얼굴을 번갈아 보고 실실 웃었다. "너희들도 이다음에 연륜이 쌓이면 자연히 이 시조의 오묘함을 음미할 수 있게 될 것이다."

"저와 춘향이는 이미 어른입니다." 김수가 얼굴을 붉히며 말했다. "선생이시면서 이렇게 저속한 시조를 가르치시다니, 남의 자제를 그르치게 할 뿐입니다."

"머리가 많이 굵어졌구나." 봉주 선생이 코웃음을 치고 술병 주둥이에 턱을 괴고 김수를 쳐다보았다. "향 부인과 차를 몇 번 마시고, 시도 몇 마디 읊어보더니 스스로 대단한 인물이라도 된 것 같더냐?"

"저는 한 점 부끄러울 것 없는 사내가 되고 싶습니다." 김수가 말했다. "과거에 급제하여 이름을 떨치고 싶은 제 마음에 뭐 잘못된 것이라도 있습니까?"

"과거를 보고 관직에 올라 공명을 떨치며 금의환향하여 향사의 주인어른이라도 되려고?" 봉주 선생은 웃으며 말했다. "그 야심이 개미보다 크지는 않구나."

김수는 아무 대꾸를 하지 못하고 얼굴이 하얗게 질렸다.

"향사의 주인은 오직 하나, 바로 향 부인이다." 봉주 선생이 말했다. "향 부인은 자신이 누군지 알고, 자신이 무얼 하는지도 알고 있는 사람이다. 네가 향 부인과 벗이 되려고 하든, 아니면 정인이 되려고 하든, 너는 네가 누구고 무엇을 할 수 있는지 분명히 알아야 할 것이다."

"하지만 저는……." 김수는 고개를 푹 숙이고는 중얼거렸다. "아무렇게나 말하지 마십시오."

봉주 선생의 합죽선은 오래 쓴 것이라 여기저기 찢어져서 부챗살이 드러나 있고 위에 붙인 종이는 누렇게 변색되어 있었다.

"남자가 되어 여인을 원하는 것이 그리 부끄러워할 일은 아니다." 봉주 선생은 천천히 부채를 흔들며 말했다. "남자가 한 여인을 진심으로 사랑하는 사랑 이야기는 더욱이 좋은 일이지, 바로 좋은 일이기 때문에 모두들 다투어 사랑 이야기를 하기 좋아하는 거지."

밤이 되자 앞마당에서 회랑 마루 처마에 일렬로 걸어놓은 초롱에 불을 붙였다. 불빛이 정원을 환하게 비추었다. 날이 따뜻해지자 향 부인은 정원에 다리 짧은 대나무 평상을 두고 그 위에는 화문석 세 장을 깔아두었다. 손님이 있을 때는 물론 향 부인이 혼자일 때도 평상 위에는 찻상과 가야금, 그리고 세발 황동 향로가 올라가 있었다. 향로에는 모기를 쫓는 측백나무 조각이 담겨 있었다.

하짓날, 범상치 않은 손님이 향사를 찾았다. 하인들 말로는 그 동작 하나에도 기품이 절로 배어 나왔고, 그를 모시는 하인이 어찌나 많은지 그는 오직 하인들을 머물게 하기 위해 남원부에서 가장 큰 객줏집을 빌렸다고 한다. 향 부인은 은길을 통해서 우리에게 손님께서 향사에 계시는 동안은 마음대로 드나들지 말라고 전하였다.

"나에게 하는 말이야." 은길이 서재를 떠난 후, 김수가 나를 돌아보며 말했다. "향 부인은 손님이 나를 볼까 두려운 거야."

나는 아무 말도 하지 않았다. 내 마음속에서 갑자기 소단 가슴의 아름다운 꽃 두 송이가 떠올랐다. 나와 소단은 동갑인데도, 소단은 이미 아름다운 자태였지만 나는 여전히 비쩍 마른 가야금 같았다.

"……아니면 향 부인은 내가 손님을 보지 않았으면 한 것일까?" 김수의 눈이 초롱불처럼 반짝였다. "그렇다면 향 부인이 나를 굉장히 신경 쓰고 있는 것이……."

"향 부인이 너를 신경 쓴다고? 향 부인에게는 나나 소단같이 똑같이 느껴질걸."

"어떻게 똑같겠어?" 김수는 불쾌한 기색을 드러내며 말했다.

"나는 남자야."

"향 부인에게 빠진 뒤로 너는 나날이 바보가 되어가는구나."

"내가 바보라고?" 김수는 한 대 얻어맞은 사람처럼 얼굴이 시뻘겋게 되었다. "누가 내가 향 부인한테 빠졌다고 그래?"

"가서 거울을 봐, 김수. 그러면 거울도 너에게 알려줄 거야. 여기 향 부인에게 홀딱 빠져서 혼이 나간 사람이 있다고."

"난 혼이 나가지 않았어." 김수가 말했다. "향 부인께서는 내가 달인 차를 무척 좋아하셔. 나는 그분께서 며칠 동안 맛있는 차를 마시지 못하시는 걸 걱정할 뿐이야."

"차는 손님이 없을 때나 마시는 거지. 손님이 계시면 향 부인은 술을 드셔. 내가 어제 유화곡주에 꿀과 박하를 몇 항아리나 넣어서 만들어 드렸는데."

"차와 술을 어떻게 비교할 수 있어?" 김수는 화가 나서 나를 노려보았다.

"그래, 같이 비교할 수는 없지."

김수는 곧 눈가가 붉어졌고, 눈물을 뚝뚝 떨어트렸다.

"미워, 난 네가 정말 미워." 그는 온몸을 떨며 벌떡 일어나 서재에서 나갔다.

잠시 후 나도 서재에서 나와 회랑 마루에 서 있었다. 멀지 않은 곳에 봉주 선생이 술병을 안고 회랑 마루에 앉아 있었다. 선생의 몸에 밴 술 냄새가 어찌나 짙은지 멀리서부터 술 냄새가 났다. 2년 전부터 봉주 선생은 머리가 완전히 하얗게 셌고, 갓 쓰는 것도 자주 잊어버렸으며 술병 말고는 여기저기 흘리고 다녔다.
나는 봉주 선생에게 가까이 가서 옆에 앉았다.
마당에는 바지랑대(빨랫줄을 받치는 장대)가 여럿 있었는데 마치 사람이 팔을 벌리고 서 있는 것 같았다. 그들의 팔 위에는 풀을 막 먹인 고운 모시가 걸려 있었다.
봉주 선생이 나를 곁눈질로 보았다. "약방에서 약을 짓고 있지 않고."
"병난 사람도 없는데 무슨 약을 지어요?"
"김수가 병이 났어, 그 병세가 심상치 않던데." 봉주 선생이 크흐흐 웃음소리를 내는데 침 몇 방울이 그의 이 사이로 튀어나왔다.
바지랑대에 걸린 고운 모시 두 필이 바람에 휘날리며 마치 파도처럼 길고도 큰 소매 두 개가 불쑥 튀어나와 나를 품속으로 꼭 껴안았다가 갑자기 먼 곳으로 밀어내기도 하였다.
"저는 상사병은 못 고쳐요."
"상사병은 약으로 고치는 게 아니야. 이걸 써야지." 봉주 선생이 술 주전자를 내 눈앞에 흔들어 보이고 고개를 흔들면서 읊었다. "근심을 무엇으로 풀 수 있는가? 오직 두강杜康(옛날 중국에서 술을 최초로 빚었다는 사람의 이름)이 빚은 술뿐이로다!"
저녁 시간이 되어 식당에 갔지만 김수는 보이지 않았다. 소단은 그릇을 달그락거리며 상을 치우면서 냉랭하게 말했다. "봉주 선생도 안 드시겠다고 하고, 춘향 아씨도 먹지를 않고,

이젠 김수조차 먹지 않으니 모두 다 신선이 되려나 봐요."

나는 화원에 가서 김수를 찾았다. 단풍나무 아래 앉아 있는 김수는 팔에 머리를 묻고 몸을 들썩이고 있었다. 그의 마음은 쏟아낸 눈물에 잠겨서 짜디짜게 쭈그러들고 있었다. 오직 향 부인을 그리며 멀리서부터 찾아온 젊은이들처럼, 김수는 온몸에서 애달픈 기운을 뿜어냈다.

한밤중에 나는 술병을 들고 김수의 방을 찾아갔다.

김수는 방에 누워 있었다. 어두운 방 안의 흰 요는 마치 푸른 달빛에 눈밭이 홀로 둥실 떠 있는 것처럼 보였다. 김수는 내가 문 여는 소리를 듣고 벌떡 일어나 앉았다.

"나야." 나는 김수 옆에 가서 요 위에 앉았다.

"왜 잠을 안 자고?"

"그러는 너는 왜 안 자고 있었어?" 나는 김수에게 술병을 건네며 말했다. "이거 마셔."

"왜?"

"근심을 무엇으로 풀 수 있는가? 오직 두강이 빚은 술뿐이로다." 나는 웃으면서 술병 뚜껑을 열고 한 모금 마셨다. 불덩어리가 배 속으로 넘어가는 것 같았다. 그 끝에는 박하의 청량함과 꿀의 달콤함만이 입안에 남았다.

"……아주 맛있어! 이러니 봉주 선생이 하루 종일 술병을 끌어안고 있는 거구나."

김수가 나를 바라보았다.

"안 마실 거야?" 내가 술병을 건네는데도 김수는 꼼짝하지 않았다. 나는 또 한 모금을 마셨다.

"춘향아." 김수가 내 손에서 술병을 빼어 갔다. "너 이렇게 마시면 취해."

"안 취해." 나는 손을 뻗어 술병을 뺏으려고 하였다. "안 마실 거면 돌려줘."

김수는 내 팔을 막고 고개를 들어 술 한 모금을 마셨다.

"……어때?"

"으음……." 그는 고개를 끄덕였다. 얼굴에는 이상한 미소를 짓고 있었다. "뭐라 형용하기 어려운 맛인데, 평소 맡던 거와는 아주 다르네."

"물론이지."

나는 술병을 뺏어서 한 모금을 마시고 돌려주자 김수도 받아들고 한 모금 마셨다. 이렇게 주거니 받거니 하며 한참 마시다가 갑자기 김수가 내 얼굴을 뚫어져라 바라보았다.

"춘향아, 너 왜 그래?" 김수가 히죽히죽 웃으며 물었다. "술은 입으로 마셨는데 왜 눈으로 흘리고 있냔 말이야."

나도 실없이 웃었다.

"춘향아, 울지 마라." 김수가 내 앞으로 다가와 혀로 내 눈물을 핥았다. 하지만 눈물은 봄에 내리는 비처럼 흐르기 시작하자 좀처럼 멈추질 않았다. 결국 김수는 나를 품에 끌어안고 내 얼굴에 세게 입을 맞추었다.

나는 밤마다 술을 가지고 김수를 찾아갔다. 우리는 이불 속에 누워 술을 마시며 눈물을 흘렸다. 내가 눈물을 흘리면 김수가 나에게 입을 맞추었다. 마치 나는 눈물을 흘리는 것에 홀렸고 김수는 입 맞추는 것에 홀린 것 같았다.

"네 피부는 한 폭의 종이 같아서 그 위에 시를 쓰고 싶게 해."

"네 몸에서 나는 향은 미혼약迷魂藥 같아."

"네 몸은 화원보다 더 사람을 끌리게 해."

김수는 밤새 나를 애무하며 귀에다가 이런 말들을 속삭였다. 나는 그가 애무하는 것이 좋았고 낮은 소리로 속삭이는 것도 좋았다. 나는 이런 상황이 끝없이 지속되거나 갑자기 죽어버리길 바랐다.

어느 날 밤에 누군가 이불을 홱 들쳤다. 갑자기 밝아져서 나는 눈을 질끈 감았다가 한참 후에야 겨우 눈을 뜰 수 있었다.

소단이 초롱불을 김수와 나의 얼굴 위에다 들이대고 있었다. 그 뒤로 향 부인과 은길이 서 있었다.

"춘향아!" 은길이 발을 구르며 소리쳤다. "네가 어찌……."

향 부인은 어둠 속에 서 있었는데 눈빛이 막 내린 눈 위에 덮인 서리 같았다.

"제가 그런 게 아니라 춘향이 그랬어요." 김수가 펄쩍 뛰며 일어나 향 부인 앞에 무릎을 꿇고 향 부인의 손을 부여잡았다.

"춘향이 찾아온 것이에요. 우리는 그저 술을 마시기만 했고……."

향 부인은 가볍게 소매로 그의 손을 쓸어내렸다.

"김수야. 요 앞 객실에서 기다리겠다." 향 부인은 그 말을 하고 가버렸다.

은길과 소단도 향 부인을 뒤따랐다.

김수와 나는 마주 앉아서 한마디도 하지 않았다. 방에는 아직 향 부인의 냄새가 남아 있었다. 여인의 숨결은 화원과도 같다는 향 부인의 가르침처럼 지금 이 순간, 나와 김수는 향 부인의 화원에서 길을 잃어 어쩔 줄 몰랐다.

"…… 나 갈게." 김수가 몸을 일으켰다.

나는 그의 손을 붙잡았다. "가지 마."

"그분이…… 향 부인께서 나를 기다리고 계셔."

"아무 데도 가지 마. 여기에 있어."

사방이 어두웠지만 나는 김수의 얼굴이 잿빛인 것을 분명하게 알아볼 수 있었다. 나는 그의 얼굴을 두 손으로 감쌌다. 내 손바닥 아래 맥박이 심하게 뛰었다.

"만약 누가 너를 어떻게 한다면 나는…… 그 앞에서 죽어버릴 거야."

내가 그렇게까지 말했지만 그래도 김수는 향 부인을 만나려고 하였다. 가기 전, 김수가 회랑 마루에 서서 나를 향해 웃었다.

"나는 진작 이런 날이 올 것이란 걸 알고 있었어." 김수는 얼굴

전체가 찢어지도록 입을 벌려 웃으면서 방을 나갔다.

내 마음은 이루 말할 수 없을 정도로 공허해졌다. 나는 회랑 마루 처마에 걸려 있던 사방등 중 하나를 집어 들고 부엌으로 향했다. 부엌 안은 적막하고 부뚜막도 싸늘했다. 나는 찬장 안 여기저기를 뒤져 낮에 남은 밥 한 그릇을 찾아내서 부뚜막에 앉아 다 먹어치웠다. 그다음에는 빈대떡 두 장, 김치 한 접시, 그리고 된장국 반 그릇을 찾아서 남김없이 먹었다. 그러나 나는 여전히 허기를 느꼈다. 살면서 이렇게 허기진 적이 없었다.

나는 다가오는 발걸음 소리를 들었다.

"너희들, 무슨 짓을 한 거야?" 은길이 부엌으로 들어왔다.

나는 갑자기 배가 차가워지며 아프기 시작하였다.

"말해!" 은길이 나에게 소리쳤다.

나는 고개를 들어 은길을 보았다.

"너희들 혹시 이미……." 은길은 혀라도 깨문 것처럼 말을 더 잇지 못하였다. "이렇게 어린 나이에 함께 자는 건 두 개의 불씨를 볏단에 던지는 것과 똑같지."

나는 배를 부여잡았다. 고개를 숙이고 치마를 걷어 올리니 피가 허벅다리를 타고 흘러내리며 속치마를 더럽히고 있었다.

"무슨 일이야? 무슨 피가 이렇게……." 은길이 달려들었다.

"도대체 뭘 한 거야?"

나는 아무 짓도 하지 않았다. 나는 줄곧 이날을 기다렸다.

모든 여자의 몸속에는 꽃 한 송이가 있어서 일정한 나이가 되면 꽃이 열매를 맺고 그 열매는 무르익으며 다 익어야 터지게 된다. 내 몸 안의 농익은 열매는 방금 툭 터져버렸다.

나는 드디어 여인이 되었다. 그러나 김수는 이날 나를 떠나갔다.

방으로 돌아와 잠을 청하려고 하는데 향 부인이 나를 보러 왔다.

"은길에게 들었다. 어른이 된 걸 축하한다, 춘향아."

향 부인은 흰 모시 치마를 입고 있었는데 달빛이 물처럼 내려오는 데 서 있는 것 같아 선녀가 내려온 듯하였다.

"김수는요?"

"김수는 이제 16세가 되었으니 날개가 다 자란 새가 그렇듯 둥지에서 떠나야 할 때란다."

향 부인이 한숨을 내쉬며 치마를 펴고 앉는데 마치 백합이 천천히 피는 것 같았다.

"향사는 남자가 머물 곳이 아니다."

"봉주 선생님도 남자잖아요."

"봉주 선생님은 그냥 술 귀신이지."

나는 향 부인을 바라보았다.

"너도 이제 어른이 되었으니 이제 서로 흉금을 털어놓을 수 있겠구나. 그렇지?" 향 부인이 미소를 지었다. "내 말을 기억하여라. 춘향아, 속된 말로 남자는 여인의 하늘이라 한다. 하나 하늘이란 밝기도 하고 흐리기도 하여 일정치 않은 것이라 좋은 날씨를 바랄수록 바람이 불고 비가 오는 경우가 많다. 그러니 여자로서 잘 살고 싶거든 오직 스스로에게 의지할 수밖에 없단다."

"잘 산다는 것이 무엇인가요? 당신께서는 스스로를 향 부인이라고 칭하고 심지어 저와 은길에게도 자신을 향 부인이라 부르라고 하시는데 그런 당신은 잘 살고 계신 건가요?"

"주정뱅이 남편에게 시집가거나 혹은 양반가의 첩실이 되는 것보다야 향사에서의 생활이 좋은 편이지. 여기서는 적어도 바람은 막을 수 있고 비를 가릴 수 있으며 누구의 눈치를 볼 일도 없고 소리를 낮추고 고개를 숙일 필요도 없으니까 말이다."

"하지만 저에게는 이런 게 잘 사는 것 같지 않아요." 나는 목이 메었다. 이 모든 것이, 김수와 함께 누릴 수 있는 것이 아니라면 도대체 무슨 의미가 있을까?

"춘향이 네 생각이 다른 것도 자연스러운 일이다." 향 부인은 잠시 침묵한 후 이어 말했다. "그럼 잘 생각해보아라. 어떤 삶이 네가 원하는 삶인지. 이 이치를 일찍 생각해낼수록 더 일찍 아름다운 인생을 시작할 수 있을 테니."

그날부터 더 이상 그 누구도 김수를 입에 담지 않았다. 김수의 방도 텅 비어버렸다. 차 향기가 남아 있지 않았더라면 나는 10

년간 함께했던 김수가 사람이 아니라 그림자거나 혹은 상상 속의 사람이었을지도 모른다고 의심했을지도 모른다.

다만 소단 만이 예외였다. 소단은 김수가 그날 내 방에서 끌려나간 후 돌에 묶여 수수하秀水河에 던져졌는데 나중에 끌어올리니 마치 콩비지로 만든 거인으로 변해 있었고 그의 머리는 맷돌보다 커졌고 피부에는 녹색 이끼가 잔뜩 껴 있었다고 하였다.

봉주 선생

"바람이 차다."

"나뭇잎이 노랗게 되었네요."

"추석이 지난 지 한 달이 다 되어간다."

나와 봉주 선생은 두루마기를 걸치고 회랑 마루에 두꺼운 방석을 깔고 앉아 있었다. 봉주 선생은 술병을 끌어안고 있었고 나는 내 무릎을 끌어안고 있었다. 우리는 함께 정원을 바라보았다. 장미꽃은 벌써 모두 시들었고 정원의 시든 풀들이 바람에 나부끼는 것이 꼭 봉주 선생의 머리카락 같았다.

"춘향아, 너는 이 늙은 술주정뱅이와 같이 앉아 있는 것 말고는 다른 할 일이 없더냐?"

"……없어요."

"너는 훌륭한 약사지만 약사라고 해도 때로는 자신의 병은 고치지 못하는 법이지."

"저는 병이 없어요."

"너는 매우 외롭단다."

"외로운 건 병이 아니에요."

"그렇게 생각하느냐?" 봉주 선생은 술을 한 모금 마셨다. "나에게는 외로움이 세상에서 가장 무서웠다. 외로움은 사나운 개와 같아서 나는 평생을 그 개에게 쫓기며 보냈다."

봉주 선생의 얼굴은 어두워졌고 주름은 칼자국 같았다. 그는 최근 몇 달 동안 목욕도 하지 않아서 몸 냄새가 술 냄새와 뒤섞여서 냄새를 맡은 향사 사람마다 인상을 찌푸렸다. 심지어 소단은 까무러치게 싫어할 정도였다. 그러나 나는 싫어하지 않았다.

"어젯밤, 나는 꿈에서 한 미인을 만났단다." 봉주 선생이 술을 한 모금 마셨는데 그 미소마저 술에 취한 듯했다. "그 여인은 고운 비단옷을 걸치고 있었는데 살결이 백옥보다 더 빛나고 희었다. 참으로 친절한 여인이었는데, 순간 누구인지 도무지 알아보지 못했지 뭐냐."

"향 부인이겠지요?"

"아니, 나의 아내였다." 봉주 선생이 말했다. "아내가 죽고 나서 벌써 40년이 흘렀구나. 금방 알아보지 못했다고 하여도 이상한 건 아닐 것이다."

"부인께서 선생님 꿈에 나와 무엇을 했나요?"

"수수께끼를 하나 내더구나."

"무슨 수수께끼를요?"

봉주 선생이 막 입을 열려고 할 때, 시끄러운 소리가

방해하였다. 은길이 회랑 마루를 따라 뛰어오고 있었다. 몇 년 동안 은길은 몸이 불고 걸음도 무거워져서 마루 위를 뛸 때면 마치 우레가 치는 것 같은 소리가 났다.

"춘향아, 춘향아……."

향사 밖에는 녹나무가 한 그루 있었다. 이 나무는 요행히도 15년 전 한림안찰부사 나리가 향사를 지을 때 잘리는 것을 피한 수십 그루 나무들과 함께 작은 숲을 이루었으며, 향사의 장미꽃 담장에 바짝 붙어 있었다.

향 부인을 흠모하는 한 젊은이가 이 녹나무 위에 올라서 둥지 같은 것을 만들고 며칠 동안 지내다가 이날 실수로 나무에서 떨어진 것이었다.

"노인들이 말하기를 먹은 끼니의 숫자만큼 온갖 종류의 사람을 보게 된다고 하더니, 그 말이 틀린 것이 하나 없구나. 여자를 훔쳐보겠다고 나무 위에서 지내기로 한 바보 같은 놈을 보게 될 줄이야."

은길이 나를 데리고 가려는 까닭은 다친 다리의 상태를 보여주려는 것이었다.

나는 객실에 가서 새가 되려고 했던 젊은이를 살펴보았다. 젊은이는 정신을 잃은 상태였고 얼굴색은 잿빛이었다. 나는 그의 다리를 꼬집었다.

"뼈가 부러졌어요." 나는 고개를 들어 은길에게 말했다. "제가 할 수 있는 건 통증을 덜어주는 것뿐입니다. 뼈를 맞추는 것은 다른 사람을 찾아야 해요."

"머리도 다친 것 같은데." 은길이 젊은이를 흘겨보았다. "뼈가 부러졌다고? 그럼 절뚝거리라고 그래."

그렇게 말을 하면서도 은길은 사람을 찾으러 나갔다.

내가 약방에서 약을 짓고 있는데 앞마당에서 온 소단이 약방을 지나다가 고개를 쑥 들이밀었다.

"그놈은 일부러 그런 거예요."

"뭐?"

"나무에서 일부러 떨어진 거라구요." 소단이 웃었다. "그러면 향 부인을 볼 수 있을 테니까요. 안 그래요?"

내가 진통 효과가 있는 약을 가지고 다시 객실로 갔을 때, 나무에서 떨어진 그 젊은이는 이미 정신을 차린 상태였다. 그의 다리는 옴짝달싹도 못했지만 눈은 쉴 새 없이 나를 따라 움직였다.

"당신은 내가 보았던 여자들 중 가장 아름답소." 젊은이가 나직한 목소리로 나에게 이야기하였다.

"정말인가요?" 나는 약을 그의 옆에 두었다. "그런 말은 살면서 처음 듣는걸요."

"어찌 그럴 수가 있소?" 그가 웃었다. "당신을 모르는 사람이 없는데. 거리에서 들리는 이야기의 절반은 당신 이야기요."

'저는 당신이 보고자 했던 그 사람이 아니에요.' 몇 번이고 이 말이 내 혀끝까지 올라왔으나, 결국 입밖에는 내지 않았다. 나는 눈앞의 낯선 얼굴을 가만히 보았다. 김수와 조금도 닮은 구석이 없었고, 이목구비는 투박했으나 무척 친근감이 느껴졌다.

"……저를 애무하고 싶은가요?"

그의 귀가 쫑긋, 내 쪽을 향했다. "당신, 뭐라고 하였소?"

나는 그의 손을 잡아 내 가슴에 얹었다. "저를 애무하고 싶지 않으신가요?"

"무, 무 물론이오." 그는 더듬거리며 말했다. 그의 손은 미동도 하지 않았고 숨은 가빠졌으며 동공도 커졌다.

고개를 돌려보니 향 부인이 문 앞에 서 있었다.

향 부인은 걱정스러운 얼굴로 나를 바라보고 있었다. 내가 향 부인의 옆을 지나서 문밖으로 나가면서 비단 치마가 서로 마찰음을 냈다.

당연히 이 젊은이의 이야기는 판소리 광대와 패담 쓰는 서생들의 이야기에 새로 더해졌다. 그 젊은이는 이야기에서 새로운 이름이 붙여졌다. 새라고. 그는 희극적인 인물로 묘사되었는데 판소리 광대는 젊은이가 나오는 대목마다 새가 짹짹대는 소리를 냈고, 서생들의 패담집에서는 젊은이가 나무 위에서 향사를 훔쳐보았을 때의 광경을 공들여 묘사하였는데, 젊은이의 투시력은 심지어 미닫이문과 병풍마저 뚫고 향 부인이 목욕하는 광경을 볼 수 있을 정도였다.

봉주 선생님이 돌아가시기 사흘 전, 봉주 선생에게서 나는 냄새가 달라졌다. 그 당시의 나는 그게 무엇을 의미하는지 알지 못하였다. 봉주 선생에게서 깊은 흙의 냄새, 약간 습하고 쓰고 시면서 차가운 냄새가 나기 시작하였다.

어느 날 오후, 나는 음산하고 차가운 바람이 향사에 불어와 회오리치며 화원을 돌고 난 뒤에 봉주 선생 방 안으로 들어갔으며 바람이 다시 회오리치며 나올 때에는 그 음산함과 차가움이 현저히 심해져 있음을 느꼈다.

나는 약방에서 약방문을 고민하고 있었다. 은길이 물건을 가지러 들어왔다가 내 옆에 잠시 머물렀다.

"안색이 왜 이렇게 안 좋으냐?"

은길이 손을 뻗어 내 이마를 짚어보았다. "어디 안 좋은 곳이 있니?"

나는 고개를 들어 은길을 보았다. "봉주 선생님께서 돌아가셨어요."

"백주 대낮에 무슨 헛소리를. 오전만 해도 얼마나 멀쩡했는데. 세상 처음으로 술도 안 마시고 나에게 직접 목욕하게 뜨거운 물 좀 달라고도 했는데……."

"그분이 돌아가셨어." 나는 들고 있던 책을 펴서 얼굴을 가렸다. 더 이상 아무 말도 하고 싶지 않았다.

은길이 약방에서 뛰쳐나갔다.

봉주 선생은 비록 낡았지만 깨끗이 빨아놓은 자기 옷을 잘 갖춰 입고, 두 손을 교차하여 배 위에 올려놓은 모양으로 요 위에 누워 있었다. 온기를 잃어가는 몸은 그대로 딱딱하게 굳어지고 있었고 곁에는 향사에 들어오며 가져온 물건들이 놓여 있었다.

"참으로 말끔하게 돌아가셨네." 은길이 눈물을 닦으며 말했다. "역시 체통을 지키는 어른이셔."

"염습은 하지 말아야겠습니다. 봉주 선생께서 이렇게 숨을 거두신 것은 누가 자기 몸을 만지지 않았으면 하셨던 것일 테니까요." 소식을 듣고 온 향 부인이 문가에 서서 은길에게 당부하였다.

"그래도 빛은 좀 가려야지." 은길이 하인들을 시켜 흰 천으로 봉주 선생의 몸을 덮게 하였다.

그날 밤 뜰에는 초를 밝혔고 향 부인을 포함한 향사 사람들이 모두 모여 뒷마당에서 봉주 선생을 추모하며 밤을 새웠다. 여인들은 둘러앉아 종이로 은괴銀塊(중국에서 화폐로 쓰던 은 덩어리. 중국에는 죽은 사람에게 지전—종이로 만든 돈—을 태워주는 풍습이 있는데 여기서는 지전을 은괴 모양으로 만든 것을 지칭하였음)를 접으며 거의 몇 년 전에도 이런 밤을 보낸 적이 있다고 이야기하였는데, 향사의 모든 사람들이 회랑 마루에 앉아서 봉주 선생이 내가 지은 약을 마시고 밤새 화장실과 방을 왔다 갔다 뛰어다니던 모습을 본 일이었다.

종이 은괴가 조그만 산처럼 쌓였다. 은길이 마부에게 장에 가서 화로를 사 오게 하였다. 여자들은 봉주 선생의 영혼에게 한마디씩 하며 종이 은괴를 화로에 태웠다. 나는 이불을 두르고 회랑 마루에 앉아서 사람들의 부산한 모습을 지켜보다가 그만 잠들어버렸다.

잠에서 깨니, 나는 방 안으로 옮겨져 있었다. 회랑 마루에 가서 화원을 둘러보니 한바탕 꿈이라도 꾼 것처럼, 봉주 선생의 시신, 화로, 흰 초, 향로 향나무 조각, 심지어 은괴를 태운 재까지 모두가 바람에 날려간 듯 깨끗이 사라져 있었다. 정원지기 두 명이 화원 공터에서 마른 쑥을 태웠고 부엌일을 하는 부인이 바가지로 술을 땅에 뿌리고 있었다.

향사에는 짙은 술 냄새가 진동했다. 봉주 선생은 매번 술 항아리의 봉인을 뜯을 때마다 흘러나오는 술 냄새를 맡으며 눈을 게슴츠레하게 뜨고 이렇게 말했다. "이 맛이 나를 하늘까지 보내겠구나."

지금 봉주 선생은 저 멀리 떨어진 천상에 있으니 어쩌면 지금 향사에서 풍기는 술 냄새를 맡지 못하여 안절부절못하고 있을지도 모를 일이다.

봉주 선생이 돌아가신 후, 나는 '오색五色'이라는 물약를 만드는 일에 열중하였다. 오색은 과거를 잊어버리게 할 수 있는 약물이다. 나는 외할아버지가 쓴 의서에서 이 처방을 찾아내었다. 외할아버지는 이 처방에 대해 확신을 가질 수는 없으나 이론상으로 이러한 효과가 있을 것이라 말했는데 적힌 내용은 "이 약은 걱정과 근심을 없애는 힘이 있다."는 것이었다.

향 부인은 나와 상의하여 나를 가르칠 새로운 선생은 구하지 않기로 하였다.

"너는 이미 많은 것을 배웠다. 그 이상은 살면서 스스로 깨달아야 하는 것이다." 향 부인이 내 손을 보고는, "무얼 들고 있느 거냐?"라고 물었다.

"외할아버지의 처방이에요."

"네 외할아버지는 우리를 버리고 산으로 가서 은둔하셨다." 향 부인은 처방에 별 관심이 없어 보였다. "대단한 깨달음을 얻기 위해서 말이다."

"아마도 외할아버지는 무엇인가 대단한 깨달음을 얻으셨을 거예요." 내가 말했다. "그래서 비로소 산에 가서 은둔하신 거예요."

향 부인이 어리둥절해하다가 미소를 지었다. "그래 네 말이 맞겠구나."

몇 년의 시간이 흐르는 동안, '오색'은 나의 반려가 되었다. 나는 그것을 발견하고 찾는 과정에서 혼자만의 황홀한 순간들을 수도 없이 경험했다. 어떨 때는 예를 들어 어느 볕이 좋은 오후 같은 날, 매미 소리 외에 주위는 조용한데, 약방문 앞 창포꽃은 흐드러지게 피어 그 붉은 꽃과 푸른 잎이 이루고 있는 강렬한 대비에 내 눈은 황홀하게 변했는데, 손에 들고 있는 의서에

기록된 모든 약재가 글자 속에서 생생한 숨결을 뿜어내고 있기도 하였다.

이때 눈을 감으면, 나는 외할아버지의 존재를 느낄 수 있었다. 그의 가벼운 그림자는 벽 귀퉁이의 약초를 쌓아둔 곳, 책장 앞에 있었으며 심지어 벽을 아무렇지도 않게 넘어 다니며 그 무엇에도 가로막히지 않고 돌아다녔다. 초목에서 영성靈性을 볼 수 있는 사람. 그가 평생 동안 치료하고 싶었던 것은 본인의 타고난 야만적 성정이었다. 그는 조용한 세계를 평생 갈망하였다.

나는 자라면서 외할아버지와의 무형적 동반자로서 점점 성정이 차분한 여인이 되었다.

그렇다. 성정이 차분한 여인. 사람들은 나를 보고 그렇게 말했다.

그러나 매달 며칠 동안, 나는 등불의 함정에 갇힌 날벌레가 조롱에서 초조하고 불안해서 사방으로 날뛰듯이 안달이 나서 미칠 것 같았다. 내 몸속의 붉고 즙 많은 과실이 끊임없이 무르익다가 터지기 시작하고, 파편이 되어 내 몸에서 흘러나올 때 바로 그랬다.

남원 이야기 듣고 남원에 이르니
남원부 여인은 선녀보다 아름답네.
봄꽃 같은 아름다움이 구름같이 변했다고
풍류 이야기보따리를 구구히 전하네.

하편

은길

내가 18살이 되었을 때 향 부인은 남원부에서 가장 유명한 신발장에게 나를 위해 두 달에 걸쳐 심혈을 기울여 신발 두 켤레의 밑창을 조각하게 하였다. 한 켤레는 부드러운 나무로 만들었는데 발바닥 모양으로 깎아서 두께는 앞코에서 뒤꿈치 쪽으로 갈수록 점점 높아졌고, 발이 굽어진 부분에는 우아한 호선弧線(활등 모양으로 굽은 선)을 이루게 하였다. 밑창의 양옆에는 장미꽃이 온통 새겨져 있었는데 어찌나 정교하던지 이 나무 꽃에서 향기가 나는 듯했다.

다른 한 켤레의 밑창은 상아로 만들었다. 이 상아는 중국 상인이 아 주 먼 곳에서 가져와 향 부인에게 보내준 것이었다. 은길이 나에게 말하길, 코끼리는 너무 커서 끝을 가늠할 수 없을 정도로 큰 동물인데 너무 크기 때문에 가장 값진 부분은 오히려 몸에서 가장 작은 이빨이라고 하였다. 그러나 이 가장 작은 이빨도 일반적으로는 배를 젓는 노처럼 길었다.

나는 상아가 그리 귀한 것이라 여기지 않았으나 장인이 동물의 이빨에 손수 새긴 무늬는 손에서 놓고 싶지 않을 정도였다. 그는 상아로 한 쌍의 까치를 만들어 주었는데 새의 꼬리 부분이 신의 뒤꿈치와 맞았고, 앞코에는 새가 머리를 들고 있었는데 하시라도 지저귈 것 같은 모습이었다.

“18살 된 아가씨에게 보내는 선물로 신발보다 좋은 게 어디 있겠어.” 은길이 감개에 젖어 말했다. “천하의 신발은 모두 짝이 있고 쌍쌍이란 말이지.”

은길은 일찍이 남원부에서 가장 우수했던 수놓는 사람 중 하나였다. 눈이 침침해져 이미 몇 년간 바느질을 하지 않았는데 이번에는 오히려 직접 나를 위하여 신발에 수를 놓아주겠다고 고집을 부렸다. 은길은 부드러운 나무로 만든 밑창으로 나막신을 만들었는데 앞부분만 분홍색 띠로 둘러 신을 수 있게 하였다. 띠 위에는 같은 색으로 수십 송이의 장미꽃을 중첩해서 수놓았다. 상아 밑창에는 푸른 빛깔의 띠를 두르고 그 위에는 흰색과 검은색 명주실로 까치 그림을 수놓았다.

“생각해보면, 이 한 켤레의 신이 남의 집으로 가면, 그에 따라 어려서부터 자란 아이도 따라가겠지.” 은길이 약방 옆문의 문지방에 앉아서 신발에 수를 놓으면서 끊임없이 탄식하였다. “정말 마음이 내키지 않는군.”

“나는 향사에서 잘 살고 있는데.” 내가 말했다. “왜 남의 집에 가야 하나요?”

"여자아이란 다 크면 시집을 가야 하는 거다." 은길이 나를 흘겨보며 말했다. "이 당연한 이치를 내가 새삼스럽게 말해야 하느냐?"

"향 부인도 그러지 않으셨잖아요."

"향 부인은 향 부인이고 너는 너다." 은길이 수심이 가득한 얼굴로 나를 보았다. "너는 그분같이 살지는 말거라. 그런 삶은 오골계 같아서 겉의 털은 눈보다 희어도 뼛속까지 시커멓게 되어버린단다."

은길이 이렇게 에둘러서 말하는 것은 이미 처음이 아니었다. 말 속에 다른 뜻이 있었던 것이다.

"향사에 제가 모르는 일이라도 있나요?" 내가 물었다. "알려주세요."

"별 바보 같은 걸 다 물어보는구나." 은길이 시선을 피했다. "향사에 있는 것 중 나무 한 그루, 풀 한 포기도 네 눈을 피할 수는 없는데 말이다. 더구나 네 눈은 나처럼 침침하지도 않잖아."

나는 아무 말도 하지 않았다.

"춘향아," 은길이 내 손을 잡았다. "너는 마음에 맞는 사람에게 시집을 가서 꼭 행복하게 살아라. 그래야 내가 죽어서 땅속에 묻히더라도 웃을 것이다."

나는 어렸을 때 한동안 은길을 쪼르르 쫓아다니며 엄마라고 불렀었다. 그러면 은길은 어떨 때는 좋아서 입을 다물지 못했고 어떨 때는 눈물을 글썽였다.

은길은 금지金池 출신으로, 남원부에서 멀지 않은 곳에서 살았었다. 은길의 집안은 수를 놓았는데 비록 무슨 큰 양반가는 아니었으나 보통 집안에 비해 생활에 조금도 부족한 것이 없었다.

은길은 다섯 아이 중 막내로 태어났는데 태어났을 때부터 피부에 병이 있어 은길의 아버지는 아이를 강가에 내다버리자고 했지만 어머니가 반대하여 겨우 목숨을 건질 수 있었다.

집 안에서 좋은 것이 있으면 아들 셋이 먼저 다 차지했고, 그다음으로는 예쁘고 귀여운 언니의 몫이었으며, 은길에게 주어진 것은 먹다 남은 찬이나 낡아빠진 옷가지였다. 그러나 은길은 타고난 손재주가 있어 침선針線(바늘에 실을 꿰어 옷 따위를 짓거나 꿰매는 일) 솜씨로 가까운 곳은 물론 먼 곳에도 이름이 알려졌다. 그렇기 때문에 은길의 외모는 평범했지만 처녀가 된 이후 몇몇 집안에서 혼담이 들어왔다.

은길은 시집가고 싶지 않았다. 그녀의 피부병은 다른 사람에게 보일 수 없는 곳에 퍼져서 의사에게도 보이지 못했는데, 일단 결혼하면 더 이상 숨길 수 없을 것이기 때문이었다.

그러나 아버지는 꼭 시집을 보내려고 하였다.

"여자가 장성하면 집을 떠나야지 집에 남아 있으면 웬수가 되는 법이다."

은길은 어머니와 여러 번 상의하여 혼담을 보낸 집안 중 평범한 집안을 골랐다. 남원부에서 몇십 리 밖에 있는 집안이었다.

은길의 부모님은 체면을 중시하였고 자신의 딸이 허물이 있는 것을 알았기에 사돈에게 더욱 잘 보이려고 애썼다. 은길의 혼수는 큰 수레를 가득 채울 정도로 많았고, 떠들썩하게 시집을 보냈다.

은길의 신랑은 생김새가 그저 그랬는데 글공부를 몇 년 하고 과거에 응시한 것으로 스스로는 자신을 꽤 대단한 사람이라고 여기는 사내였다. 남자는 혼롓날 은길의 생김새를 보고 무척 기분이 상해서 여기저기 욕을 하며 마치 이 혼인이 그의 아버지가 먼저 청한 것이 아니라 저쪽 집에서 작정하고 사기를 친 것처럼 떠들어댔다. 밤이 되어 신방에 들어갔을 때, 신랑은 은길의 숨겼던 피부병을 발견하고 화가 나서 펄쩍펄쩍 뛰었다.

신랑은 은길을 끌어내고, 은길의 집안을 마구 욕하였다.

사내는 아직 끝나지 않은 피로연장으로 은길을 끌고 가서 친지들 앞에서 신부의 속적삼 소매를 뜯어내 손목의 부스럼을 드러내게 하였다. 신랑은 팔에 있는 부스럼은 가슴에서 퍼져나간 일부일 뿐이라고 강조하였다.

"이런 것을 만지고 악몽을 꾸지 않을 자가 있겠는가!"

"그 인간이 악몽을 꾼다고? 그 인간이 그렇게 말하면서 가슴을 쭉 펴고 고개를 빳빳이 들었는데, 아마 그 인간이 살면서 가장 우쭐한 순간이었을 거다……." 은길은 목이 메어 손을 내저었다. "그만하자 그만해. 이런 옛이야기를 해봐야 사람 속만

갑갑해지지."

"말해주세요. 듣고 싶어요." 나는 은길을 잡아당기며 보챘다.

"……그래서 그 남자가 나를 쫓아냈단다." 은길의 언성이 높아졌다. "그 인간은 대문간에 서서 온 세상 사람 다 들으라고 이렇게 소리쳤지. '비록 여자의 친정에 돈이 많다지만 나 같이 기개 있는 사람이 돈 때문에 이런 허물 있는 년과 살 수는 없어.'"

그러나 이 '기개 있는' 사람은 은길의 혼수를 돌려주지 않으면서 말했다. "어쨌든 위로는 받아야지."

은길은 그 사람과 말다툼도 하지 않고 홀로 떠났다. 은길은 태어나서 한 번도 그렇게 먼 길을 걸어본 적이 없었다. 〈아리랑〉 노래처럼 고개를 넘고 또 넘다 보니 발이 아파서 걸을 수가 없었다. 하지만 부르튼 발보다도 가슴속이 훨씬 쓰라렸다.

"집에 돌아갈 수는 없었지." 은길이 말했다. "소매 한쪽은 뜯어지고, 머리와 얼굴도 엉망이고. 한때 신부가 되었어도 여전히 처녀였지만 누가 믿을 수 있었겠니? 애초에 태어나자마자 아버지도 강에 버리라고 했던 아이가 아니었니? 그런데도 이미 18년이나 살지 않았겠니?"

"나는 수수秀水강으로 가서 서성거렸다. 죽으려 했으나 물이 차가울 거 같아 두려웠다. 네 외할아버지가 강변에서 쑥을 캐다가 우연히 나를 보았지. 드러난 내 팔을 보고 그 병을 고쳐주겠다고 하셨다. 나에게 너의 외할아버지는 이 세상 사람이 아니고 하늘에서 세상으로 내려온 신선이셨다. 오로지

나같이 불쌍한 이를 구제해주려고 내려오신 거지."

은길은 약사 이규경을 따라서 지금의 이곳으로 왔다. 그때 약사의 딸은 아직 어려서 은길의 허리에도 닿지 않았으나 벌써부터 처녀가 될 단아한 자태를 지니고 있었다.

은길은 병이 다 낫고 나서도 머물러 있었다. 약사 부녀에게는 집안일을 처리할 여인이 필요하였다. 약사가 술에 취하거나, 혹은 외로운 밤에는 은길의 방을 찾아 밤을 지냈다.

"몇십 년의 세월이 정말 한바탕 바람보다 빨리 지나갔구나."

"친정에서 나중에 은길을 찾진 않았나요?"

"어찌 나를 찾겠느냐? 시집보낸 딸은 문밖으로 뿌린 물인걸. 내가 시댁에서 당한 치욕을 듣고 내가 친정의 체면을 구겼다고 미워하더구나. 내가 약사의 집에 기거한다는 것을 분명히 알면서도 모른척하였다. 그러고는 사람들에게는 내가 강에 투신하여 죽었다고 하였지."

나와 소단

나의 열여덟 번째 생일이기도 한 단옷날, 나는 소단과 함께 남원부의 장마당에 가기로 하였다. 우리의 이번 출타는 향사의 큰 사건이었다. 은길은 특별히 나를 위해 챙이 넓은 밀짚모자에 흰 깁을 세 겹으로 둘러서 바람이 불어도 얼굴이 드러나지 않게 해주었다.

소단은 햇빛도 그 위로 미끄러져 흐를 정도로 머리카락을 아주 반짝거리게 빗었다. 소단은 내가 가르쳐준 대로 어젯밤 잠을 자기 전에 장미꽃 유액에 꿀을 섞어 입술에 바르고 마른 꽃잎을 그 위에 붙이고서 잠들었다. 오늘 일찍 일어나서 보니 입술이 막 피어난 꽃보다도 더 요염하고 부드러워져서 말할 때마다 은은한 향기와 고혹적인 기운을 풍겼다. 소단은 그 요염함을 유지하려고 아침밥도 먹지 않았다. 소단은 오늘 손수 지은 치마에, 역시 스스로 꽃을 수놓은 고름을 단 저고리까지 갖춰 입었다. 최근 몇 년간 소단은 몰래 향 부인이 걷는 자태를 배우려고 하였다. 그러나 향 부인의 몸에서는 자연스러웠던 몸짓들이 소단이 하면

흉내 내는 모습으로 바뀌었다.

"저 둘은 막 봉오리를 터뜨린 장미꽃보다도 더 사랑스럽구나." 찬모가 말했다. "장담하건대, 오늘 장마당의 사내들은 저 둘 때문에 넋이 나갈 것이야."

"소단아, 허리를 그렇게 심하게 흔들지 좀 말거라." 은길이 꾸짖었다. "걷는 걸 보면 청루에서 나온 기생인 줄 알겠다."

여인들이 웃음을 터뜨렸다.

"노안으로 침침해지셨나요?" 소단은 얼굴을 붉혔지만, 자세는 유지하려 하였다. "저는 전혀 허리를 흔들지 않았어요."

"춘향 아씨를 잘 모셔라." 은길이 대문까지 나와서 우리를 배웅하며, 마차에 오를 때 소단에게 당부하였다.

"춘향 아씨께서는 저렇게 투구 같은 걸 쓰고 있잖아요." 소단이 꿍얼거렸다.

"아씨, 어디 돌아다닐 생각 마시고 제 그림자만 따라오세요." 소단이 나에게 말했다. "향사의 사람들은 모두 아씨를 공경스럽게 대하지만 바깥사람들은 들짐승이나 다름없을 정도로 거칠고 야만적이랍니다."

향사의 마차는 너무 눈에 띄었기 때문에 번거로움을 피하기 위해 마차를 장마당에서 조금 떨어진 숲에 세워두고서 나와 소단은 장마당까지 걸어서 가기로 하였다.

장마당은 떠들썩하고 사람들로 인산인해를 이루었으며,

시끌벅적한 소리와 기운이 우리를 둘러쌌다. 어떤 남자가 술에 거나하게 취해서 부르는 노랫소리가 때로는 멀리 또는 가까이 사람들 무리 속에서 끊어졌다 이어졌다 하며 들려왔다.

호미가 무엇보다 날을 날카롭게 갈 수 있다 한들,
어찌 벼나 보리를 벨 수 있나, 낫을 쓰기 마련이지.
옆집의 딸이 꽃같이 예쁘고 버들처럼 낭창거린들,
이놈이 납채納采* 없으니 그녀는 꽃가마 탈 생각 없네.

그가 재미있게 꺾는 노랫소리는 우리를 웃게 하였다.

우리는 금방 장마당의 군중과 섞이게 되었는데 한 무리의 아이들이 좇아왔다. 내가 쓰고 있는 모자가 신기했는지 내 주위를 돌며 오가면서 내 모자를 벗기려고 까치발을 하고 펄쩍펄쩍 뛰었다.

소단은 바로 사내들의 시선을 받았다. 그들의 시선은 소단의 얼굴을 둘러싸고 이리저리 춤추듯이 움직였다.

어떤 사내는 소단에게 가까이 다가와서 말을 건네기 시작하였다.

"이름이 어떻게 되시오?"

"어느 집안의 여식이시오?"

"정혼은 하였소?" 서생 같은 사내가 소단에게 물었으나 소단이

* 신랑 집에서 신부 집으로 보내는 예물

답을 하지 않자 스스로 답했다. "이렇게 아름다우니 틀림없이 주인 있는 꽃이겠구려."

소단의 얼굴은 매우 요염했고 고갯짓을 하며 걸어가되 사내들의 질문에는 아랑곳하지 않으면서 모든 질문을 귓속에 담아두는 것 같았다.

어떤 사람은 나를 주시하며 물었다. "옆의 이 여인은 당신의 자매인가?"

그 서생은 경박한 놈으로 합죽선으로 내 얼굴을 가린 깁을 걷어 올리려고 하였는데 소단이 그의 손을 쳐버렸다.

"그네는 얼굴에 심한 화상을 입었답니다." 소단이 말했다. "어린아이들이 놀랄까 봐 가리고 있는 것입니다."

"그렇군." 그는 흥미 없다는 듯이 손을 거두었는데 나중에 노란 치마를 입은 여인에게 끌려 그녀에게 달려갔다.

소단은 그가 그렇게 떠난 것을 전혀 개의하지 않은 체하였다. 실제로도 마음이 쓰이지 않았을 터인데, 왜냐하면 여전히 여러 사내가 그녀에게 잘 보이려고 애쓰고 있었기 때문이다.

우리는 강강술래를 추는 곳에 이르러 걸음을 멈추었다. 집을 나서기 전에 하인들이 우리에게 이 춤에 대해서 알려주었는데, 이는 오로지 미혼 남녀를 위해 마련된 춤이라고 말해주었다. 매년 단옷날 강강술래에서 여러 혼사가 성사된다고 하였다.

"저 여자들의 울긋불긋한 얼굴, 집에서 직접 짠 베로 지은 치마를 보세요. 게다가 손은요, 제 손이 저렇게 투박하고 굵고 거칠었다면 소매 밖으로 손을 꺼낼 생각도 하지 못했을 텐데…….” 소단은 춤을 추는 여인들을 머리끝부터 발끝까지 이러쿵저러쿵 평가해댔다.

나는 그 여인들이 못났다고 생각되지 않았다. 보이는 모습은 얼굴에 기쁨이 가득하고 볼이 사과같이 붉어서 정말이지 사랑스럽기만 하였다.

“광한루의 경치가 매우 아름답다오.” 아까 말을 걸었던 서생 중 한 명이 다시금 우리에게 슬금슬금 다가와 소단에게 말했다. “내가 당신을 데리고 구경시켜 주려는데, 어떻소?”

“다른 사람과 가시지요.” 소단은 오만한 태도로 거절하였다.

“내가 이 주위를 다 돌아보았다만,” 서생이 말했다. “이 장마당에서 당신만큼 아름다운 여인이 없었소.”

“저는 광한루에 가고 싶은 마음이 없답니다.” 소단은 단호한 얼굴로 갑자기 확 나를 잡아당기며 먼 곳을 가리켰다. “저기 좀 보셔요.”

그쪽으로 고개를 돌리니 꽃 무더기와 나무 그림자 사이로 그네 몇 개가 올라갔다 내려갔다 하는 것이 보였다. 그네를 타는 여인들의 치마가 바람에 부푼 모습이 꼭 연등을 입고 있는 것처럼 보였다.

소단은 그대로 나를 숲으로 잡아끌어 그네가 있는 숲속 공터로 향했다. 우리가 도착했을 때, 마침 한 여자가 그네에서 내리려고 하고 있었다. "다리에 쥐가 난 것 같아!" 그 여자는 같이 온 무리에게 소리쳤다.

"그러게 쓸데없이 다리에 힘주지 말라고 했잖아." 무리 중 한 명이 그 여자를 부축하며 그네에서 내리는 것을 도와주었다.

소단이 금방 빈 그네의 줄을 잡더니 나를 돌아보며 말했다. "타보셔요."

"내가?"

"물론이지요." 소단은 눈을 둥그렇게 뜨고 나를 보았다. "이렇게 모처럼 나와서 아무것도 안 하고 돌아가면 향사 늙은 아낙네들의 웃음거리가 될걸요."

"……그럼 내가 너를 밀어줄게."

"아씨가 저를요?" 소단은 매우 우스운 소리라도 들은 것처럼 굴었다. "아씨께서 어찌 저를 밀어주실 수 있겠어요? 저는 또 어떻게 아씨에게 밀어달라고 할 수 있겠어요?"

"그렇지만……."

소단은 나를 끌고 와서 그네에 올라서게 하였다.

"갑니다, 아씨." 소단이 만면에 미소를 머금고 말하는데, 눈에서는 얼핏 광기가 엿보였다. "제가 아씨를 한 마리 새처럼 날게 해드릴게요. 지금 신고 계신 한 켤레의 신발처럼……."

말이 끝나기도 전에 소단은 이미 손을 움직였는데 소단이 미는 힘이 얼마나 세었는지 몇 번 만에 나는 이미 허공에 떠올랐다.

몇몇 사내들이 우리가 있는 쪽으로 오면서 소단을 손가락으로 가리키고 서로 무어라 귓속말로 이야기하는 것이 보였다. 어떤 사람은 나를 주시했는데 내가 쓴 모자에 대해 궁금해하는 듯하였다.

바람이 세게 불어 내 치마 속까지 들어오니, 내 치마가 우산처럼 되어 펼쳐졌다 다시 접히기를 반복하였다. 내 몸은 숲에서 점점 높이 올라가서 몇 번 오르고 내리는 사이에 숲의 끝까지 볼 수 있었으며, 다시 몇 번 오르내리면서 숲의 끝 너머에서 강강술래 춤을 추는 사람들까지도 볼 수 있었다. 커졌다 작아졌다 멀어졌다 가까워졌다 하는 그 그림자들로 머리가 어지럽고 다리가 후들거렸다. 나는 땅 가까이 내려갔을 때, 소단에게 더는 밀지 말라고 말하려 했으나 세찬 바람이 나의 입을 막았다.

그네는 점점 더 높이 올라갔다. 원래 소단을 에워싸고 소단에게 말을 걸려던 사내들도 지금은 모두 고개를 들고 태양을 향하는 해바라기처럼 내가 오르내리는 것에 따라 왔다 갔다 하게 되었다. 그들이 무어라 내뱉는 소리는 내 발밑의 바람에 갈리며 흩어질 뿐이었다. 소단은 얼굴에 미소를 머금고 그네를 밀어버리려고 두 손을 앞으로 내밀고 있었다. 그네가 가까이 오자 소단은 다시 힘껏 나를 밀쳤다.

너무 빨라서, 나는 아무것도 볼 수 없었다. 나는 바람 속에서 손의 힘이 점점 빠지고 치마 밑 바람의 힘이 점점 세지고 있음을 느꼈다. 나는 정말 새처럼 공중으로 날아갈 것만 같았다.

갑자기, 바람이 내 모자를 날려 보냈고 먼저 허공에서 핑 돌더니 소단의 눈앞을 지나 그리 멀지 않은 곳으로 떨어졌다. 소단은 드디어 더 이상 그네를 밀지 않고 가쁜 숨을 쉬며 서서 내가 힘차게 오르내리는 것을 지켜보았다. 주위 사람들이 놀라서 감탄하는 소리도 내가 멀리 오르면 썰물처럼 점점 멀어졌다.

나는 머리가 어지러워 생각조차 하기 어려웠고 귓속에서는 엉망진창으로 뜯어대는 가야금 소리 같은 소음이 윙윙댔다. 소단과 눈이 마주쳤는데 일찍이 본 적이 없는 모르는 사이인 것 같았다. 우리가 보냈던 그 많은 시간은 전혀 다른 사람에게 있었던 일인 것 같았다.

나는 일찌감치 소단이 나를 미워하고 있다는 것을 알았다. 그러나 오늘에서야 비로소 소단이 얼마나 깊이 나를 미워하는지 깨달았다.

소단이 먼저 시선을 피했다. 소단은 제 뒤의 사람들을 밀치며 녹나무가 있는 쪽으로 가버렸다. 나는 홀로 수많은 사람들의 시선 그물에 휘감겨 있음을 깨달았다. 소단은 내 모자를 가지고 돌아오면서, 얼굴 가득히 웃음을 짓고 있었다.

"아씨는 정말이지 이목을 끄시네요." 소단이 작은 목소리로 내 귀에다 속삭였다. "다들 눈을 떼지 못하는 것 좀 보셔요."

소단이 흙이 묻은 모자를 다시 내 머리 위에 씌워주려 했으나 나는 그 팔을 밀쳐냈다.

주위는 이상할 정도로 고요했다. 원한다면 심지어 벌과 나비가 날 때 내는 날갯짓 소리도 들을 수 있을 것 같았다. 나를 보는 사람들의 눈빛이 꼭 단오절에 피하려고 온갖 방법을 궁리했던 귀신이라도 보는 듯하였다.

"좀 비켜요. 비켜……." 소단만이 나를 끌고 밖으로 나왔다.

이에 주위의 납덩이 같은 침묵이 깨지고 사람들이 움직이기 시작하면서 숨 쉬는 소리, 말하는 소리가 풀이 자라듯 돋아나기 시작하더니, 급속하게 자라나서 점점 더 빽빽해졌다.

"저 여인은 누구요?"

"향 부인이겠지……."

"생각 없이 말하기는. 댕기 머리를 하고 있잖아."

"저렇게 아름다운데, 향 부인이 아니면 누구겠소?"

"하늘에서 내려온 선녀일 수도 있지……." 어떤 사람은 농을 던졌다.

"저는 춘향이라 합니다." 나는 잠시 걸음을 멈추고 돌아보며 말했다. "향 부인 댁의 춘향입니다."

그들이 정신을 차리기도 전에, 소단이 나의 손을 붙들고 재빨리 뛰기 시작했다.

우리는 왔던 큰길을 따라 돌아왔다. 햇빛이 흘러넘쳐 길바닥에 고였고 먼지가 연기처럼 피어오르고 있었다. 길 양옆으로 선 복숭아나무들이 때마침 꽃을 피우고 있었는데, 나무 하나하나

비단옷에 화려한 치장을 한 듯 노을처럼 빛났다.

나는 꽃구경을 할 마음은 없고 그저 한시라도 빨리 향사의 마차를 찾고 싶었다.

"아씨는 무엇 때문에 그렇게 이야기했나요?" 소단이 갑자기 말을 꺼냈다.

"뭐?"

"향 부인 댁의 춘향입니다." 소단이 나의 말투를 따라 이 말을 거듭하며, 무심코 웃음이 나온 것처럼 피식 웃었다. "듣기에 뽐내는 것 같았을 거라고요."

"그래?"

"아씨께서는 향사의 아씨이시고 아씨답게 행동하셔야 해요. 특히 방금처럼 그렇게 많은 사람이 에워싸고 있을 때는 말씀하실 때도 조심했어야지요. 혹시라도 거기 나쁜 사람이라도 있었으면 무슨 경박한 짓을 저질렀을지도 모르는데……." 소단은 한숨을 내쉬었다. "돌아가면 향 부인께 뭐라 말씀드려야 할지. 아씨께서 털끝 하나라도 다쳤더라면 그날로 은길은 아주 뒤집어졌을걸요."

나는 대꾸조차 하고 싶지 않았다. 소단과의 대화가 귀찮게만 느껴졌다.

"아씨는 아씨께서 향 부인 댁의 춘향이라 하셨잖아요." 잠시 후 소단이 또 말했다. "그랬으니, 향 부인의 연세가 종이로 불을 감쌀 수 없는 것처럼 드러나게 되었네요."

"……"

"아마 이제 손님들은 이 때문에 더는 향사를 찾지 않을 수도 있어요."

"훌륭한 새는 나무를 가려 깃든다지." 나는 소단의 눈을 똑바로 바라보며 말했다. "향 부인의 문 앞이 쓸쓸해진다니, 너는 서둘러 네 갈 길을 찾아야 하겠구나."

"아씨, 그게 무슨 말씀이셔요?"

나는 웃었다. "너를 잘 알기에 하는 말이란다."

그때, 갑자기 말발굽 소리가 들려오며 길에는 먼지가 일었다. 코를 찌르는 냄새가 먼저 도착하고, 사람과 말의 그림자가 그 뒤를 따랐다. 나와 소단은 길옆에 있는 낡은 사찰에 급히 몸을 숨겼는데 벗겨진 내 신발 한 짝이 길 중간에 남겨졌다.

대춧빛 털을 지닌 말이 불타고 있는 공처럼 쏜살같이 큰길을 달려서 우리가 숨은 사찰 앞을 지나갔다. 말 위에 탄 흰옷을 입은 젊은이가 힘껏 고삐를 잡아채자 말은 길게 울음을 내뱉고는 몸을 돌려 돌아왔다. 젊은이는 먼저 말 위에서 고개를 숙여 신발을 유심히 보고 나서 뛰어내려 신발을 주워 들고는 앞뒤로 뒤집으며 한참을 들여다보았다.

"실례지만, 이 신은 어느 아씨가 잃어버린 건가요?" 젊은이가 신발을 들고서 나와 소단이 몸을 숨긴 사찰 쪽을 향해 소리쳤다.

가슴이 콩닥거렸다. 그 젊은이가 입꼬리를 조금 올리고 눈을 가늘게 뜬 모습이 꼭 김수와 판박이 같았다.

소단이 작은 목소리로 중얼거렸다. "아씨는 어쩜 그리 조심성이 없으세요?"

"이리로 나오시오. 당신들이 숨는 것을 내가 다 보았소."

"에구, 이걸 어떻게 하지요?" 소단이 고개를 돌려 나를 보았다.

나도 어찌할 바를 몰라 오히려 그가 어떻게 나올지를 지켜보기로 하였다.

"만일 나오지 않는다면 나는 그냥 이대로……." 젊은이는 신발을 품속으로 집어넣으려는 시늉을 하였다.

"저것 좀 보셔요……." 소단이 나를 잡아당겼다.

"원하면 가져가라 그래. 신발 한 짝 가지고."

"아씨도 참……." 소단이 나를 째려보았다. "어찌 여인의 물건을 그대로 사내의 손에 남겨두고 갈 수 있겠어요?"

나는 아랑곳하지 않았다.

"어떻게 하나?" 젊은이는 손에 든 신발을 살펴보며 그 신발이 살아 있기라도 한 것처럼 말했다. "너의 주인이 너를 필요로 하지 않는가 보다. 너는 나를 따라 내 집에 가자꾸나. 내가 너를 위해 조롱을 하나 만들어다가 창 앞에 걸어두어야겠다."

"춘향 아씨……." 소단은 이제 발을 동동거리기 시작하였다.

"……."

"잠깐만요!"

젊은이는 곧 말을 타고 떠날 양하다가 소단이 나오는 것을 보고서 손에 쥔 고삐를 놓으며 웃었다.

소단은 고개를 살짝 숙이고 교태 어린 걸음걸이로 가까이 다가갔다.

"신발을 돌려주세요." 그러고서는 손을 내미는데, 꼭 신발을 돌려달라는 것이 아니라 자신을 데려가라는 것 같았다.

젊은이는 말없이 소단 주위를 한 바퀴 돌면서 걷다가 소단의 뒤에서 발걸음을 멈추고 부채로 치마를 확 젖혀 올렸다. 소단이 꽥 비명을 지르며 널뛰기하듯 펄쩍 뛰어올랐다.

"네 신발은 분명히 네 발에 잘 있는 것 같다만." 젊은이가 장난기 어린 표정으로 말했다. "남의 것을 제 것인 양 가져가려고 하면 벌을 받게 되는 것을 모르는가?"

소단은 내 쪽을 돌아보았다.

"나는 그저 이 신발을 진짜 주인에게 돌려주고 싶을 뿐이다." 젊은이도 소단을 따라 내 쪽을 보았다. 그의 미소가 악공의 손처럼 내 마음을 한 줄 또 한 줄 퉁겼다. "나는 호랑이가 아니오. 신발을 가져가려고 뻗는 손을 물어뜯을 수는 없다오."

나는 사찰에서 나왔다. 그가 나를 보는데, 짓고 있던 미소가 마치 햇볕 아래 물이 증발하듯 천천히 사라졌다.

나는 그에게 발을 내밀어 보여주었다. "제 신발입니다."

"당신의 이름을 물어봐도 되겠소?" 그는 온화하고도 품위 있는 말투로 물었다.

소단이 얼굴을 뻣뻣하게 하고 내 앞으로 와서 막아섰다. "제발 신발을 저희에게 돌려주시지요, 공자님."

“무어라 불러야 할지도 알려주지 않는 것이오?” 그는 신발을 거두어 두 팔로 껴안고는 고개를 비스듬히 기울이고 나를 보며 웃었다. “그러면 이 신발은 돌려줄 수 없소.”

“그렇다면 가지십시오.” 나는 고개를 숙여 다른 한 짝의 신발을 벗어 손에 들고 맨발로 걸었다.

“아씨…….” 소단이 뒤에서 나를 불렀다. 내가 한참 걷고 나서야 소단이 뒤를 좇아왔다. “신발이 아직 저 사람 손에 있는데 아씨는 왜 그냥 가셔요?”

“맨발로.” 젊은이의 웃음소리가 뒤에서 울렸다. “얼마나 멀리 걸을 수 있을지 보겠소.”

모퉁이를 도니 향사의 마차가 길에서 기다리고 있었다.

“이렇게 가버리시면 안 되는데…….” 소단이 말했다.

“마차에 타.” 나는 소단에게 말했다. “아니면 여기 남아서 저 사람과 같이 있던가.”

소단은 고개를 돌려 뒤를 한 번 보고는 마차에 올랐다.

마차 안은 어두웠다. 소단은 화가 잔뜩 나서 흰 버선만 신은 내 발을 쏘아보았다. 나의 가슴 뛰는 소리가 바퀴 소리에 부서지며 황금색 파편이 되어 길에 뿌려졌다.

이몽룡

깊은 밤, 은길이 방에 와서 나를 찾았을 때 나는 아직 깨어 있었다.

비록 피로감이 낮에 탄 그네처럼 나를 꿈속으로 밀어냈으나 큰길에서 만난 젊은이가 꿈으로 들어가는 길목을 막고 있었다.

"남원부사 댁 도련님이 아주 헌칠하더구나. 왕년의 한림안찰부사 나리가 옆에 있어도 어디 빠지는 구석이 없겠어."

처음에 나는 은길이 말하는 도련님이 누구인지 알아차리지 못했다가, 신발 이야기를 듣고 '남원부사 댁 도련님'이 바로 큰길에 있던 젊은이라는 것을 알게 되었다.

나의 가슴이 더 빨리 뛰었다.

"우리 춘향 아씨도 이제 다 컸구나." 은길의 표정은 웃는 것 같기도 하고 우는 것 같기도 하였으며, 시선은 나의 얼굴을 훑으면서 말했다. "남자가 집에 찾아오다니."

은길은 나를 욕실로 데리고 갔다. 목욕통에는 이미 뜨거운 창포물이 준비되어 있었다. 나는 목욕을 하면서도 그 도련님이

기다리다 지쳐서 떠나지 않을까 하는 생각이 들었다.

목욕이 끝난 후, 소단과 은길이 나에게 새옷이지만 단아한 빛깔의 옷으로 갈아입혀주었다. 소단은 내가 만나러 가는 사람이 손님이 아니라 염라대왕이라도 되는 양 고개를 숙이고 눈을 내리깔고 있었다.

이어서 은길이 내 머리를 만져주었다. 시간이 이렇게 오래 걸렸으니 나는 손님이 이미 떠났으리라는 확신이 들었다.

그렇게 된다면 소단은 좋아서 어쩔 줄 몰라 할 것이었다.

머리는 땋아서 쪽을 지어 올렸고, 창포꽃 모양의 기다란 금비녀로 고정시켰다. 옷매무새도 어디 흐트러진 곳 없이 정돈하여 손님을 맞을 채비를 끝냈다.

은길이 그렁그렁한 눈을 하고 나를 와락 껴안았다.

"만약 그 사람을 좋아하지 않는다면 그냥 상대하지 않아도 된다."

소단은 나를 생경한 눈빛으로 살펴보았다. 물론 내가 머리를 올린 것은 오늘이 처음이지만, 바뀐 것은 머리 모양일 뿐인데도 내가 완전히 모르는 사람처럼 보이는 듯한 표정이었다.

나는 회랑 마루를 걸어 객실—원래는 나와 김수가 봉주 선생과 함께 글을 읽던 서재였던 곳이다—로 향했다. 은길과 소단은 따라 들어오지 않았다. 나는 고운 모시치마 자락이 끌릴 때 나는 소리를 들으며, 문득 내가 뒤에 있는 그 두 사람이 날리는 연과 같다는 생각이 들었다.

회랑 마루의 처마 밑에는 신선한 쑥이 꽂혀 있거나 또는 쑥이 담긴 두루주머니가 걸려 있는데 두루주머니는 채색된 조각보로 만들었으며 새의 모양도 있고 꽃과 나비 모양도 있었다.

남원부사 댁의 도련님은 객실 문밖에 서 있었다. 사방등에서 흰 종이 너머로 흩뿌리는 불빛이 겨울 날에 내린 맑은 서리처럼 그 얼굴에 내려앉아 있었다. 그는 내가 다다른 것을 느끼고 고개를 돌렸다.

나는 순간 황홀해졌는데 사방등 밑에 선 젊은이가 김수 같아 보이기도 하고 큰길에서 본 젊은 도련님 같아 보이기도 하였다.

"향사에는 지나치게 많은 꽃과 나무를 심었구려." 그가 나에게 말했다. "여기 잠시만 서 있었을 뿐인데 어떤 분위기에 심취된 기분이오."

그는 나를 머리부터 발끝까지 한번 훑어보더니 이어 말했다. "그대는 낮에 보았을 때보다 더 맑고 곱구려."

"이렇게 늦은 시간에 방문하시다니," 나는 그에게 물었다. "어인 일이신지요?"

그는 소매 속에서 나의 신발을 꺼냈다.

"내가 신발 장인을 찾았더니, 이 신발은 향 부인을 위해 만든 것이라 하더이다."

나는 손을 뻗어 그 신발을 잡으려고 했으나 그가 손을 움츠리고 신발을 등 뒤로 숨겨버렸다. 나는 그의 몸 위로 넘어지지 않으려고 얼른 자세를 바로잡았다.

그는 방향을 바꿔서 불빛을 등지고 나에게로 가까이 다가와 나를 응시하였다. 그의 눈길이 가볍게 나의 눈썹, 눈, 코, 입술, 이마, 뺨, 그리고 턱을 훑었다.

"남원부의 향 부인. 당신의 이름은 오래전부터 들어보았소." 그는 미소 지으며 말했다. "그러나 남원부에 오고 나서야 비로소 향 부인의 명성이 어느 정도인지를 알게 되었지. 여기의 꽃은 제 이름이 향부인화가 아닌 것을 아쉬워하고, 여기의 풀도 제 이름이 향부인초가 아닌 것을 애석해하며, 사람들의 주목을 끌고, 사람들의 귀에 들리고 사람들의 입술에 쉬지 않고 오르내리려면 모두 향 부인을 벗어날 수 없다는 것을."

나는 뒤로 한 걸음 물러섰다. 그의 숨결이 유화주막의 술처럼 내 마음을 어지럽게 하였다.

"……네가 잘못 알고 있어."

"자네는 어찌 내게 존대를 하지 않는 것이오? 다른 남자에게 말할 때도 존대를 하지 않소?"

"네가 잘못 알고 있다고." 나는 화가 나서 직설적으로 말했다.

"게다가 감히 나에게 '너'라 부르기까지?" 그는 득의양양한 미소를 지었다. "과연 보통내기가 아니로군."

나는 더 이상 그와 너네 나네 하며 말씨름을 하고 싶지 않았기에 손을 뻗었다. "신발을 돌려줘요. 그거 때문에 온 게 아닌가요?"

그는 내 손을 잡고 천천히 주물렀다. 내가 손을 뒤로 빼려고 하자, 그는 힘껏 잡아당겨 나를 품속으로 끌어들였다. 그는 숨을 깊게 들이쉬며, 내 귀에다가 나직하게 속삭였다. "네 몸에서 나는 향이 아주 좋구나."

그의 포옹은 겉옷처럼 갑자기 나의 몸을 감쌌다. 그의 몸에서 맑고 깨끗하며 낯선 기운이 느껴졌으며 나로 하여금 혼란스럽고 황홀한 기분이 들게 했다. 전에 김수의 품에 안겼을 때는 이런 기분이 아니었다. 김수는 내 마음을 안정시켜서 그의 포옹은 겨울 솜옷처럼 나를 따듯하게 해주었다.

그러나 이 젊은이의 품은 꼭 호수 같아서 발버둥을 쳐도 물결이 좀 더 일 뿐 점점 더 빨리 가라앉게 할 뿐이었다. 한바탕 밀고 당기다가 나는 결국 버둥거림을 멈추고 그냥 그가 마음대로 껴안도록 내버려두었다. 우리 심장의 쿵쾅거림은 처음에는 각각 뛰었으나 뛰면 뛸수록 뒤섞여 누구의 것인지 한 치도 분간할 수 없게 되었다.

그의 어깨 너머로 하늘이 보였다. 달이 꼭 멀리 걸어둔 거울 같았는데 그 거울에는 내 모습이 제대로 비쳐 보이지 않았다.

화원의 풀과 나무가 내뿜는 향은 꼭 발이라도 달려서 이르지 못하는 곳이 없는 것처럼 온 사방을 부산하게 돌아다니고 있었다.

"이제 나를 데리고 네 방으로 들어가도 되겠느냐?" 그가 내 귀에 대고 요청하였다.

나는 고개를 저었다.

"어째서?" 그는 뒤로 몸을 젖히며, 나를 한번 훑어보았다. "아하, 알겠군."

그는 나를 놓아주며 물었다. "얼마가 있어야 하는가?"

나는 웃음을 참을 수 없었다. "얼마가 있는데요?"

"지금 가진 것은 그리 많지 않다." 그는 매우 진지한 태도로 대답했다. "그러나 남원부사 댁에 돌아가서 더 가져올 수는 있지. 하나 이 아름다운 밤은 일각이 천금 같아서……."

"이름은요?" 나는 그에게 물었다.

"이몽룡."

이몽룡. 나는 마음속으로 한 번 되뇌었다. 그러고는 그에게 말했다. "저는 춘향이에요."

"아, 춘향이라고. 참으로 좋은 이름이구나." 그는 웃으며 코를 킁킁댔다. "너는 몸뿐만 아니라 이름에도 향이 있구나."

나는 이 자리에서 떠나야 하였다. 아니면 적어도 그에게 내가 그 향 부인이 아니라고 말해줘야 하였다. 그러나 그의 웃음이, 나에게 그 어느 것도 할 수 없게 만들었다.

우리는 서로를 바라보았다. 우리 사이에서 푸른 안개가 춤을 추는 것 같았다. 우리는 저번처럼 큰길에 서 있는 것 같았다. 이몽룡 옆에는 말이 있었고 내 뒤에는 낡은 절이 있었다. 그의 눈빛에서 이가 자라나서 나의 얼굴을 야금야금 깨물고 있었다.

"춘……향……."

"네에?"

"춘향……."

"네?"

"춘……향……."

마치 내 이름이 음식인 것처럼, 그가 씹는 모습이 나를 웃게 만들었다.

"춘향," 이몽룡이 손가락으로 내 뺨에 지어진 미소를 지그시 눌렀다. 그의 목소리는 그 손짓보다도 더 나긋했다. "나는 이 이름을 사랑하게 된 것 같구나."

그의 그 속삭이는 목소리는 내 마음을 마치 다리미처럼 만들었고 내 몸은 뜨겁게 달구어져 구김살 하나 없이 펼쳐졌다. 그가 나를 방 안으로 밀어 넣고, 등 뒤로 문을 닫아걸어 잠그고, 내 몸을 이불 위로 쓰러뜨릴 때까지 나는 그를 막을 힘이 없었다.

이몽룡의 손가락이 나의 입술을 눌렀다. "이것은 내가 본 중에 가장 요염한 장미꽃이로다."

이몽룡의 손가락이 나의 코를 만졌다. "이것은 내가 본 중에 가장 섬세한 도자기로구나."

이몽룡의 손가락이 나의 눈에 살짝 닿았다. "이것은 남자들이 모두 스스로 빠져 죽고 싶은 호수로다."

"이것은," 이몽룡은 나의 머리카락을 쓸어내렸다. "이 한 타래의 검은 머리카락은 한 올 한 올이 다 독초로다."

"그리고 너의 피부는," 이몽룡은 내 옷을 풀어, 직물로 된 허물 속에서 나를 꺼내서 요 위에 눕히고 손으로 내 맨살을 쓰다듬었다. "이것은 이 세상에서 가장 부드러운 비단이로구나."

이몽룡이 내 위에 올라타 내 턱에 입을 맞추었다. 나는 그의 손을 붙잡고 물었다. "지금 몸에 칼을 차고 있나요?"

"칼?" 이몽룡이 눈을 크게 떴다.

나는 움직이려고 했으나, 그가 몸으로 누르고 있었다. "네, 허리춤에요……."

"참 짓궂은 미인이로다." 이몽룡이 나의 입술을 살짝 깨물고 주문처럼 말했다. "내가 칼을 차고 있지. 너를 찔러 죽일 것이야."

이몽룡은 정말로 칼로 나를 찔렀다. 나는 입을 벌려 비명을 지르려고 하였으나 그가 혀로 내 입을 막았다. 남달리 날카로운 통증이 몸속 깊숙이 들어갔다가 액체로 변해 흘러나왔다.

피비린내가 방 안 가득 풍겼다. 나는 내 몸 안에 이렇게 격렬함이 잠재되어 있는지 몰랐다. 나는 내게 잠재된 격렬함 때문에 놀라서 멍해졌다.

이몽룡도 놀란 것 같았다. "너는 향 부인이 아니었니?"

"……그분은 나의 어머니셔."

"……."

우리는 둘 다 흰 비단 홑청만 보고 있을 뿐 누구도 말을 하지 않았다. 그 뒤에 나는 일어나서 더럽힌 홑청을 벗겨내고 깨끗한 것으로 갈았다. 나와 이몽룡은 벽에 기대어 한참을 앉아 있었다. 그의 짓궂고 장난스러운 웃음은 어느새 사라졌고 지금은 꼭 큰 잘못을 저지른 아이 같아 보였다.

날이 점점 밝아왔다. 미닫이문을 통해 보이는 밖의 하늘은 물에 깨끗이 씻은 것처럼 맑았다. 뜰에는 수없이 많은 붉은색, 분홍색, 흰색 장미꽃들이 이슬을 머금으며 소리 없이 봉오리를 터뜨리고 있었다. 그 싱그러운 내음을 맡으면 눈물이 날 것만 같았다.

"춘향아……." 이몽룡은 나에게 인사를 하였다. "나는 가 봐야겠어……."

나는 문을 열어주었다. 그는 조용히 나가며 나에게 손을 흔들었다. 나는 그의 뒷모습을 보며 웃지 않을 수 없었다. 그는 꼭 무엇이라도 훔친 사람처럼 살금살금 눈치를 보며 가고 있던 것이었다.

해가 뜨려면 아직 한참은 있어야 했으나 하늘은 이미 밝아져 있었다. 뜰의 안개가 막 깨어나고 있었는데 땅에서, 꽃 핀 가지에서, 나무뿌리에서 옷을 벗듯 떨어져 공기 중에 떠 있는 것 같았다. 그리고 또 반투명한 비단옷이 땅에서, 꽃가지에서, 나무뿌리에서 벗겨져서 떠오르는 것 같았다.

춘향

소단이 살금살금 소리를 죽였지만, 들어오자마자 곧바로 나는 잠에서 깨어났다.

소단 뒤의 열어놓은 문 너머로 해가 중천에 떠 있는 것이 보였다.

소단과 나는 잠시 눈을 마주쳤다가 서로 시선을 피했다.

소단이 방을 정리하려고 장을 열려는 것을 내가 막았다.

"거긴 건드리지 마."

"어째서요?" 소단이 물으며 장의 문을 열었다.

나는 가서 몸으로 장을 막았다. "이제 옷을 갈아입으려고 하니 먼저 나가 있어."

소단이 나를 보며 얄궂은 웃음을 띠었다. "아씨께서 옷을 갈아입으시는데 저를 피하시다니……."

"나가라고 하면 나가." 나는 얼굴이 화끈거렸으며 다만 소단을 얼른 내보내고 싶었다.

"아씨께서는 옷을 갈아입으셔요. 저는 훔쳐보지 않을

테니까요." 소단은 몸을 돌렸다. 소단은 행주로 방 안의 옷장을 닦았다. 화각장 앞에 구부리고 서서 황동 장식을 하나씩 먼저 입김을 불어 반짝거릴 때까지 행주로 닦았다. 소단이 그렇게 열심히 일하는 태도는 건드리지 말라는 의사표시였다.

나는 두루마기를 몸에 두르고 어젯밤 더럽힌 홑청을 옷으로 싸서 품에 안았다. 소단이 고개를 들어 나를 보며 물었다.

"무엇을 안고 계셔요?"

"……옷."

"저에게 주셔요."

"필요 없어." 나는 밖으로 나갔다.

"아씨는 지금 어제 자고 간 이 도령 때문에 부끄러워서 그러시는 건 아니겠지요?"

"……" 나는 문 앞에 멈춰 서 고개를 돌려 소단을 보았다.

"이 도령은 아씨를 보러 온 게 아니었어요. 향 부인을 보러 온 거였지."

과연, 소단은 들어선 안 될 것을 들은 것이다.

"아씨는 향 부인인 척하면서 향 부인의 손님을 빼앗으신 거예요."

과연, 소단은 보아선 안 될 것들을 본 것이다.

소단이 향사에 처음 온 몇 달 동안 나와 김수는 소단의 웃는 모습을 궁금해했으나 뜻대로 되지 않았다. 시간이 지나자 그 일을 아예 잊어버렸다. 한참 후에야 나는 소단이 웃는 모습을 주의 깊게 보게 되었다. 소단은 화낼 때 모습이 다른 사람과 달랐듯이, 웃을 때도 다른 사람과 다르게 웃었다. 소단은 입을 다물고 미소를 짓든 입을 벌리고 소리 내서 웃든 눈빛은 언제나 차가웠다. 입가의 미소가 엄숙한 눈빛을 비웃거나 또는 엄숙한 눈빛이 입가의 미소를 조롱하고 있는 것처럼 보였다.

"아씨는 그야말로 향 부인의 훌륭한 따님이셔요."

나는 소단과 소단의 비웃음을 뒤로하고 나가면서 문 옆의 주둥이가 넓은 도자기를 발로 차 엎어버렸다. 조각조각 박살이 난 그 도자기는 창고에서 꺼낸 지 얼마 안 된 물건이었다. 여름을 맞이하여 이 옮은 도자기에 계절에 맞는 신선한 꽃을 꽂아 방 안을 꾸미려던 것이었다.

나는 홑청을 안고 바쁜 걸음으로 욕실에 가서 홑청을 물에 담가놓고 나서야 먼저 부엌에서 무채를 가져왔어야 했다는 것이 생각났다. 핏자국을 지울 때는 무즙을 써야 깨끗이 지워지기 때문이었다. 욕실에서 나오는데 소단이 피가 뚝뚝 흐르는 손가락을 하고 나를 찾아왔다. 아까 내가 발로 찬 도자기가 화문석 위를 한 바퀴 구르다가 장의 황동 귀장식(가구의 모서리에 대는 쇠붙이 장식)에 부딪히며 깨졌는데, 그걸 치우다가 손가락을 이리 베였다는 것이었다.

나는 소단을 약방으로 데려가서 상처에 약초를 올리고 천으로 감싸주었다.

"아씨께서는 일부러 깨셨죠?" 소단이 손가락을 들고 나에게 물었다.

“그래.” 내가 대답했다. “네 잔소리가 너무 시끄러워서 그랬어.”

소단은 나를 보다가 얼마 후 고개를 돌려 창밖의 창포꽃을 보면서 마치 혼잣말을 하는 것처럼 중얼거렸다. “남자와 하룻밤을 보내고 나시더니 주둥이가 도자기 조각 같아서 사람을 베어서 피를 보게 하네.”

내가 욕실로 돌아오니 은길이 대야 앞에 서 있는 것이 보였다. 문을 여는 소리를 들은 은길이 내 쪽으로 고개를 돌렸다.

“그건 제…….”

은길은 내 허리춤을 흘끗 보았다.

그 눈빛에 나는 온몸이 싸늘하게 식는 것 같았다.

“가서 닭을 한 마리 잡아야겠다…….” 은길은 욕실에서 나가다 말고, 내 옆에 잠시 멈춰 서서 물었다. “황기를 넣어주랴? 아니면 미역을 넣어주랴?”

초저녁, 향 부인이 일어나 목욕을 마친 후에 나를 방으로 불렀다. 같이 차를 한잔하기 위해서였다. 향 부인은 품이 큰 무명옷을 입고 머리는 적당히 틀어 올린 차림이었는데 몸에서는 장미꽃 향기가 나고 있었다. 열린 문 너머로 흘러들어 온 노을빛이 빛나는 강처럼 향 부인 주위를 흐르며 향 부인을 비추었다. 향 부인은 마치 거울처럼 사람의 시선을 끌어당겼다. 남자라면 그녀의 얼굴은 바로 함정과 같아서 처음 바라보게 되면 그대로 깊은 물속에 첫걸음을 내딛은 듯이 되곤 하였다.

문득 가슴이 아릿해졌다.

방 안에는 가느다란 대나무 선반이 있고 그 위에는 동화로가 있었으며 그 안에는 달군 숯이 놓여 있었다. 화로 위에는 동으로 된 주전자가, 화로 옆에는 손을 씻는 대야가 있었다.

"이 차는 김수가 직접 따고 덖은 것이란다." 향 부인은 찻상 옆 대야에 손을 씻고 천으로 물기를 닦은 후 뜨거운 물로 찻주전자와 다기들을 헹구었다.

"네가 이 차를 마셔보았으면 좋겠구나."

향 부인이 백자 찻잔을 내 앞에 두고 청자 찻잔은 자기 앞에 두었다. 뜨거운 물을 두 잔의 작설차에 붓자 녹색 잎이 물속에서 서서히 비틀리며 천천히 펴졌다. 정말 그 이름대로 입을 열고 말을 할 수 있을 것 같았다.

"김수……라고 하셨어요?"

"그래." 향 부인이 웃으며 차를 마시라고 손짓으로 권했다. "사 년 전에도 이미 김수의 다례는 수준급이었지. 이 몇 년 동안 동학사에서 게을리 지내지 않았다면 지금은 더 훌륭해졌겠구나."

"김수가 절에 있어요?" 나는 찻잔을 꽉 쥐었다. 차가 뜨거워서 손바닥의 아픔이 가슴 깊숙이 파고들었다.

동학사. 문득 주지 스님 생각이 났다. 주지 스님께서 주셨던 단향목 염주는 아직도 내 방에 있었다.

"그렇다면 김수가 살아 있었던 거예요?"

"별 바보 같은 소리를 하는구나." 향 부인이 나를 보았다. 쇠라도 녹일 수 있을 것 같은 눈빛이었다. "본래 그 아이를 청루에서 데려온 것은 내가 잘 돌봐주기 위해서였다."

"……."

"내가 김수의 어머니 이야기를 해준 적이 없었느냐?"

"……아니요, 아주 유명했던 가기라 하지 않았나요?"

"그래. 특별한 성정을 지닌 참으로 외골수인 여인이었지." 향 부인이 차를 한 모금 마시고 천천히 말했다. "남자가 가는 곳마다 정을 두는 것은 늘 있는 일이거늘, 그 여자는 청루에 있으면서도 그 간단한 도리 하나를 깨우치지 못하고 어느 날 밤 정인을 취하게 한 후 죽이고 말았다. 그러곤 자진하였지."

"……."

"그 당시 태강이 청루에 있었기에 김수를 거두기는 했다만 태강은 장님에 판소리 광대이다 보니 아이를 간수하며 돌아다니기가 어려웠지. 그때 마침 내가 너의 또래인 아이를 찾고 있었기에 그렇게 김수가 향사에 머물다 보니 10년이 되었구나."

나는 차를 한 모금 마셨는데 마음속은 온갖 생각으로 복잡해졌다.

"김수는 사내이고 또 청루의 기생이 낳은 아이다 보니 배운 기술이 없으면 살아가기 힘들 터였다. 김수를 동학사로 보내 다례를 배우도록 한 것은 나와 봉주 선생이 일찍이 상의하여

정했던 일이다. 그리하여 네가 상심할 것을 잘 알면서도 계획대로 그 애를 보낸 거란다."

지난 삼 년의 세월이 사흘 같기도 하였고 삼십 년 같기도 하였다.

"왜 진작 저에게 알려주지 않으셨어요?"

"조금 이르게 알든 늦게 알든 무슨 차이가 있겠느냐."

그렇다. 내가 조금 더 일찍 안들 무엇을 했겠는가. 김수를 찾으러 동학사를 가기라도 했을까?

"어젯밤," 향 부인이 차 한 모금을 마시고 미소를 지으며 나를 보았다. "남원부사 댁의 이 도령이 너의 방에 머물렀다 들었다."

"……예."

"듣자 하니 품위가 있고 의기가 당당한 인물이라던데."

"사실 이 도령은……."

"춘향아." 향 부인이 나의 손을 부드럽게 잡고는 찻상 위로 올려놓고 내 손의 손금을 가리키며 말했다. "보이느냐? 너의 운명은 네 손 안에 있단다. 잘 잡아보아라."

"어떻게 하는 것이 잘 잡는 건가요?"

"네가 잔소리라고 생각하지 않는다면, 나는 내가 아는 모든 것을 너에게 알려주고 싶구나." 향 부인이 말했다. "나는 네가 좋은 집에 시집가서 평화롭고도 행복한 삶을 보내기를 바란단다."

"그 좋은 집에서는 어머니를 받아들이지 않을 텐데 어찌하여 저를 받아주겠어요."

향 부인은 잡았던 내 손을 놓아주고, 내 손 위에 자기 손을 덮으며 말했다. "우리의 운명은 서로 다르단다. 사람에게는 각자의 길이 있는 법이지."

향 부인의 방에서 나왔을 때는 하늘이 밝기 전, 어둠이 가장 짙은 시각이었다. 모두 꿈속에 있고 꽃향기만 깨어 있었는데 낮의 향기보다 더욱 짙었다. 나는 앞뜰까지 걸어갔다. 매일 보았던 향사인데도 꼭 바깥세상같이 낯설어 보였다.

이몽룡이 다시 찾아온 것은 내게는 예상치 못한 일이었다. 은길은 그를 약방으로 안내한 후, 세심하게도 문을 닫아주고 나갔다.

우리는 서로 마주 보았으나 바로 할 말을 찾지 못하였다.

"나는 사실 한성부로 돌아가는 마차에 올랐어야 하오." 그는 한참 동안 침묵한 끝에, 한숨을 쉬며 말했다. "그러나 내 두 발은 나를 이곳으로 데려오더군."

"그러면 이제 두 발을 칼로 자르실 차례군요." 나는 이어서 말했다.

그는 짧게 웃었다. 우리는 둘 다 어젯밤에 이야기했던 칼을 떠올리고 있었다.

"남원부에 왔을 때," 이몽룡은 다시 한참의 침묵 끝에 입을 열었다. "들꽃이 가득 핀 언덕에서 지죽이라 하는 탁발 스님을 만났소. 내가 보기에 우리 두 사람은 생긴 것도 그렇고 표정 같은 것이 닮아서 보고 있자니 매우 괴이하고도 흥미로운 느낌이 들더군. 그래서 나는 스님을 내가 머물고 있는 객줏집으로 모셨는데 알고 보니 다례에 아주 조예가 깊으신 분이셨소. 그렇게 차 한 잔을 같이 하는데 지죽 스님께서 남원부에 대해 말씀하시길, 두 명의 신비한 여인이 있다고 하더군."

나의 가슴이 세차게 뛰었다.

탁발 스님이라고? 지죽이라는?

"그때의 나는 그가 했던 말이 당신들이라고는 짐작도 하지 못했소. 향 부인은 들어보았지만, 향 부인에게 딸이 있다는 것은 전혀 몰랐으니 말이오. 그런데 어젯밤 향사를 떠날 때 문득 지죽 스님께서 하셨던 말이 떠오르더군. 그 말을 할 때의 표정도 같이 말이오." 이몽룡은 한참을 골똘히 생각하다가 이어 말했다. "스님의 미소는 맑고 투명한 물 위의 깃털처럼 작은 변화로도 사람의 마음을 어떤 경지로 이끌 것 같았소. ……그런데 지금 무엇을 하고 있는 것이오?"

나는 멍하니 있다가 비로소 이몽룡이 내 손을 보고 있는 것을 깨달았다. 나는 무의식중에 외할아버지의 의약서를 빨래를 쥐어짜듯이 비틀고 있었다.

이몽룡은 내 손의 의약서를 가져가더니 몇 장을 넘겨보며 물었다. "이것이 무엇이오?"

"외할아버지께서 친히 쓰신 의약서입니다. 그분께서는

이전에는 남원부의 제일가는 약사이셨지요."

"이전에는?" 이몽룡이 책을 나에게 돌려주며 물었다. "지금 그분은 돌아가셨소?"

"연단鍊丹(몸의 기를 단전에 모아 심신을 단련하는 수련법)을 하러 산으로 들어가셨습니다." 나는 책을 서가에 꽂아놓았다. "저의 외할아버지는 줄곧 신선이 되고 싶어 하셨지요. 단약을 정말로 만드셨다면, 지금은 장생불사하고 계실 겁니다."

"장생불사라?" 이몽룡이 웃었다. "듣자 하니 저잣거리의 패담보다도 더 허무맹랑하군."

"그 이후는 어떻게 되었나요?"

"무슨 이후?"

"당신과 그 지죽이란 스님……."

"물론 각자의 길을 갔지."

나는 이몽룡을 데리고 객실로 향했다. 회랑 마루 굽이진 곳에서 그는 슬쩍 내 손을 잡았다. 나는 그를 객실로 안내했고 우리는 작은 찻상을 사이에 두고 마주 앉았다.

나는 이번에는 우리를 위해 누가 차를 가져다줄지 궁금했으나, 이몽룡은 오히려 그런 사정은 신경 쓰지 않는 듯하였다.
이몽룡은 나를 주시하며 물었다. "당신은 정말로 향 부인이 아니오?"

"저는 그분의 딸입니다."

"향 부인에게 어찌하여 이리 과년한 딸이 있을 수 있는가? 만약 향 부인의 나이가 그렇게 많다면 또 어떻게 그렇게 많은 남자의 흠모를 받을 수 있는지, 향 부인이 남과 달리 젊음을 유지할 수 있는 방법은 무엇이오?"

나는 잠시 고민하다가 대답했다. "향 부인은 낮에는 주무시고 어두워져서야 일어나십니다."

"그럼 손님은? 밤이 되어야 맞이하는 것이오?"

나는 고개를 끄덕였다.

"이제 알겠군." 이몽룡은 합죽선으로 이마를 툭 치며 말했다. "어떤 여인은 햇빛 아래에서는 그리 대단할 것이 없지만 밤이 되면 청초해져서 사람을 홀리게 하지. 밤에는 세세한 것이 많이 가려지기 때문에 향 부인이 그렇게 많은 이를 홀릴 수 있는 것도 그런 빛의 마력 덕이겠군. 혹은 다른 특별한 비법 덕이거나. 미혼약 같은 어떤 것 말이지, 네 외할아버지가 약사라고 하지 않았나?"

"저야말로 약사입니다." 그가 진지하게 따지는 모습을 보니 웃음이 나왔다. "약방에 어떤 약들이 있는지, 저보다 더 잘 아는 사람은 없습니다. 우리 집 안에 미혼약은 없습니다."

"장담할 수 있는가?"

"손에 있는 자기 손금을 헷갈릴 수 있나요?" 나는 이몽룡의 손을 살짝 쳤다. "약방의 모든 것은 제 손안에 있는 것과 다름없습니다."

"들어보니 손이 보기보단 큰 모양이군. 약방이 다 들어간다니."

이몽룡은 내 말이 그리 믿기지 않는다는 듯 느슨한 어투로 대꾸했다.

"미혼약이라는 게, 꼭 약방의 약제가 아닐 수도 있지. 오래된 좋은 술이나, 사람을 감동시키는 노래, 사람을 어깻짓하게 하는 춤, 여인의 아름다운 용모, 아니면 말로는 형용할 수 없는 어떤 부드러움이……." 이몽룡은 그 말을 하면서 저만의 깊은 상념으로 빠져드는 듯하였다. 그 눈빛은 내가 볼 수 없는 세계를 한참 동안 떠돌다가 마지막으로 내 얼굴에 닿았다. "춘향아. 너에게 말하는 사람은 없었느냐? 네가 바로 사람을 홀리는 미혼약이라고."

나는 이몽룡의 손에 있는 부채를 뚫어지게 바라보았다. 아무것도 그려지지 않은 흰 부채였다.

나는 고개를 저었다.

"당신이 고개를 저을 줄 알았소. 여인들은 모두 자신을 순백의 존재처럼 보이고 싶어 하니 말이오. 공주처럼 말이지." 이몽룡은 웃었다. "하지만 나는 공주가 어떤지 알고 있다오."

"공주마마를 뵌 적이 있나요?"

"뵈었다 뿐인가?" 이몽룡은 의기양양해져서 표정이 묘하게 바뀌었다. "공주마마 몇 분과는 매우 잘 아는 사이이기까지 하지. 특히 다섯째 공주마마께서는 적녀嫡女(정실의 몸에서 난 딸)여서 그런지 중전마마보다도 더 기세가 등등한 것으로 유명하신 분이오. 한번은 우리가 청화대의 뜰에서 만났는데 당시 궁녀는 좀 멀리 있었지. 공주마마는 나를 손짓하여 가까이 오라고 부르시고는 낮은 소리로 내 귀에다가 밤에 백이궁으로 찾아오라고 하셨지. 나는 내 귀가 잘못된 줄 알았소. 공주마마의 행렬이 떠난 뒤 뒷모습을 멍하니 보며 정신을 차리지 못하고 있는데, 공주마마 곁에 있던 궁녀 한 명이 뒤를 돌아보며 웃는 게 아니겠소? 나는 그제야 내가 들었던 초청이 정말인지 알게 되었지."

"그래서 가셨나요?"

"어찌 감히 안 갈 수 있겠소? 우리는 바둑을 몇 판 두었소. 밤이 깊어지자 공주마마께서 피곤하다고 하시기에 인사하고 궁에서 나왔지. 후에 두 번 정도 더 불렀지만 모두 뜨뜻미지근한 만남이었소. 공주마마께서는 내가 재미없는 사람이라 단정하시고 그 후에는 더 부르지 않으시더군."

"공주마마께서는 아리따우신가요?"

"나라님의 따님이시니 당연히 자태가 평범하진 않으시지."

"당신과 공주마마께서는……." 나는 물어보고 싶은 것이 있었으나 입 밖으로 낼 수가 없었다.

"아무것도 없었소." 이몽룡은 내 생각을 알아채고 대답했다. "아직 출가도 하지 않은 공주마마와 문제가 생긴다면 내 목숨을 잃을 뿐 아니라 집안사람들도 연루되겠지."

우리는 둘 다 웃었다. 분위기가 가벼워졌다.

그때 발걸음 소리가 들렸고 나와 이몽룡은 입을 다물고

여닫이문을 보았다. 소단이 문을 열고 들어와 이몽룡을 보았는데 난데없이 병풍의 산수화에서 걸어 나와 향사에 발을 디딘 사람이라도 보는 듯하였다.

"향사에 오신 것을 환영합니다." 소단이 이몽룡에게 인사를 하면서 다구가 담긴 쟁반을 가지고 들어와서 다기와 찻주전자 등을 찻상 위에 하나씩 옮겼다. 소단의 표정은 더없이 엄숙했고 그 동작은 제기를 내려놓는 것보다 더 신중했다.

나와 이몽룡은 한마디도 하지 않고 소단이 우리 앞에서 찻잔에 차를 따르는 것을 지켜보았다. 차향이 은은하게 퍼졌다.

소단이 몸을 일으켜 창밖을 보면서 조심스럽게 말했다. "이 도령께서는 더 분부하실 것은 없으신지요?"

"없소. 수고했소." 이몽룡이 답했다.

"춘향 아씨는요?"

"없다."

"그럼 저는 이만 물러가보겠습니다." 소단은 이몽룡을 한 번 보고, 나를 본 뒤 쟁반을 들고 방을 나갔다.

"네 계집종은 참으로 괴이쩍게도 말하는군." 이몽룡이 말했다. "무당이 연기하는 것 같구나."

"잘 모르겠네요." 나는 웃으며 대답했다. "저는 무당을 본 적이 없거든요."

"나는 몇 번 본 적이 있소. 무당이란 아주 사람들을 꺼리게 하지."

"그래도 소단은 예쁘장한걸요."

이몽룡은 흥 하고 코웃음을 치며 말했다. "가식적인 화장에 저속한 분칠일 뿐이오."

혹시 나 또한 그의 눈에는 보기 싫지 않을까?

"이 도령께서는 공주마마도 직접 뵈었는데, 어떤 여자가 당신 눈에 저속해 보이지 않겠어요?"

"꼭 그렇지는 않소." 이몽룡은 입으로는 아니라고 하였지만, 표정은 내 말을 긍정하고 있었다.

"그러나," 이몽룡은 갑자기 아까의 이야기에 이어서 말했다. "내가 공주마마를 뵌 것은 그리 대단한 일이 아니라오. 사실 나처럼 개인적으로 다섯째 공주마마의 부름을 받은 유생이 결코 적은 것은 아니오. 공주마마께서는 늘 남자를 궁으로 부르셨지. 성균관의 많은 유생들과 심지어 양반가 자제들도 공주마마의 눈길을 한 번이라도 받으면 곧 자신이 누군지도 모르고 망상에 빠져 미색과 부귀영화가 한 켤레의 신발처럼 자신에게 와서 그저 신기만 하면 자신의 것이 될 것이라 생각했지만 결국 그들은 모두 한바탕 비웃음만 받았을 뿐, 아무것도 얻지 못했소. 어떤 남자가 현명한지 알려면 그가 여자를 어떻게 대하는지를 보면 된다는 말이 있지. 여자는 뱀과 같으니 언제나 조심해야 하거든."

"그렇다면 이 도령께서는 여기 앉아서 무얼 하고 계신 건가요?" 나는 마침내 기회를 놓치지 않고 하고 싶었던 말을 꺼냈다. "뱀에게 물릴까 두렵지 않으신가요?"

“……나는 이미 뱀에 물렸소.” 이몽룡이 쓴웃음을 지었다. “한성부에서 판소리 광대가 부르는 〈향부인가〉를 들은 적이 있소. 그 태강이란 여인은 소리 재주가 정말이지 출중하더군. 그러나 〈향부인가〉의 내용 중에 향 부인을 깊은 산속의 옥과 물 밑의 진주라 형용하는 건 지나친 과장이라 생각하였소. 다들 말을 안 할 뿐이지 향 부인이 무얼 업으로 삼고 있는지는 알고 있지 않소? 향 부인이 많은 권세가와 연이 닿아 있다 한들, 아름다운 여인이란 남자들이 차는 노리개와 같아서 위세를 세우기 위해 여러 개를 차는 것뿐 중요한 것은 아니라고 여겼소. 그런데 남원부에 오고 나니 이곳 사람들이 모두 향 부인이 미혼약이라도 먹인 건지 전부 미쳐 있더군. 나는 그 이유를 알 것 같았소. 왜냐하면 향 부인은 약사의 딸이 아니오?”

이몽룡의 목소리는 매우 온화하고 평온하였으나 종이에도 손가락을 베일 수 있음을 알기에 나는 적잖게 긴장했다.

“향사에는 미혼약이 없습니다. 향 부인도 다른 여인과 크게 다를 것도 없고요.” 나는 이몽룡에게 말했다. “어떤 사람이 미쳐 있다면, 그건 그들이 원래 그런 것입니다. 향 부인이 없었다면 그들은 다른 이유를 찾아 미쳐 있었겠지요.”

이몽룡이 나를 보고 물었다. “내가 당신에게 잘못한 게 있소?”

“저와 같은 여인은 당신네 갓 끝의 먼지이고 발밑의 흙인데, 당신의 말씀에 무슨 잘잘못을…….” 나는 일어서서 나가려고 하였다.

"춘향……." 이몽룡이 나를 붙잡았다.

"실례하였습니다." 나는 그 손을 뿌리치고 나왔다.

나는 홀로 앉아 있었다.

약방의 냄새를 맡고 있자니 곧 마음이 차분해졌다.

은길이 문을 열고 들어왔다.

"이 도령이 떠날 때 안색이 나쁘더구나." 은길이 말했다. "싸우기라도 했느냐?"

나는 아무 말도 하지 않았다.

"연인이 싸우는 것은 비가 내리다가도 해가 뜨는 것처럼 지나고 보면 아무것도 아닌 거란다."

"누가 우리를 연인이라 하였습니까?" 나는 고개를 들어 은길을 보고 웃었다. 그러나 눈에서는 눈물이 주르륵 흘러내려 얼굴을 덮었으며 웃음을 적셔버렸다. "나와 이 도령이 무슨 연인이라고."

이몽룡

이몽룡이 나를 세 번째로 찾은 것은 작별인사를 하기 위해서였다. 그가 나에게 한 말은 자신이 과거를 봐야 할 날이 가까워져서 반드시 한성부로 돌아가야 하며, 그의 아버님 — 현 남원부사 — 께서 나라님의 은혜를 입어 더 높은 관직을 받았기에 남원부사 임기를 일찍 마치고 함께 한성부로 돌아가게 되었다는 것이었다.

"나는 가고 싶지가 않소. 하지만……." 이몽룡은 잠시 주저하다가 이어서 말했다. "나의 아버님께서 어제 나에게 물으셨소. '향 부인이 정말 사람들 말처럼 그녀를 한 번만 보면 술을 한 항아리 마신 것보다 더 사람을 취하게 하는가?' 그에 나는 향 부인은 모르지만 향 부인 댁의 춘향 아씨는 정말이지 절세미인이라고 대답하였소."

이몽룡의 극찬에 나는 부끄러워졌다.

"그랬더니 일이 커졌소." 이몽룡이 서간을 하나 꺼내 마지막 줄을 가리키며 읽었다. "'네가 남원부에서 즐긴 풍류에 대한 이야기가 지금은 여기저기 자자하다. 그 이야기를 듣고 속상해하는 아씨들이 많단다.' 이것은 나의 모친이 보낸 서간인데, 정말이지 이 세상에 발 없는 말보다 빠른 건 없는 것 같구려."

"많은 아씨들이 속상해한다는데, 그 아씨들은 누굴 말하는 겁니까?"

이몽룡이 나를 바라보며 피식 웃고는 득의양양한 표정으로 많은 이름들을 늘어놓았다. 그 아씨들은 오직 이몽룡을 보고 싶어 자신의 아버지를 졸라 집에서 잔치를 자주 열게 했다고 하였다. 그 덕에 이몽룡과 함께 공부하는 유생들은 술자리에 자주 초대되었다.

"나만 초청한다면 그 목적이 너무 뚜렷이 보여서 혹여 후에 혼사가 성사되지 않는다면 체면이 무척 깎이지 않겠소? 그 아씨들은 어떤 장소나 병풍, 가산假山(정원 따위에 돌을 모아 쌓아서 조그마하게 만든 산)이나 나무처럼 몸을 가릴 수 있는 곳에 숨어서 나를 훔쳐보더군. 어떤 장군의 딸은 남자 하인의 차림을 하고 내 탁자 앞에서 몇 번이나 왔다 갔다 했소. 그 담력은 정말 존경할 정도지만, 생김새는 빈말로도 마음에 든다고는 할 수 없었소."

"한성부에 있을 때는 이런 잔치들이 정말 지겨웠소. 양반 댁의 귀한 아씨들은 하나같이 곱게 자라서는 혼기가 차자마자 일생을 부탁할 남자를 찾고 있는데, 나는 누군가에게 붙잡혀서 그 여인의 아버지에게서 그 여인을 돌보아야 하는 책임을 넘겨받고 싶지 않았소."

"……평생 장가들지 않으실 건가요?" 내가 물었다. "그러실 수 있겠어요?"

"그러긴 어렵겠지. 하지만 피할 수 있을 때까지는 피해볼 생각이오."

"지금 그 아씨들은 아마 남원부의 향 부인이 이 도령의 발목을 잡았다고 생각하겠네요."

"그들이 어떻게 생각하든 나는 전혀 신경 쓰지 않소." 이몽룡이 웃으며 말했다. "내가 기쁜 것은 이제는 한성부에 돌아가도 그런 잔치에 참가하는 일을 신경 쓰지 않아도 된다는 것이오."

은길이 향 부인께서 저녁을 들고 가라고 하셨다고 전하러 왔다.

"향 부인께서도 식사 자리에 계시는 것이오?" 이몽룡은 잠시 생각에 잠긴 뒤에 물어보았다.

"두 분께서만 식사를 하시고, 향 부인은 두 분과 차를 같이 마시자고 하셨습니다."

"그렇다면," 이몽룡이 웃으며 대답했다. "감히 사양할 수는 없으니 그 말에 따르겠소."

식사 시중을 드는 요리사는 향사에서 가장 가냘파 보이는 여인이었는데 어찌나 말랐는지 움직일 때 뼈가 덜그럭거리는 소리가 들릴 것 같을 정도였다. 여인은 한 무더기의 이상한 모양을 한 여러 칼을 가져와 하나씩 펼쳤다.

이 물건들을 꺼내놓으니 객실 분위기가 확 달라졌다.

소단이 물을 가득 담은 백자를 들고 들어왔다. 항아리 안에는 검은 빛깔을 한 물고기가 유유히 헤엄치고 있었다. 듣자 하니 아주 먼 바다에서 잡은 것을 가져온 것이라고 하였다.

요리사는 반은 노랗고 반은 초록색을 띤 조미료가 담긴 접시를 우리 앞에 하나씩 놓았다. 그러고는 손으로 물고기를 잡아 들고는 가위같이 생긴 것으로 꼭 집고 물고기의 머리부터 꼬리까지 한 번 훑어 내리고서 맑은 물에 넣었다. 그랬더니 검은 비늘은 물 위에 떠다녔으나 물고기는 여전히 살아 있었고, 비늘을 잃은 물고기는 물 밖에서 잡혀 있을 때보다 더 격렬하게 몸을 뒤틀었다. 요리사는 날카로운 칼끝을 대는가 싶더니 순식간에 가시만을 남겼다. 너무 순식간이라, 물고기 자신도 멍해져서 껌벅이는 눈이 접시에 떨어질 뻔하였다.

종이보다 더 얇게 썬 회를 나와 이몽룡의 접시에 각각 올려놓았다. 이몽룡은 그 회를 요리사의 특제 양념장에 한 번 찍어서 입안에 넣은 후에 긴 탄성을 내뱉었다. “회가 눈처럼 녹는군.”

요리사는 미소를 지었다

“전주 음식이 맛있다는 말이 명불허전이군.” 이몽룡이 감탄하며 말했다. “설령 궁궐에 있더라도 이렇게 마음을 취하게 하고 정신을 혼미하게 하는 것을 먹기는 어려울 것이오.”

나는 내 앞의 접시를 가리키며 말했다. “제 것도 드십시오.”

"이렇게 맛있는 건데 좋아하지 않소?" 이몽룡은 기뻐하며 접시를 가져갔다.

요리사가 보는 사람의 눈을 번쩍이게 만드는 칼들과 비린내 나는 항아리를 가지고 나간 후, 소단이 다른 요리와 밥을 차린 반상을 들고 들어왔다. 식사가 끝난 후에는 장미꽃 소를 넣어 금방 빚은 달떡이 나왔는데 찹쌀에 진주 가루를 더한 것으로 먹을 때는 꿀에 찍어 먹는다.

"향사의 생활이 이리 사치스러운데 어떻게 유지가 되는 것이오?" 이몽룡이 물었다. "당상관이라 하더라도 이렇게 먹기는 어려울 것 같소만."

"사람들이 선물을 자주 보내옵니다."

"이번에는 보름 동안 네 번이나 왔지 뭐예요." 소단이 갑자기 끼어들었다. "큰 상자 열몇 개가 향사 안으로 들어온답니다."

나는 소단을 흘겨보았다.

"큰 상자 열몇 개라?" 이몽룡은 소단의 말 속의 뼈는 알아듣지 못하고 소단이 자기를 놀리는 줄은 모르고 그저 그 내용에 놀라 실소를 흘렸다. "쌀로 채우기도 쉽지 않은데 그렇지 않다면 이런 선물을 보낼 수 있는 사람은 없을 텐데"

"어찌 쌀을 보내겠어요. 농담도 잘하시네요." 소단이 말했다. "향 부인의 손님은 다들 손이 크셔요."

"그래도 그렇지. 한꺼번에 상자 열몇 개를 어떻게 보낸단 말이오?" 이몽룡은 딱 잘라 말했다. "내가 아는 사내는 한 사람도 이렇게 할 수 없소. 설령 가장 값이 싼 삼베로라도 말이오."

"그러신가요?" 소단은 나를 보고 눈을 깜박이더니 살짝 비웃음을 머금으며 말했다. "저는 당신과 같은 양반은 은이 넘쳐나서 바닥에 깔 정도인 줄 알았는데요."

이몽룡은 그제야 무언가 이상함을 알아차리고 나를 돌아보았다. 하지만 소단이 정말 몰라서 그런 말을 한 것인지, 아니면 제 아씨한테 뭐라 눈치를 준 것인지는 헷갈리는 모양이었다.

식사가 끝난 후, 나는 이몽룡과 함께 향 부인의 방으로 향했다.

"정말 골치 아프군." 이몽룡이 뜰에 있는 사황을 가리키며 말했다. "저 네 마리가 나를 계속 쫓아오는구려."

나는 이몽룡을 약방으로 데려가 약수를 조금 발라주었다. 약방에서 나오자 사황이 주위로 다가와 냄새를 맡더니 각자 흩어져버렸다.

"무엇을 바른 것이오?" 이몽룡이 기뻐서 물었다. "저들을 보시오, 모두 나를 보지도 않고 가버리는군."

"당연하지요. 개들이 싫어하는 냄새니까요."

"당신은 정말로 약사로군." 이몽룡이 손을 들어 냄새를 맡아보았다. "어찌하여 나는 냄새를 맡을 수 없지?"

"만일 여기 개코가 있었다면" 나는 그의 얼굴을 가리키며 말했다. "맡을 수 있었겠지요."

"향사의 여인들은 정말 방자하군." 그는 갑자기 벌컥 화를 냈다. "너희들이 좀 생겼고 먹는 것도 좀 그럴싸하다 해서 다른 이를 멋대로 무안을 주어도 되는 줄 아느냐?"

"제가 무언가 실례를 저지르기라고 했습니까?" 나는 그가 왜 그러는지 이해가 가지 않아 물었다. "어찌하여 그리 노발대발하시는지……."

"당신은 나를 짐승에 비교하였소. 이것이 실례가 아니면 칭찬이란 말이오?"

"사람에게 생명이 있듯이 짐승도 생명이 있고, 뜰의 꽃 하나 풀 하나 나무 하나 전부 생명이 있는, 살아 있는 것입니다. 우리는 만물에 둘러싸여 친척이나 친구처럼 같이 살고 있는데 그들에게 비유하는 것이 어떻게 실례일 수 있겠습니까?"

이몽룡은 무척 화가 나서 나를 못마땅한 눈으로 보았지만 나 또한 조금도 물러서지 않고 그를 마주 보았다. 웃음이 그의 화난 얼굴 밑에서 천천히 스며 나오더니 곧 온 얼굴에 번졌다.

"당신처럼 황당무계한 말을 진지하게 하는 아씨는 처음 보았소." 이몽룡이 말했다. "하지만 당신의 눈동자가 이처럼 밝고 시선이 맑아서 그렇게 이상하고 각박한 말도 당신이 하니 꼭 이치에 맞는 것처럼 들리는군."

"이치는 저에게 있는 것이 아닙니다." 그가 웃자 나의 화도 사그라졌다.

나는 창포밭으로 가서 가늘고 촘촘한 창포들 사이에서 꽃 몇 송이를 꺾었다. "만물이 사는 것에는 각자의 이치가 있지요."

"쉬잇……." 이몽룡이 장난스럽게 웃었다. "들어보시오. 창포꽃이 아프다고 아우성치고 있소."

나는 눈을 감고 아주 천천히, 깊게 숨을 들이마셨다. "맞아요. 이들도 아픔을 느껴요. 제가 이 꽃을 꺾을 때, 창포는 평소와는 조금 다른 향을 뿜었고, 꼭 사람이 아플 때처럼 온몸을 움직여 웅크렸지요."

이몽룡은 아주 재미있는 이야기를 들은 것처럼 한참을 웃었다.

"은길에게 듣기를 당신은 꽃 속에서 태어났다던데?"

"이 창포들은 제 외할아버지께서 심으신 것인데, 제가 태어나던 날 처음으로 꽃을 피웠거든요."

향 부인은 호랑이 다섯 마리가 수놓인 병풍 앞에 앉아 있었다. 은회색 치마를 입고 있었으며 올린 머리에 한 손톱만 한 진주로 장식된 은비녀 외에는 온몸에 그 어떤 장신구도 두르지 않은 차림새를 하고 있었다. 이몽룡과 내가 들어서자 향 부인이 미소를 지으며 우리를 바라보았다. 우리는 향 부인이 본인의 아름다운 눈빛 같은 광채가 나는 화문석에 앉아 있는 느낌이었다.

이몽룡이 멍하니 향 부인을 바라보았다.

"향 부인을 뵈니, 이제야 향사가 전설이 된 이유를 알겠습니다."

"남원부의 하늘이 어찌하여 사시사철 푸른지 아십니까?" 향 부인이 옅은 미소를 지으며 말했다. "하늘이 뜬소문으로 가득 차 구름이 있을 자리가 없어서 그렇답니다."

이몽룡이 웃었다.

나는 막 꺾은 창포꽃을 주둥이가 좁은 둥근 항아리에 꽂았다.

"춘향이 꽂은 꽃들은," 향 부인은 나에게 고맙다고 하고 이어 말했다. "늘 형용하기 어려운 묘한 점이 있지요."

나는 꽃을 이리저리 잘 만진 뒤 나의 작은 탁자 뒤에 앉았다.

"몇 번 오셨는데 대접을 제대로 하지 못했습니다." 향 부인이 술잔을 들어 나와 이몽룡에게 주며 말했다. "알게 된 지 얼마 되지 않았는데, 곧 떠나신다지요?"

"별말씀을 다 하십니다." 이몽룡이 말했다.

"이 도령께서는 언제 또 오실 수 있으십니까? 제대로 대접할 기회를 주셨으면 합니다."

"글쎄요, 과거 시험이 코앞이고 앞일은 점치기 어려우니." 이몽룡은 미리 생각해둔 일인 듯, 잔을 내려놓고 정중하게 향 부인 쪽으로 몸을 돌려 꾸벅 절을 하였다. "죄송합니다. 저는 지금은 댁의 춘향 아씨에게 어떤 약조도 드릴 수 없습니다."

"저의 뜻을 오해하셨군요." 때마침 불어든 바람이 향 부인의 얼굴을 스치자 미소가 그려졌다. "향사 같은 곳에서 설마 남자에게 무슨 납채와 문명問名(혼인을 정한 여자의 장래 운수를 점칠 때 그 어머니의 성씨를 물음 또는 그런 절차)을 승낙받고, 친영(혼례에서 신랑이 신부의 집에 가서 신부를 직접 맞이하는 의식)의 시기를 요청하는 속된 절차를 따지겠습니까? 밖에는 어떻게 알려졌든 향사에는 향사의 자랑이 있는 법입니다. 조금 과장을 덧붙인다면, 어떤 양반가의 여식이든 그 알량한 출신 외에는 생김새, 성정, 재능 및 가져오는 혼수 등에서 우리 집안의 춘향이와는 비교할 수도 없을 것입니다. 춘향이만 바란다면, 어떤 큰 집안이라 한들 시집보내지 못할 곳이 없습니다."

"저는 시집가고 싶지 않아요." 나는 한마디 끼어들었다.

향 부인이 부채로 가슴을 지그시 누르며 나를 보았다.

"당신은 향사의 향 부인으로 계시고, 저는 약방에서 약사로 살겠어요. 그렇게 살면 좋지 않겠어요?"

향 부인은 웃으면서 가볍게 부채를 부쳤다.

"춘향아……." 이몽룡이 나를 한 번 보았다. "비록 향사에서 의식 걱정은 없겠지만 결국 이곳은……."

이몽룡은 말을 멈추고 향 부인을 한 번 쳐다보았다.

"천업에 종사하는 곳이라는 겁니까? 그런가요?" 향 부인이 차분하게 말을 이었다. "저자 사람들은 귀한 집에 시집가는 것이 여인의 가장 큰 복이라 하지만, 그 생활이 즐거운지는 신경 쓰는 사람이 별로 없습니다. 고래등 같은 기와집의 그 깊숙한 곳에서 문을 걸어 잠그고 산다면, 집안이 부귀한들 무슨 재미가 있겠습니까. 향사의 명성이 좋지 않다지만 적어도 이곳에서는 마음껏 숨 쉬고 자유롭게 지낼 수 있습니다."

"저는 당신의 심기를 건드릴 생각은 물론이고 향사를 폄하할 생각 또한 없었습니다. 당신의 말씀이 옳습니다. 화려한 옷을 입는다 한들 진정으로 부귀한 것은 아니지요. 양반집에 살아도 말하기 어려운 고충이 많습니다."

이몽룡의 얼굴이 굳어졌다. 그러자 관옥冠玉(남자의 아름다운 얼굴을 옥에 비유하는 말) 같은 얼굴의 이목구비가 더 뚜렷하게 나타났다.

"춘향아, 지금 그대와 미래를 약속할 수 없는 것을 용서하시오. 한성부로 돌아가는 것은 마치 망망대해로 배를 타고 나가는 것과 같아서 나도 내 몸에 어떤 변고가 생길 것인지를 알 수 없소."

"사과하실 필요 없습니다." 나는 이몽룡에게 말했다.

"그렇지요." 향 부인은 의미심장한 표정으로 이몽룡을 보았다. "이 도령께서는 다만 남원부에 춘향이란 여인이 있다는 것만 기억하시면 됩니다."

우리는 향 부인의 방에서 나왔다. 향 부인은 우리를 배웅하지 않았지만 우리가 나와서 얼마 가지 않았는데 향 부인의 방 안에서 가야금 소리가 울려 나왔다.

"남원부에 왔을 때는," 이몽룡이 가볍게 한숨을 내쉬었다. "길마다 붉은 복사꽃에 하얀 오얏꽃이 있고 게다가 따뜻한 봄 날씨였지."

"여름의 풍경 또한 정말 아름다워요."

"춘향, 당신은 정말 남들과 다르오." 이몽룡이 고개를 돌려 나를 보는데 그 눈빛에 슬픔이 가득하였으나 오히려 일부러 가볍게 웃으면서 나에게 말했다. "만일, 내가 선택할 수 있다면 나는 정말이지 당신을 부인으로 맞이하고 싶소."

"당신이 어떻게 저를 부인으로 삼을 수 있겠어요?" 나는 웃었다. "저는 양반가의 규수가 아닌걸요."

"당신 말이 맞소. 내 운명은 오직 양반가의 규수만을 아내로 맞이할 수 있게 정해져 있소."

"그렇다면," 나는 이몽룡에게 말했다. "우리는 여기서 작별을 해야겠네요."

"나는 향사 사방을 돌아보고 싶소." 그는 잠시 주저하다 말했다. "나와 같이 갑시다. 어떻소?"

우리는 회랑 마루를 따라 천천히 걸었다. 달은 이쪽에 있다 저쪽에 있다 하며 집 주위에서 숨바꼭질을 하고 있었으며, 향사의 웅장한 장관은 이몽룡을 경탄하게 하였다.

"사랑이란 정말이지 신기하오. 당신의 아버지께 쉽사리 이런 일을 하게 하다니요. 생각해보시오. 춘향, 우리나라는 자자손손으로 이어졌는데 이 강산은 변하지 않았소. 이 조정에는 몇십, 몇백, 어쩌면 몇천 명의 한림안찰부사 나리가 있었을 거요. 그러나 한 여인을 위해 이렇게까지 한 분은 오직 당신 아버지뿐일 것이오."

"맞는 말씀이세요." 나는 아주 감격스러웠다.

"이렇게 생각하니 그분은 오히려 죽어서도 여한이 없겠소." 이몽룡이 한참을 안타까워한 후 말했다. "듣기로는 당신에게 연인이 있다고, 김수라는?"

나는 고개를 돌려 그를 바라보았다. 그는 태연하게 보이려고 애쓰고 있었다.

"……소단이 말했나요?"

그는 고개를 끄덕였다.

"……김수는 저의 연인이 아닙니다."

"하지만 당신과 김수가 침대에 있는 것을 향 부인에게 들켰었다고……."

나는 소단이 이몽룡한테 그날 밤에 있던 일을 어떻게 형용하였는지 알 것 같았다. 나는 굳이 이몽룡에게 다시 듣고 싶진 않았다.

"그는 저의 연인이 아닙니다." 나는 이몽룡의 말을 끊었다. "그 점은 당신이 누구보다 잘 아실 텐데요."

"그건 나도 알고 있소." 이몽룡이 말했다. "말하기 좀 부끄러우나, 나는 김수라는 이를 모름에도 그 이야기를 들으니 김수라는 자에게 화가 나더군."

우리는 약방 앞에 피어 있는 무궁화나무 밑에 앉았다. 한림안찰부사 나리는 찬란한 복사꽃을 그다지 좋아하지 않았으나 아침에 피고 저녁에는 떨어져버리는 무궁화를 유독 좋아하였다. 마침 지금은 꽃이 많이 피어 있을 때라 바람이 불면 꽃잎이 눈처럼 휘날리며 떨어졌다.

"……내가 떠난 후, 다른 사내가 당신을 찾을 것을 생각하면" 이몽룡이 나의 손을 자기 가슴께에 가져가며 말했다. "이곳이 찌르는 것처럼 아프오."

"저는 향 부인이 아닙니다."

"내가 말하고 싶은 것은," 그는 깊이 한숨을 내쉬며, 나의 손에 깍지를 끼어 쥐었다. "나의 몸은 이곳을 떠나지만, 나의 마음을 복숭아처럼 당신이 따버렸다는 것이오."

그는 내 방에서 밤을 지냈다. 우리는 서로 사랑을 속삭이는 중에도 나는 이몽룡과 김수가 완전히 다른 사람이라는 것을 잘 알았다. 김수의 마음은 마치 찻잔 속 찻잎 같아서 그 모양을 선명히 볼 수도 있고, 헤아릴 수도 있었다. 나의 마음은 김수가 기쁘면 같이 기쁘고, 김수가 슬프면 같이 슬펐다. 찻잎이 물에 잠기지만 물이 찻잎 색을 띠는 것과 같았다. 그러나 이몽룡은 달랐다. 그의 마음은 넓고도 복잡했다. 한성부도 자리를 차지하고, 부귀공명과 녹봉도 자리를 차지하고 있었고 게다가 많은 여인들—그중에 나도 더해진—또한 자리를 채우고 있었는데 이몽룡은 많은 생각을 하고 있었지만 그중 무엇 하나도 확실한 것이 없었다.

다음 날 이른 아침, 이몽룡이 떠날 때 나는 자는 척을 하고 있었다. 그는 여닫이문을 꽉 닫지 않고 나갔다. 문 틈새로 밖의 하늘이 보였다. 하늘은 어두침침하고 검은 구름들이 문 틈새로 비어져 들어와 이불처럼 나의 몸을 짓누를 것만 같았다.

이몽룡은 남원부에서 한성부까지 올라가는 길에, 걸음이 닿는 곳마다 판소리 광대들이 부르는 노래를 들을 수 있었다.

> 남원 이야기 듣고 남원에 이르니
> 남원부 여인은 선녀보다 아름답네.
> 봄꽃 같은 아름다움이 구름같이 변했다고
> 풍류 이야기보따리를 구구히 전하네.

춘향

여름이 다가오자 정원의 장미꽃이 한 송이씩 꽃망울을 터뜨리더니 향사는 감미로운 꽃향기에 감싸였다. 방 안이 답답해진 계절인 것이다. 은길은 아랫것들을 지휘하여 두 겹으로 되어 있던 미닫이문을 한 겹으로 바꾸었고, 왕골화문석을 치우고 대나무자리를 깔았으며, 솜으로 된 두꺼운 이불은 세탁하여 풀을 먹인 후 화원의 장대에 널어두고 우리가 잘 때 쓰는 이불은 얇은 삼베로 된 홑청으로 바꾸었다.

나의 몸도 지금 계절처럼 열이 나서 견디기 어려운 시기로 접어들었다.

밤은 점점 짧아져 오직 두 시진만이 빛 없는 밤이 되었다. 반대로 낮은 점점 길어져서 새벽부터 초저녁까지는 밝은 볕이 한 무더기의 금빛 볏짚처럼 끊임없이 내 가슴속에 쌓였다. 어둠이 내린 후에도 나는 내 몸속이 밝고 뜨거운 것을 느꼈다. 조그만 불씨 하나도 쉽게 나를 태워 나를 한 마리의 빛나는 반딧불로 바꾸었다.

나는 며칠 동안 연이어 잠을 제대로 자지 못했다. 나는 아주 이상한 꿈을 꾸었는데 그 꿈은 손금처럼 운명과 연관된 길을 암시하는 것 같았다. 나는 칠흑 같은 어둠 속에, 또는 금빛이 가득한 길 한가운데에 있다가 갑자기 꿈에서 깨어났다.

나는 깨어나면 향사 사방을 돌아다녔다. 몇 번이라도 은길을 찾아가 의논하고 싶었다. 어떤 옷감이 좋은지, 또는 장미꽃의 색이 어떤지 같은 이야기도 좋았다. 그러나 은길은 매번 천지가 진동할 정도로 코를 골며 잠들어 있었고 그 소리는 술병을 껴안고 잠들던 봉주 선생보다도 더 큰 것 같았다. 은길이 깔고 자는 갈대로 엮은 자리는 향사에서는 보기 드물게 낡은 물건이었다. 은길은 날이 좋을 때마다 잊지 않고 돗자리를 밖에 널어 볕에 쬐였는데, 그 동작이 어찌나 조심스러운지 그 돗자리가 외할아버지가 그전에 썼던 물건이라는 것을 누구나 쉽게 짐작할 수 있었다.

나는 약방으로 가서 불을 켜고 선반을 치운 뒤 의약서를 정리하였다. 이몽룡이 향사에 오고 나서는 '오색' 만드는 일이 한 귀퉁이로 밀려나 있었다. 나는 써야 할 병들을 정리하여 벽 가까운 선반에 올려두어 쓰기 편하게 하였다. 그 밖에 외할아버지가 남겨놓은 몇 권의 의약서도 눈에 띄는 자리로 옮겨두었다. 비록 그 책들의 내용은 이미 외울 정도였지만 책들이 보이는 것만으로도 마치 외할아버지가 계신 듯한 든든한 느낌을 주었다.

어느 날 날이 밝기 직전, 소단이 하품을 하면서 앞뜰에서 뒤뜰로 가다가 약방을 지날 때 창문 앞에 멈춰 섰다.

"아씨, 아직 안 주무셨어요?"

"……그래."

"손님 몇 분이 오셔서 향 부인께서 저보고 화투를 같이 쳐보라 하셔서 치고 또 치다 보니 밤을 새웠네요."

나는 대꾸하지 않았지만 소단은 수다를 떨고 싶은 듯하였다.

"그분들이 저를 아씨로 착각해가지고 입을 열 때마다 '춘향 아씨', '춘향 아씨' 하는데 정말이지 귀찮지 뭐예요. 향 부인은 왜 아씨보고 그 손님들을 맞이하라고 하지 않았을까요?"

"……."

"이 도령이 떠난 지도 한참 되었잖아요." 내 침묵에 더 의기양양해진 것인지, 아니면 어제 손님을 모신 것이 스스로 큰 세상이나 본 것처럼 아주 방자해져서는 나를 위아래로 훑어보았다. "아씨께서도 이만 정신 차리고 몸단장도 하시고 새로 손님도 맞고 그러셔야죠."

밤바람의 서늘함과 마음속의 초조함이 마치 손의 형태가 되어 나에게 고문을 가하고 있는 것 같았다. 그 손들은 상반된 방향으로 내 몸을 찢어 당기고 있었다. 그런 내 심정을 알기라도 하는 듯 꽃 무더기 속에서 매미 소리가 높았다가 낮았다가를 반복하였다.

"네가 무슨 나리라도 되니? 어떤 나라님의 위임이라도 받았니?

이렇게 방자한 말로 나보고 이래라저래라 하다니."

"저는 아씨가 걱정되어서요." 소단은 놀란 표정을 지었다. "아씨는 참, 풀이니 약이니 이런 건 많이 알아도 사내를 보는 안목은 영 아니신 것 같아요. 비록 아씨는 이 도령과 이미…… 그랬어도 아씨께서는 이 도령을 붙잡지 못하셨잖아요."

"아씨께서는 향 부인을 보고 많이 배워야겠어요. 향 부인은 그야말로 관록도 있고 안목도 있으시거든요. 어제 향 부인께서 젊은 손님들을 저보고 모시라고 한 것은 저에게 사람을 접대하는 경험을 쌓아보라고 기회를 주신 것 같지만, 근본적으로는 그치들이 향 부인의 눈에 차지 않아서였지요. 설령 향 부인께서 변덕이 생겨 그런 사내와 하룻밤을 보내신다고 하셔도 그들은 새로 만든 두부 같아서 하룻밤만 지나도 쉬어버리기에 날이 밝으면 바로 보내버리시지요. 그러나 몇몇 단골손님은 그렇지 않지요. 자주 오지 않더라도 오기만 하면 열흘이나 보름씩이나 머물지요. 그런 사내는 타고난 풍채가 있고 살짝 보아도 기백이 넘치지요. 그런 손님이 올 때마다 향 부인께서는 친히 문 앞까지 마중하러 나가시는데……."

"너는 그런 사람들조차도 모두 네 치마 밑에 집어넣어야 좋겠다고 생각하니, 그런 거야?"

소단이 나를 보았다.

"향사의 새 주인이라도 되어 여봐란듯이 손님을 맞이하고 배웅하고 싶은가 봐? 비단옷 하나 입혔더니 제가 봉황이라도 된 줄 아나 보지? 말해두건대 도둑놈의 딸은 그냥 도둑놈의 딸이야." 내 말투에는 독살스러운 날이 서 있었다. 내 입안에서 튀어나왔지만 나 자신이 낯설고 두렵게 느껴졌다.

"그래요. 저는 도둑의 딸이지요." 소단의 얼굴이 파랗게 질리고, 금방 풀칠하여 붙인 창호지처럼 팽팽해졌다. "아씨와 김수는 어릴 적부터 그걸로 저를 비웃으셨죠? 그러면 당신들은요? 무슨 뼈대 있는 양반가 출신처럼 고상함은 다 떨더니 밤에는 추잡한 짓을 한 사람이 누구지요? 먼저는 김수고 또 하나는 이 도령 아닌가요? 아씨께서는 뭐 그리 득의양양하실까 몰라. 아씨의 처지는 쓰고 버린 걸레여요. 향 부인은 그래도 향사라도 받으셨지, 아씨는요? 대나무 바구니로 물을 뜬 것처럼, 정말 처량하기 이를 데 없네요."

밤하늘에 걸려 있는 새벽별이 내 몸속으로 떨어졌다. 만일 하늘에 걸린 흰 초승달이 칼날이었다면, 그리고 내 손으로 그 칼날을 잡을 수만 있었다면 나는 틀림없이 이 자리에서 도둑놈 딸의 혓바닥을 잘라냈을 것이었다.

"……너는 ……독사구나."

"제가 독사라고요? 그래요?" 소단은 득의양양하게 웃었다. "이렇게 더운 날에는, 속에 뱀 하나 품고 지내는 것도 오히려 기분 좋은 일일 것 같네요. 뱀의 몸은 늘 차가우니까요."

"뱀은 말을 하지 않지." 나는 소단을 똑바로 보며 말했다. "먹으면 사람의 혀가 뱀처럼 두 가닥으로 갈라지는 약이 있는데,

혀가 갈라진 뒤 어떻게 헛소리를 할지 궁금하구나."

소단도 눈을 부릅뜨고 나를 보았다. 소단의 얼굴빛을 보고 있으니 기분이 좀 나아졌다.

"아씨께서 방금 농담하신 것이지요?" 순식간에 소단이 환하게 웃으면서 혼자 묻고 혼자 답했다. "물론 농담이겠지요. 날이 이리 더워서야, 무슨 새로운 일도 없고, 다들 밥도 맛이 없고 잠도 잘 오지 않으니, 만일 농담이라도 하지 않으면 어떻게 지내겠어요? 그런데 저는 이제 자러 가야 할 것 같네요. 피곤하니까 이대로 서 있으면 꿈을 꾸며 잠꼬대나 할 것 같아서요."

어느 이른 저녁, 향 부인은 나를 불러 연꽃차를 권했다. 물이 끓는 동안 향 부인은 나에게 연꽃차를 만드는 방법과 우리는 법을 설명해주었다. "연꽃차는 올해에 새로 딴 차를 종이에 싸서 아직 활짝 피지는 않은 연꽃의 꽃잎 사이사이에 끼워두고 연꽃이 벌어지지 않게 잘 묶은 뒤 사흘 후 꺼낸단다. 물은 꽃이 피고 사흘째 새벽에 연꽃의 잎 위에서 채집한 것이지. 정말 신경을 많이 쓴 거야."

"김수가 보낸 것인가요?"

"춘향이는 참 명민하고 이해가 빠르구나."

나는 차를 한 모금 머금었을 때 연꽃차에서 뿜어 나오는 온갖 그윽한 사랑을 코로 맡을 수도 있고 입으로도 맛볼 수 있었다.

"이 차는," 나는 낮은 목소리로 말했다. "마시면 눈물이 흐를 것 같아요."

향 부인은 잠시 침묵하더니 손을 내밀었다. 우리의 손이 마치 한 쌍의 백옥 빗처럼 서로 교차하였다.

"당신께서는 그 사람을 사랑하시나요? 저를 당신 몸에 남긴 사람 말이에요."

"나는 그이에게 붙들려 옴짝달싹할 수 없었다." 향 부인은 잠시 생각에 잠긴 뒤 웃었다. "한때는 완전히 사랑에 눈이 멀었었고, 그다음에는 그이가 나를 전혀 사랑하지 않았다고 생각했었다. 나중에 그 생각이 틀렸다는 걸 알게 되었지. 많은 남자를 만나고 나니 비로소 깨닫게 되는 게 있더구나. 그이는 모래 속의 사금 같은 사람이었다. 이 세상에서 나를 가장 사랑하는 사람이 바로 그였어. 나는 이제 그를 사랑할 뿐만 아니라 그에게 깊이 감사하고 있다."

향 부인은 손가락에 약간 힘을 주며 이어 말했다. "가장 감사하고 있는 것은, 그분이 나에게 너를 남기고 갔다는 것이란다."

나의 눈물이 한 방울씩 뚝뚝 찻잔 속으로 떨어졌다.

"이 차는 더는 못 마시겠구나." 향 부인의 눈에도 눈물이 고여 있었다. "아마 이 차를 만들 때 김수의 마음도 슬펐던 모양이다."

나는 더는 슬픔에 잠겨 있고 싶지 않아 내가 만들고 있는 '오색'으로 화제를 돌렸다.

"그 약은 정말 기억을 잊게 만드는 거니?" 향 부인이 나에게 물었다. "믿기지 않을 정도로 신기한 약이로구나."

"저도 잘 모르겠어요." 나는 잠시 머뭇거리다가 이어 말했다. "아마 제가 직접 시험해보면 확실히 알 수 있겠지요."

"안 될 말이다." 향 부인이 웃으며 말했다. "너는 향사의 약사고, 이 향사에 있는 모두의 건강이 너에게 달려 있으니 너는 절대로 그런 모험을 해서는 안 된다."

"약과 사람에게는 남자와 여자 사이의 관계 같은 면이 있어요." 내가 말했다. "약에게도 인연이 있거든요."

"참 재미있는 말이구나." 향 부인이 웃었다.

나는 약방에서 며칠간 두문불출하며 '오색'의 제조에 몰두하였다. 오색은 완성까지 마지막 단계만 남겨두고 있었다. 나는 모든 신경을 작은 화롯불에 달이고 있는 약탕기에 쏟았다. 매일 이른 아침이면 나는 종이에 필요한 재료를 써 주어서 외부의 약방에서 지어 오게 하였다. 십여 일 동안 내가 먹은 것이라고는 봄에 채취해두었던 고로쇠 수액뿐이었다. 나는 전에 느낀 적이 없던 상태에 접어들었는데 마치 이몽룡을 처음 봤을 때의 그 순간을 끝없이 늘린 것 같았다. 그럼에도 나의 눈은 그 어느 때보다도 밝았고, 정신도 그 어느 때보다도 맑았다. 대부분 시간 동안 나는 다른 사람이 하는 말이 들리지 않았을 뿐만 아니라 설령 그 사람이 나를 마주 보고 얘기하더라도 나에게는 들리지 않았다. 이것은 어느 날 소단이 나에게 말해줬던 것이다.

나의 온 정신은 다른 곳에 있었는데 약한 불 위에 달여지고 있는 약에 쏠려 있었다. 그 약의 복잡한 향은 수만 가지 말보다 더 많은 내용을 나에게 전하고 있었다.

“우리 집에서는 이미 신선이 한 명 나왔으니, 두 번째로 신선이 나오는 꼴은 보고 싶지 않구나. 네 꼬라지 좀 봐라.” 은길이 부엌에서 찬합을 들고 와서 말했다. “장대비에 잎이 다 떨어진 꽃도 너보다는 생기가 있겠다.”

찬합의 뚜껑을 열자 음식의 열기와 냄새가 아지랑이처럼 나를 감쌌다.

나는 욕지기가 울컥 치밀어서 은길에게 손을 흔들었다. “도로 가져가세요. 저는 지금 입맛이 하나도 없어서 아무것도 못 먹겠어요.”

“입맛이 없어도 사람이 먹을 건 먹어야지.” 은길은 화가 나서 턱에 힘이 들어갔지만 그럼에도 태도는 무척 다정하였다. “시집갈 나이가 다 되었는데 가슴이 납작한 게 뭣 같구나. 너는 남자가 집에 빨래판이 없어서 여자를 데려가는 줄 아니?”

“정말 아무것도 먹고 싶지 않아요.” 나는 은길의 농담에 웃을 기분이 아니었다. “지금 집중해야 하는데 뭘 먹으면 머릿속이 밀가루로 쑨 풀처럼 흐리멍덩해질 거라고요.”

“헛소리.” 은길이 단호하게 잘라 말했다. “농사짓는데 거름을 하지 않는 데가 어디 있느냐?”

“인간은 초목 같아서 살아가는 데 그렇게 많은 것들이

필요한 건 아니에요. 사람들은 아주 간단한 일들을 복잡하게 만들었어요"

"……네가 말하는 그 말투가, 지금 표정이," 은길이 놀란 표정으로 나를 보았다. "정말이지 네 외할아버지를 쏙 빼닮았구나."

그런 은길의 얼굴을 들여다보고 있으니 문득 어떤 생각이 내 머리를 스치고 지나갔다.

"은길, 생각해본 적 없어요? 외할아버지가 정말 신선이 되고 싶어서 떠난 것이 아닐지도 모른다고 말이에요. 외할아버지께서는 약사로서 인간 세상에서 보살 노릇을 하는 것이 힘들고 골치 아픈 일이었겠지요. 외할아버지는 인간들을 구제하는 삶에 염증이 났음에도 약사로서의 책임을 미룰 수 없었겠지요. 그러니 아무렇게나 핑계를 대고, 무슨 신선이 되겠다고 하며 산으로 간 거예요."

"얘가 뭐가 씌었나? 갑자기 헛소리를 줄줄 내뱉네." 은길의 얼굴이 하얗게 질렸다.

"외할아버지는 대단한 약사이셔요. 저는 그분께서 쓰신 의약서를 전부 읽어보았기에 잘 알아요. 그렇게 똑똑하신 분이 연단이나 등선騰仙 같은 허무맹랑한 이야기를 정말 믿으셨을 리가 없어요." 나는 은길의 손을 붙잡고, 몸을 웅크린 뒤 그녀의 눈을 바라보았다. "아마 외할아버지는 산속이 아니라 또 다른 남원부에 가서 자기가 지내고 싶은 대로 살고 계실 거예요."

"……들어보니 네 말에 일리가 있는 것 같구나." 은길이 아이처럼 입을 삐죽 내밀고 울고 싶은데도 또 힘껏 참고 있는 모습이 우스워 보였다. "그 사내는 보기에는 온화하시지만 아주 독한 구석이 있으셨어. 젊을 적, 나는 두 번이나 아이를 가졌지만 다 유산시켰다. 겉으로는 모른 척했지만 그걸 어찌 모를 수 있겠느냐. 그분이 몰래 약을 써서 유산을 시켰다는 것을……. 그분은 내가 아이를 낳는 것을 원하지 않으셨던 거야."

"그분이……" 나는 숨을 들이켰다. "어떻게 은길에게 그런 짓을 할 수가 있어요?"

"그분은 다른 여인에게도 마찬가지로 무정하셨다. 어떤 양반집 여자가, 참 예쁘고 귀여운 여인이었는데, 언젠가 한번 심하게 감기가 든 것을 너의 외할아버지가 깨끗하게 고쳐주었더니 네 외할아버지한테 홀딱 반해서 밤이면 밤마다 마차를 타고 약방에 찾아왔었다. 네 외할아버지는 기분이 좋은 날에는 그 여자를 들여보냈지만 기분이 나쁘면 비가 오든 바람이 불든, 그 여자가 어떤 위험을 무릅쓰고 찾아왔든 아랑곳하지도 않았어. 정말 남이 보기에 마음이 서늘해지는 일이지. 그 여인이 양반가의 규수라지만 너희 외할아버지를 사랑하여 목숨도 내놓을 기세였으나 안타깝게도 센 불이 쌀밥을 다 태웠지 뭐니. 네 외할아버지는 신경조차 쓰지 않고 아무 말 없이 흔적도 없이 사라져버렸단다."

"그렇게 떠난 후 그 여자가 한 번 찾아왔는데, 사람이 바짝 말라선 뼈다귀만 남아 있더구나. 네 외할아버지가 산으로 갔다는 말을 듣고 눈물을 줄줄 흘리면서도 원망의 말 한마디 내뱉지 않고 마차에 오르는데 떠나는 내내 자꾸 휘장을 걷으며 약방 쪽을 돌아보더구나. 미련한 여자는 무정한 남자에게 목맨다더니, 옛말에 틀린 것이 하나도 없지."

은길은 치맛자락으로 눈가를 닦았다.

"그분은 그렇게 나쁜 사람인데 왜 그렇게들 그분을 사랑하였을까요?"

"그런 일들이 어찌 마음대로 되겠느냐. 다 팔자인 거지." 은길이 한숨을 내쉬었다. "네 외할아버지가 네 말대로 어디에 숨어서 편한 나날을 보내고 있는 것이라면 나는 정말 기뻐할 일이다. 이젠 밤낮으로 산에서 잘 입지도 못하고 잘 먹지도 못하며 지내실까 노심초사하지 않아도 되겠어."

"제가 만든 이 오색은 먹은 사람에게 과거의 일을 모두 잊게 만들어요. 만약에 다 만들어진다면 먹고 싶으세요?"

"……이전의 일을 다 잊게 된다고?" 은길이 미심쩍다는 듯이 나를 보았다.

"제 생각에는 충분히 가능한 일이에요."

"이전의 일을 다 잊으면 사람이 빈껍데기로 사는 것이 아니냐? 됐다. 나는 지금이 좋다." 은길이 제 가슴을 두드리며 말했다. "사람의 이 안에는 오장육부 말고 다른 것도 채워 넣어야 하는 법이다. 속에 걱정거리도 좀 채워야 살아가는 데 든든하지. 네 외할아버지가 좋은 사람이었다곤 할 수 없지만 다른 남자라 한들 그보다 낫지는 않았을 거다. 세상의 남자는 다 똑같은 법이니 말이야."

"은길이 그렇게 좋아하니 외할아버지는 틀림없이 뛰어난 사람이네요." 나는 손을 뻗어 은길 눈가의 주름을 만졌다. 은길은 늙었지만, 내가 보기에는 향 부인도 은길보다 아름답지 않았다. "그래서 다른 여인들도 그를 사모했겠지요."

"그야 물론이지." 은길의 눈빛이 추억 속에서 젊어졌고, 목소리에는 화색이 돌았다. "너희 외할아버지는 언제나 허리가 꼿꼿하셨다. 말할 때 목소리는 어찌나 부드러웠는지. 몸에서는 늘 좋은 향이 났고, 사람을 기쁘게 하는 법을 잘 아셨지. 그러니 여인이라면 그분에게 홀리지 않기가 어려웠어."

나는 드디어 오색을 완성하였다. 완성된 오색은 백자 같은 빛깔의 액체로, 한 덩어리의 흐르는 옥 같았다. 아무 냄새도 나지 않았고 아무 맛도 없었다.

나는 오색을 담은 도자기 병 밖에 꼬리표를 하나 달았으며 그 위에는 이렇게 썼다. "오색-극독劇毒"

신임 남원부사

관리의 인사이동 관례에 따라 5년마다 남원부에는 새로운 부사가 부임해 왔다.

이몽룡 부자가 남원부를 떠난 지 거의 두 달이 되었을 때 신임 남원부사가 남원부에 당도하였다. 새로 온 남원부사의 이름은 변학도로, 그는 원래 조정의 전옥서에서 죄인의 심문을 책임지는 관리였다. 변학도는 눈이 독수리 같아서 한밤중에도 눈이 형형하게 빛나는 사람이었다. 패담을 쓰는 서생들은 누가 승진하고 누가 귀양을 갔는지 쓸 때면 꼭 그 관리의 배경을 덧붙이며 흥미롭게 서술했는데, 그에 따르면 변학도는 배경이 없음에도 오직 남과는 다른 눈 하나만으로 전옥서에서 여러 해 동안 관직을 맡아온 사람이었다. 변학도가 남원부사로 부임한 것은 그가 관직을 얻은 후 처음으로 관례적인 이동에 따라 자리를 옮긴 것이었고, 또한 마지막으로 옮기는 자리이기도 하였다. 이번에 남원부사에서 임기가 끝날 때쯤이면 그 또한 퇴직하여 귀향할 나이가 되기 때문이었다.

모든 지방관과 마찬가지로, 그도 부임하자마자 남원부의 풍속부터 알아보았다. 그러나 그는 단지 알아보는 수준에서 그치지 않고 거의 30일을 연이어 청루에서 보냈다. 그리하여 그의 명성은 삼복더위에 내놓은 고깃덩이가 곯듯 아주 순식간에 썩어 들어가서 고약한 악취를 풍기게 되었다.

풍류에 목매는 호색한이라는 모자가 새 남원부사의 머리 위에 아주 단단하게도 덧씌워졌다. 설령 변학도가 여태껏 쌓여 있던 현안들을 하루에 여섯 개씩 해결한다 한들 그 모자가 벗겨질 일은 없을 것이었다. 이 모든 것은 그가 자초한 일이나 다름없었다. 한 번은 그가 공개적인 곳에서 이런 말까지 했기 때문이다. "남원부 사람들은 내가 보기에는 강바닥의 진흙이다. 그 안에 연꽃이 있든, 조개가 있든 진흙은 진흙이며 발에 마구 짓밟히는 것이 그 역할이자 운명이다." 여기서 연꽃은 남원부의 미색이 빼어난 여인들을, 조개는 향사를 비유한 것이었다.

변학도와 같이 밤을 보낸 여인들이 말하기를 그가 남원부같이 작은 곳에서 관직을 맡기로 한 것은 단지 그에게 한성부 청루의 기생들이 더 이상 신선감이 없어서 새로운 환경에서 입맛을 바꿀 필요가 있었기 때문이라고 하였다. 새로운 남원부사가 색을 지나치게 밝히는 것보다 더 악질적인 것은, 그가 극히 인색한 자라는 것이었다. 그는 늘 '지방관은 화류계에 돈을 쓸 필요가 없다'는 이유로 화대를 지불하지 않았다. 그래서 기생들이 그에게 불려 나가 노래를 부르고 춤을 추고 밤늦게까지 온갖 고생을 하여도 그는 한 푼도 주지 않고 돌려보냈다.

"나는 닳아빠진 어떤 여자를 옆에 두는 남자가 아니다. 남자가 품위가 없다고 여겨지면 그거야말로 소탐대실이다."

듣자 하니 변학도가 당당하게 이런 말을 한 후에 어느 젊은 무희舞姬가 화가 치밀어서 덤벼들어 얼굴을 할퀴었다고 하였다. 그러나 이 무희는 이런 일을 하고서도 뜻밖에도 털끝 하나 다치지 않고 떠났다고 하였기에 사람들은 그 무희의 말을 믿을 수 없었다.

"보물은 보물함에 들어 있지. 남원부의 향사 안에 야명주夜明珠 두 개가 있음을 누가 모르는가." 술에 취한 변학도는 우리를 여러 번 언급하였는데, 그때마다 두 손으로는 조개를 잡는 시늉을 하였다. "나는 수수께끼를 푸는 데는 조급해하지 않는 사람이다. 왜냐, 나에게는 인내심이 있기 때문이지."

남원부 사람들에게 나와 이몽룡의 사랑 이야기가 주는 자극이 사라지기도 전에 곧 변학도와 향사 사이에 생길 갈등이 흥미진진함을 제공하였는데 마치 사람들이 숙취에서 깨기 전에 또다시 열린 연회석상에 앉게 된 것과도 같았다.

변학도의 말이 시도 때도 없이 향사에 전해져서, 향사 사람들은 마치 시위를 한껏 당긴 활이 계속 향사의 정문을 겨누고 있는 것만 같은 팽팽한 긴장감 속에서 지내야 하였다. 마차가 문 앞에 오기만 하면 향사는 숲에 돌을 던진 듯 하인들이 일제히 퍼드덕대며 이리저리 뛰어다니고 어떻게 하냐며 떠들어대는 소리 때문에 소란스러워졌다. 나는 나 자신이 여태까지 향사에 얼마나 많은 사람이 살고 있는지 모르고 있었음을 알게 되었다.

오직 은길만이 이 혼란한 상황에서도 여유를 잃지 않았다.

"남자는 계절과 같아서 때가 되면 반드시 오는 법이다. 날씨가 어떻게 되든지 자신의 운이지."

보름 동안 비가 오지 않아 뜰의 꽃들이 시들시들하자 은길은 매일 우물에서 물을 길어다가 창포밭에 뿌렸다. 그 후 드디어 비가 내리기 시작했는데, 이번에는 어찌나 퍼붓던지 거의 3박 4일간 해를 보지 못할 정도였다. 화원의 흙은 빗물에 젖어 질퍽거렸고 꽃잎은 비에 떨어져 온 바닥에 흩어졌다. 그 많은 꽃잎이 바닥을 뒤덮은 모습은 비 오는 날의 장관이었다.

가는비가 안개처럼 자욱한 어느 오후, 소단의 발걸음 소리가 북을 치듯 뜰에서부터 점점 커졌다. 소리를 듣고 고개를 들자 창 너머로 소단의 옷고름이 휙 지나가는 것이 보였다.

"남원부사 나리께서 오셨어요."

그 소리에 낮잠 자던 사람들도 모두 놀라 깨어났다.

남원부사 변학도는 예의 바른 태도로 객실에서 거의 반 시진을 기다렸다. 그렇게 한참을 기다리고 나서야 준비를 마친 향 부인이 손님을 맞이하였다.

"백문이 불여일견이라 하더니, 부인이 들어올 때 햇빛이 같이 들어오는 줄 알았소." 변학도는 앉은 자리에서 가볍게 허리를 숙이며 인사하였다. 심지어는 가장 상석인 병풍의 한가운데에 앉을 수 있도록 자리를 비켜주기도 하였다.

향 부인은 물론 그런 무례를 저지를 사람이 아니었기 때문에 가볍게 감사 인사만 하고 옆에 앉았다.

"사람으로 하여금 숨이 막히게 하는군, 꽃향기가. 그리고 당신의 미모가." 변학도는 웃고 있었지만 독수리 같은 두 눈은 향 부인의 얼굴에 못 박힌 듯 고정되어 있었다. "당신을 만나기 전에는, 나는 그 거짓말쟁이들…… 그러니까 판소리 광대들이 가끔은 사실을 이야기할 때도 있다는 것을 생각지 못했소."

"나리께서 이렇게 누추하신 곳에 걸음을 하신 이유가, 단지 여인을 칭찬해주시기 위해서인지요?" 향 부인은 부채로 얼굴을 가리고 있었기에 오직 눈만이 부채 위로 보였는데 미소를 짓고 있었다.

"보아하니 당신에게는 칭찬을 듣는 일이 매우 당연한 것인 듯하오. 마치 부잣집 사람이 돈을 물 쓰듯이 하는 것이 익숙해져서 돈이 귀한 줄 모르는 것처럼 말이오."

"나리께서는 무슨 말씀을요. 돈을 물 쓰듯 하는 사람도 돈이 더 많아지기만을 바라고 여자들은 불가능한 것을 알면서도 마음속으로는 자신이 점점 더 아름다워지기를 바라는 사치스런 바람을 갖기 마련이지요."

"이는 정말로 내가 아무리 생각해도 이해할 수 없는 문제구려. 당신은 이미 열여덟 살의 딸이 있거늘 어찌하여 본인이 열여덟 살의 여자보다도 더 요염하고 매혹적인 것이오." 변학도는 향 부인의 눈을 뚫어져라 바라보았다. "내 앞에 앉은 사람이 정말로 춘향이 아니라 향 부인이오?"

"그 말씀이 저를 칭찬하기 위해 하신 것이라면, 제가 들어본 중 가장 특별한 칭찬이라고 말씀드리고 싶습니다."

"그렇다면 당신이 정말로 향 부인인 것인가?"

향 부인은 살짝 미소를 지었다.

"듣자 하니 당신은 낮에는 자고 밤에 일어난다는데 건곤乾坤(하늘과 땅)이 거꾸로 된 것이 청춘을 영원히 머물게 하는 비법이오? 아니면 전해지는 말처럼 약사인 아버지께서 미모의 비방이라도 남겨주셨소?"

"저잣거리에서 도는 말들은 어처구니없는 것이 많지요. 나리에 대한 이야기가 마찬가지로 희한하고 기괴하듯 말입니다."

"그렇소?" 변학도 부사는 무척 흥미로운 듯이 물었다. "예를 들자면……."

"예를 들자면, 여인들이 나리께서 아주 무뢰한이라 하더군요."

"정말 말하는 게 가리는 것이 없군!" 변학도는 큰 소리로 한바탕 웃었다. 그러고서는 접부채를 휙 접듯 순식간에 얼굴에서 웃음을 지웠다.

"이런 태도로 조정의 관리를 대하다니 참으로 대담하고 방자하군." 변학도 부사는 한 글자 한 글자를 씹어뱉듯이 말했다. "남원부는 참으로 특이한 곳이오. 기생짓 하는 여자를 사람들이 백안시하는 게 아니라 오히려 어떤 특권이라도 지닌 듯이 대해주다니. 어찌 된 것이오?"

"나리께서는 심문을 하는 관원이시고, 또 청루에서 여러 날을 보내셨으니 저절로 이미 세세한 것까지 다 알고 계실 거라 사료되옵니다."

"이 일에 대해서는 겸손 떨 생각이 없소." 변학도 부사는 아래턱에 있는 몇 가닥 없는 수염을 쓰다듬으며 말했다. "향사에 오기 전에 나는 남원부의 모든 청루를 다 돌아보았으나 항간에 떠도는 말처럼 남원부의 모든 기생의 아름다움을 합쳐도 향 부인 하나만 못하다는 것이 사실이더군. 남원부의 모든 기생의 재산을 다 합쳐도 향 부인 하나만도 못하다는 것 또한 그렇고 말이오."

향 부인은 아직 웃는 낯이었지만 시간이 많이 지났기에 입꼬리가 무거워져 있었다.

"이상하지 않소?" 변학도가 웃으며 말했다. "향 부인은 보고 들은 것이 많으니 세상 물정을 좀 알고 있을 것이오. 향 부인의 미모는 청루의 화장발이 아니어도 비교할 수 있겠소. 그러나 향사의 부유함은 여전히 따져볼 만한 가치가 있지. 내가 당신을 기다리는 이 반 시진 동안 이 방의 장식물을 대략 훑어보았는데, 대단하더군. 방에 있는 모든 물건들이 보통 물건이 아니더군. 문 앞에 꽃을 대충 꽂아둔 항아리는 내가 잘못 본 것이 아니라면 고려 말의 상감청자로 보이는데, 내 말이 맞소? 설령 부유하다 하는 양반집에서도 저런 귀한 도자기들은 따로 자리를 마련해두고 조심스럽게 감상하기만 할 텐데, 이 방에서는 요강이나 두는 자리에 아무렇지 않게 놓아뒀더군. 아, 나의 촌스러움을 이해해 주시오……. 만일 아랫것이 실수로라도 저걸 깨트리면 못쓰게 되지 않소?"

"……."

"내가 알기로는 당신 집안에는 대대로 내려오는 재산 같은 것은 없고 약사인 당신 아버지가 번 돈이라고 해도 그리 대단치 않았을 것이며, 금오랑 댁 사위가 당신의 환심을 얻고자 나랏돈을 많이도 빼다 썼다지만 그 돈으로는 향사를 짓는 것이 고작이었을 것이오. 이는 대략 추산할 수 있소."

"말하는 김에 한마디를 더 얹자면, 만일 그 파락호가 한성부에 돌아가는 길에 급사하지 않았더라면 그를 전옥서에 집어넣는 것은 틀림없이 나였을 것이오. 그러나 사람이 죽으면 장부도 말소가 되어 관아의 장부에 대해 당신에게 따질 수 없게 되었으니 그치에게 이득이 되었고 당신에게 더 이득이 되었겠지. 하나 당신은 어디서 그렇게 많은 돈이 나서 이런 물건들을 집 안에 두고 있는 것이오?"

변학도 부사는 마치 사냥감을 쏘아보는 독수리처럼 눈을 가늘게 뜨고 말했다. "당신이 권세가들과 사귄 것도 알고 그들이 당신을 도와줬을 거라는 것을 의심하지 않소. 하지만 그들 대부분은 한성부에 있으며, 손이 크다 한들 어찌 여기까지 영향을 미치겠소? 더욱이 내 경험에 비추어 보자면, 남자는 권세가 있을수록 많은 일에 돈을 절약할 수 있는 법이오. 먼 곳에서부터 당신을 보기 위해 찾아온 젊은이들이 많다지만 그들은 오직 판소리 광대와 세책가의 서생들이 좋아할 뿐이지 그들에게는 그 자신의 청춘 말고는 당신같이 영리한 여인의 마음을 움직이게 할 것은 아무것도 갖고 있지 않을 것이오. 남아 있는 자는 누구일까? 그 누가 향사를 위하여 이렇게 많은 지출을 할 수 있을까? 남원부에 장이 설 때 행상하러 온 각 지역의 상인들일까? 상인들이 돈이 많기는 하지. 그러나 만일 내가 당신에게 이렇게 말한다면, 즉 남원부에 행상하러 오는 상인이 모두 단지 하룻밤을 위해 재산을 탕진하는 놈들이라고 한다면 당신은 믿을 수 있겠소?"

"한숨에 이렇게 많은 말을 하시다니 목이 많이 마르시겠습니다. 차라도 한잔하며 목을 좀 축이시는 것이 어떠신지요." 향 부인은 주전자를 들어 변학도 부사의 찻잔에 차를 따랐다. 고개를 들었을 때 변학도 부사가 사황처럼 허리를 구부리고 두 팔로 윗몸을 지탱하고 있는 것을 알게 되었다. 그의 얼굴은 향 부인과 한 자도 안 되는 거리에 있었고 습하고 뜨거운 날숨에 구취가 섞여 얼굴에 닿아서 그녀의 인상을 찌푸리게 하였다.

"어떻게 궁리를 하여도 답이 나오지 않는데, 어디 나에게 친히 그 답을 알려주겠소?"

"나리께서는 지금 현안을 처리하고 계신 겁니까? 죄인을 잡아 심문하기에는 이곳은 그리 적절한 곳이 아닌 것 같습니다." 향 부인은 몸을 뒤로 물렸으나 변학도 부사는 그녀를 따라 머리를 기울여서 향 부인의 얼굴에 다가갔다. "당신은 지금 나를 하나도 두려워하지 않는군."

"나리께서 저를 모함하려고 하신다면 어찌 제가 두려워하지 않겠습니까." 향 부인 손의 주전자가 살짝 기울어지며 뜨거운 찻물이 변학도 부사의 손 위로 떨어졌다. 변학도 부사는 흠칫 놀라 손을 털며 바로 앉았다.

"정말 죄송합니다. 지금 당장 수건을 가지러……." 향 부인이 몸을 돌려 찻주전자를 찻상에 올려놓고 일어나서 떠나려고 하자 변학도 부사가 향 부인의 손을 붙잡았다.

"참 아름다운 손이오. 마치 꽃망울을 터뜨리고자 하는 한 송이의 난꽃 같소." 변학도 부사는 향 부인의 손을 훑어보다가 찻물이 묻은 엄지손가락으로 향 부인의 손등을 쓰다듬었다. "듣자 하니 부인의 손이 관원들에게 뇌물을 줄 때 보면 그리 크다고 하던데."

"나리께서 지금 저에게 무엇인가 암시하고 계신 것이라면, 정확하게 말씀하시면 더 좋지 않을까요." 향 부인은 잡힌 손을 빼려고 두 번이나 힘을 주었으나 뜻대로 되지 않자 화가 나서 얼굴이 붉어졌다. "하늘을 우러러 한 점 부끄럼 없이 떳떳한 것이야말로 대장부가 지녀야 할 품위라고 저는 생각하옵니다."

변학도 부사는 향 부인의 손을 놓아주었다.

"나는 바로 그 품위 때문에 평생을 청백리로 살았소. 믿을 수 있소?" 변학도 부사의 목소리가 갑자기 관아에 있는 것같이 날카롭게 변하였다.

쇠와 같이 차갑고 비린내가 났다.

“나는 전옥서에서 15년간 일하며 스물일곱의 탐관오리를 처벌하였소. 가장 높았던 이는 정3품, 가장 낮은 이는 정7품이었지. 대개 당신도 들어봤겠지만 나는 매우 수단 좋은 사람으로 여겨졌는데, 나는 줄곧 그 말을 내 대장부의 품위에 대한 찬사라 생각해왔소. 남자라고 해도 마음속으로는 여인과 마찬가지로 칭찬을 바라고 있는 법이오. 나는 그걸 부끄럽게 생각하진 않소.”

“나리께서 쓰시는 수단은 확실히 다른 이와 비할 수 없을 정도로 훌륭하시군요.” 향 부인은 잡혔던 손목이 욱신거리는지 손목을 연신 문지르며 차갑게 웃었다.

“탐관오리를 처단하는 일은 많은 이들에게 원망을 사게 되는 일이오. 관리들은 서로 긴밀하게 이어져 있소. 뼈를 부러뜨려도 인대가 끊어지지 않으면 몸통에 붙어 있듯이, 내가 처벌한 자들도 내가 실수만 하면 언제든지 다른 사람을 시켜 나를 물어뜯을 수 있소. 그렇기 때문에 나는 더더욱 철저해야 했소. 나 자신을 보호하기 위해서 말이오. 이런 쪽에 있어서는 당신도 아마 나만치 철저하게……. 왜 자꾸 서 있는 것이오? 편히 앉으시오.”

“나리께서는 저를 너무 높이 평가하시고 계십니다.” 향 부인은 고개를 숙이고 변학도 부사를 보면서 천천히 자리에 앉았다. “저희 같은 신분의 여인이 어찌 나리 같은 분과 비견될 견식이 있겠습니까."

"참으로 겸손하오." 변학도 부사는 스믈스믈('스멀스멀'의 제주도 방언) 웃었다. "당신은 향사와 같이 이렇게 근사하고 사치스러운 저택을 갖고 있지 않소? 거기다 손에는 마르지 않는 우물 같은 돈줄을 쥐고 있지. 나는 그렇게 조심조심하며 평생을 지냈는데 결국 이 손에 남아 있는 것은 물을 담을 수도 없는 대나무 바구니뿐이었지 뭐요."

"나리께서는 높은 자리에 계시지요." 향 부인은 식은 차를 버리고 다시 새로 차를 따랐다. "원하시는 것이 있다면 자연히 누가 두 손으로 받들어 바칠 겁니다."

"나는 뇌물을 받지 않소. 그게 나의 원칙이지. 내가 그 원칙을 어기는 날이 온다면, 나는 복날의 개처럼 맞아 죽은 뒤 솥에 던져져서 시래기, 콩, 고추, 팔각, 회향茴香과 함께 푹 삶아질 것이오." 그는 생각에 잠긴 듯한 표정으로 그렇게 말하고는 곧이어 날이 번뜩이는 칼날 같은 시선으로 향 부인의 아름다운 눈을 응시하였다. "참, 소금도 빠져선 안 되지. 고기를 삶을 때 소금을 넣지 않을 수 있나."

향 부인은 고요한 호수처럼 잔잔한 표정으로 차를 마실 뿐이었다.

"소금 이야기를 하니, 다른 이상한 일이 생각나는군. 남원부는 조선에서 가장 큰 소금 집산지인데, 15년간 단 한 번도 큰 밀거래가 적발된 적이 없소. 있어도 중요치 않을 정도로 사소한 것들뿐이었지. 진흙탕을 걸어서 지나온 사람이 두 발이 깨끗하고 걷는 걸음마다 진흙 얼룩 하나 생기지 않았다는 일을 들으면 그게 사실이라 믿기겠소? 그런데 남원부에서는 이처럼 있을 수 없는 일이 사실이라 하니, 말해보시오. 참으로 이상하지 않소?"

"아녀자들은 대문 밖으로 나가지 않기에 나리께서 말씀하시는 이런 일들이 저는 무슨 말씀인지 모르겠습니다."

"병이 나면 약사를 찾고, 가사를 입으면 절에 가야 하는 법." 변학도 부사가 미소를 지으며 말했다. "방금 여기서 당신을 기다리고 있자니 문득 이런 생각이 들더군. 향사에 이렇게 많은 큰 방이 비어 있고 거주하는 사람도 없으니 소금 밀거래의 중개창고로 쓰는 것도 괜찮은 일이라고……."

향 부인의 표정이 서릿발이 내린 것같이 얼어붙었다. "나리께서 저에게 누명을 씌우고자 하신다면 굳이 창고니 창고 아니니 하실 필요가 있으시겠습니까?"

변학도 부사는 소리 내어 웃었다. "당신이 그렇게 가식을 떨며 말하는 것이 몸에 익은 것은 당신이 여인이고, 또 특수한 신분이기 때문이겠지. 그러나 나에게는 그 어느 것도 통하지 않소."

변학도 부사의 눈이 번뜩거렸는데 채광이 어두웠던 방이 마치 기름을 칠한 것처럼 번들거려서 향 부인이 느꼈던 관아의 분위기가 다시 조성되었다.

"내가 처단한 스물일곱의 탐관오리는 하나같이 부정에 대한 증좌가 확실하였고, 한 번도 억울한 이를 잘못 판단한 적이 없소. 당신의 일도 무척이나 명백하오. 내 앞으로 세 명의 부사가 있었는데, 그들은 단 한 명의 예외도 없이 침묵을 유지했소." 변학도 부사의 목소리는 북채로 북을 치는 것같이 단어 하나하나가 쿵쿵 울렸다.

"당신은 확실히 보통 여인이 아니오."

"그래서요?" 향 부인은 오히려 더 가벼운 목소리로 물었다. "나리께서 스물일곱의 큰 사건을 처리하시고 그다음으로 하시고자 하는 일이 저를 잡아넣는 것인가요?"

변학도 부사는 웃지도 않고 말도 없었다. 방 안의 분위기는 무겁게 가라앉았다. 향 부인은 눈을 돌리고 가볍게 손에 든 부채를 흔들었다.

"비는 좀 멈춘 것 같소?" 변학도 부사는 목을 쭉 빼고 뜰을 보더니 숨을 깊게 들이마셨다. "향이 정말로 대단하군! 꽃향기에 숨이 막히는 것 같소. 이렇게 향이 짙은데 어떻게 당신은 아무렇지 않을 수 있소?"

"중국 옛 성현의 말씀에 향기로운 곳에 오래 있으면 그 향을 더는 맡을 수 없고 악취가 나는 곳에 있으면 곧 그 악취를 맡을 수 없게 된다고 하였습니다."

"헛소리." 변학도 부사는 한마디 하고 향 부인을 위아래로 훑어보았다. "하지만 그런 말도 당신 입에서 나오니 말로는 다 설명할 수 없는 운치가 있군. 당신의 치밀한 사고와 얼굴에 가볍게 드러내지 않는 능력은 많은 남성, 즉 왕족과 사대부들도 미칠 수 없을 것이오."

"얼굴에 드러내지 않는 것이 주름을 덜 생기게 하니 이것이 바로 여인들이 청춘을 유지하는 가장 중요한 비결이랍니다."

변학도 부사는 박장대소를 하며 웃었다. "그 헛소리 같은 옛 성현의 말보다는 훨씬 훌륭한 말이로군! 향사에 오기 전, 나는 내가 들은 이야기들이 지나치게 과장되어 있을 것이라 생각하였는데 이렇게 직접 만나보니 알겠소. 당신은 용모가 아름답지만 그보다 대단한 것은 그 안에 숨겨진 남자 못지않은 지략이요. 소금 밀거래는 조정에서 늘 주의하여 보고 있는 것이라 담대하고 견식이 풍부한 자가 아니면 절대로 할 수 없는 일이니……."

무형의 무언가가 공중에 떠 있는 듯, 향 부인은 부채를 한 번 휘둘러서 변학도 부사의 말을 끊었다.

"마음먹고 사람을 죽이고자 한다면 눈빛마저 날카로운 검이 되는 법입니다." 향 부인이 차갑게 말했다. "나리께서 하고자 하는 말씀이 있다면, 돌려 말하지 마십시오."

변학도 부사는 의미심장한 웃음을 짓고 향 부인을 똑바로 바라보았다. 그렇게 잠깐의 정적 끝에 변학도 부사가 입을 열었다.

"나는 그렇게 할 것이오. 나는 청루에서는 꼭 옷차림이 얌전한 여인을 불러다가 옆에 앉히는 걸 좋아하오. 그런 여인의 옷을 하나하나씩 벗겨 본래의 모습이 드러나게 하는 과정은 나를 심취하게 하기 때문이오."

향 부인은 아무 대꾸도 하지 않았다.

"내게 남원부의 부사직은 내가 처음으로 맡은 지방관의 자리이자, 마지막으로 맡는 관직이오. 배가 천 리를 항해하여도 마지막에 이르는 곳은 부두인 것처럼, 관직도 그렇소. 비바람 속에서 20년간을 보냈으니 이제 안전하게 마무리를 해야 할 때가 왔소. 나로 말하자면 스물일곱 건의 안건은 일찍이 나에게 많은 영광을 가져다주기는 하였으나, 나의 노후를 보장해주지도 않고 고독을 면해주지도 않았으며, 여인처럼 밥을 하고 이부자리를 챙겨주지도 않았지……." 변학도 부사는 탄식을 하였다. "나는 나이가 쉰을 넘었소. 이제 나 자신의 장래를 생각할 때가 되었단 말이오."

방이 어두워지며 두 사람의 그림자는 어둠에 스며들어 형체가 모호해졌다.

"저잣거리 광대들이 자주 하는 말이 있지. 영웅의 말로는 비탄뿐이고, 미인의 말년은 도탄뿐이로다. 그치들은 그저 압운이 재미있어 입에 담는 것이지, 그 안의 깊은 의미를 어찌 그런 부류의 사람들이 느낄 수 있겠소?"

"……등을 가지러 가겠습니다." 향 부인이 말했다.

"그럴 필요 없소. 불이 밝아지면 나 자신의 외로운 그림자만 비춰서 괜한 비애만 느끼게 될 것이오. 오후 내내 번거롭게 하였으니, 나도 이제 그만 일어나야겠소." 변학도 부사는 자리에서 일어나며 구겨진 주름을 폈다. "나이도 들었으니 눈치가 좀 있어야지."

"별말씀을 다 하십니다." 향 부인이 따라 일어났다. "나리께서는 참으로 생각이 깊으시고, 하는 일마다 주도면밀하신 분입니다."

"주도면밀한 것이 일을 성사시키는 전제이지." 변학도 부사는 천천히, 그러나 분명하게 말했다. 그는 단어를 입 밖으로 내뱉을 때 일부러 억양을 강하게 함으로써 듣는 이로 하여금 타격과 압박을 느끼게 하였다.

"잘 생각하시오. 뇌물을 받지 않는 청백리를 어떻게 대해야 할지. 당신은 영리한 여인이니 틀림없이 좋은 방법을 생각해낼 것이라 믿소."

향 부인은 침묵하였다.

"나는 다시 방문하겠소. 우리 사이에도 어떤 인연이 있는 것 같군." 변학도 부사는 입구의 모자걸이에 걸어둔 갓을 머리에 썼다. 희끗희끗한 머리가 가려지자 변학도 부사는 훨씬 젊어 보였다. "당신과 이야기하는 것은 무척 즐거웠소. 다음에 올 때는 춘향 아씨도 좀 봤으면 좋겠소."

변학도

변학도는 확실히 청백리였다. 그는 20년간 사헌부에 근무하였는데 그의 직무는 다른 관리들이 직무에 충실한지를 감찰하는 일이었다. 변학도는 젊었을 때 다른 사람의 잘못을 감찰하면서 수시로 자신을 되돌아보는 습관을 키웠다. 변학도는 또한 깊이 파고들어 연구하기를 좋아하는 성격이어서 처음 몇 개 안건을 해결할 때 탁월한 추리와 결단력을 드러냈다. 동료들은 그런 변학도를 괄목상대하지 않을 수 없었다. 그러나 변학도는 젊고 혈기왕성하여 벼슬길에서는 어떨 때는 귀에 달콤한 아부의 말이 형구刑具보다도 더욱 두려운 결과를 초래할 수도 있다는 걸 알지 못했다. 동료들은 듣기 좋은 말 몇 마디로 다들 까다로운 사건을 변학도에게 모두 미뤄버렸다. 뜯어먹기 어려운 뼈다귀를 변학도에게 뜯게 한 것이다. 그렇게 몇 년이 지나자 변학도는 "이빨을 드러낸 전옥서의 미친개"로 유명해졌다.

변학도는 청백리는 훌륭하다는 생각에 스스로 빠져 있었다. ……왜냐하면 자신이 청백리이기 때문이다. 변학도는 꿋꿋하게 굽힘 없고 강하게 밀어붙이는 특권을 가짐으로써 뜯어보듯이 다른 사람을 관찰하였으며, 자신의 의심을 바탕으로 해서 마치 약사처럼 부정부패의 원인을 밝혀낼 수 있었다.

변학도의 그 날카로움은 많은 사람을 다치게 하였다. 권세가도 감히 그를 무시하거나 함부로 하지 못하였다. 변학도에게는 윗사람도 무어라 하지 않았는데 왜냐하면 사헌부 전옥서에는 그런 사람이 필요했기 때문이다. 모두의 원망을 몸소 짊어질 포대 자루 같은 사람 말이다. 변학도가 아니라면 이런 역할을 맡을 다른 사람이 필요했을 것이다. 변학도의 그러한 성향은 업무 분야 외의 일상생활에서는 상당한 문제를 일으키기도 했지만, 그는 이런 남다른 성향에 대해 속으로 득의양양하기까지 하였다. 그래서 "이빨을 드러낸 전옥서의 미친 개"라는 말이 다른 사람에게는 무척 수치스러운 것일 텐데 변학도는 그 말을 아주 특별한 찬사로 받아들였다. 변학도는 박봉에 시달리면서도 이런 '찬사'에 힘입어 법을 집행하려는 열정을 더욱 불태웠다. 변학도는 권세 있는 관원을 다스리는 것을 좋아하였는데 고문과 형구 앞에서 평소에는 의기가 높던 인물들의 강했던 기세가 약해지는 과정에 탐닉하였다. 변학도에게 한 인간이 심리적으로 붕괴되는 것은 나이를 먹어 늙는 것처럼 당연한 것이어야 했다.

변학도가 낙심하게 된 것은 한 명의 5품 관리에서 비롯되었다. 그 5품 관리는 변학도와 나이가 비슷한 자로, 젊었을 적에 변학도에 의해 꼬투리가 잡혀 옥에서 반년간 형을 산 후에는 관직을 잃고 집에서 지내게 되었다. 그로부터 12년이 지난 후, 그의 딸이 왕궁의 비빈으로 뽑히자 귀해진 딸을 따라 오명으로 얼룩졌던 5품 관리에서 환골탈태해 성균관 4품 감학監學에 봉해졌다. 동시에 그는 관리들의 모임에서 가장 환영받는 사람 중 하나가 되었다. 그는 새 관복을 입고 잔치에 참여하러 사방으로 다녔는데 대머리는 삐까번쩍한 모자를 써서 가렸다.

수년 동안 변학도는 4품 관복의 색깔이 너무나 부러워서, 자신이 자주색에 홍포를 덧댄 관복을 입은 모습을 수없이 상상해보았다. 변학도는 예전에는 계단 아래에 엎드려 있던 죄수에 불과했던 자에게 자주색 관복이 주어질 줄은 생각지도 못하였다.

변학도와 그는 연회 자리에 몇 번이나 함께 참석하였는데 감학 나리는 높은 자리에서 자신의 달라진 지위를 한껏 누리고 있을 때 변학도는 하인들이 음식을 나르는 문가에 앉아 감학이 예전에 감옥 계단 아래에서 회한과 고뇌로 머리를 쥐어뜯으며 괴로워했을 것을 애써 상상하면서 지금의 괴리감과 상실감을 상쇄시키려고 안간힘을 썼다. 그들이 우연히 눈이라도 마주치게 되면, 변학도는 그자가 부끄러워 자신의 형형한 눈빛을 피할 것이라 여겼으나 사실은 그 반대였다. 자주색 비단 관복의 엄호를 받은 감학 나리의 눈빛은 칼날을 벼린 칼처럼 더할 나위 없이 예리하게 변해 있었다. 감학 나리는 변학도에 대한 자신의 적개심을 조금도 감추지 않았으며 기회가 오면 자신이 반드시

복수하고야 말겠다는 의사를 터럭만큼도 숨기지 않았다. 그의 당당함은 물론 자신의 뒤에 임금과의 인척관계라는 배경이 있기 때문이었다. 그곳은 변학도의 정의가 미치지 못하는 곳이었다.

변학도 자신에게는 임금에게 간택될 만한 딸도 없을뿐더러 처우도 십몇 년 전과 별 차이가 없었다. 오히려 전에 비해 동료들의 증오와 견제가 많아졌을 뿐이다. 새로 승진한 젊은 관리들은 불경한 말투로 변학도의 정의를 비꼬았다. 전옥서 관원들 사이에도 파벌이 조성돼 있는데, 변학도는 자연스럽게 어떤 파벌에서도 배제되었다. 평소에 술 한잔 같이 할 사람조차 없는 변학도는 적막함을 느낄 때면 청루의 여인에게서 위안을 찾았다. 변학도는 사실 여색에는 그다지 흥취가 있지 않았다. 변학도가 청루를 다닌 것은 다만 그곳에서는 그가 원하기만 한다면 언제든지 사람의 온기를 느낄 수 있기 때문이었다.

어느 날 밤, 청루 아랫방에서 술을 마시고 있는데 위층에서 여인네들이 춤추면서 부르는 노랫소리가 들려왔다. 변학도가 함께 술을 마시고 있는 맞은편의 여인을 보니 얼굴에는 주름이 자글자글하였다. 등불 밑에서 보니 마치 흉터 같아서 보기에도 역겨웠다. 변학도는 그들에게 궁금한 것도 없었고, 그들 자신이 왕년에는 얼마나 아름다웠는지, 간드러지는 애교로 수많은 청년들의 가슴을 얼마나 떨리게 했는지 떠들어대는 이야기는 더더욱 듣기 싫었다. 변학도는 다만 사람이 곁에 있기만 하면 되었다. 서로 마주 볼 수 있고 함께 호흡을 나눌 수 있으며,

자신이 몸의 활기를 풀려 할 때 받아줄 수 있는 신체만 갖추었으면 그만이었다.

변학도가 예전과 달리 어떤 사람이 자신과 늘 함께 있기를 간절히 바라게 된 이유는 스스로 나이가 들었다는 걸 깨달았기 때문이다. 또한 사람과 함께하려면 돈이 필요하다는 것 역시 깨달았으나 그는 안타깝게도 빈털터리 신세였다. 청루의 인기 있는 기생들은 하룻밤 화대가 관리의 한 달 치 녹봉보다 많았다. 변학도는 이제야 자신이 잡아들였던 비리 관리들이 왜 공금을 몰래 쓰고, 뇌물을 받았는지를 인간적으로는 이해하게 되었다.

청루의 혼탁한 공기 속, 깊이 잠든 여인 옆에서 변학도의 머리는 그 어느 때보다 맑아졌다. 지금 가장 급한 일은 그에게 황혼처럼 노년이 오고 있으니 석양처럼 찬란한 마무리를 하는 것이었다. 자신이 "이빨을 드러낸 미친개"였으므로 그 앞에서는 비록 사람들이 두려워하고 피하면서 겉으로는 공경하지만 일단 그가 퇴직해서 물러난다면 상갓집 개처럼 될 것이요, 몽둥이만이 그를 영원히 돌아올 수 없는 지옥문으로 몰아넣을 것이었다. 가장 최근에 참석했던 연회에서 주인이 술에 취해 변학도에게 말하기를 4품 감학 나리의 분부에 따라 자신을 연회에 초청한 것이라고 하였다. 이 말로 변학도는 자존심에 크게 상처를 입었다. 나중에 알아보니 그동안 참석했던 잔치가 원래는 4품 감학이 그에게 자행한 일종의 변형된 재판임이 명약관화했다.

변학도는 반년간 이런 일을 반복해서 겪은 후 인사철이 될 때마다 지방직 파견을 적극적으로 요청하였다. 변학도가 특히 남원부에 오기를 원했던 것은 청루에서 들은 판소리 광대의 소리 중에 향사와 향 부인에 대한 이야기 때문이었다.

변학도가 보기에 법적으로 문제가 없는 사람들은 없었다. 다만 문제의 크기와 무게에 차이가 있을 따름이었다. 향 부인에게서 흠을 잡아내는 일은 손바닥 뒤집기처럼 쉬운 일이며 변학도가 향 부인의 꼬투리를 잡기만 하면—이는 변학도가 가장 잘하는 일이었다—바라는 것은 다 얻을 수 있으리라고 확신하였다.

사흘이 지난 후, 변학도 부사는 다시 향사를 방문하였다. 이번에는 하루 전에 미리 기별하였고 정중하게 관복을 갖춰 입었다. 남자가 관복을 입으면 범상치 않은 기세를 얻게 된다. 설령 변학도가 오십이 넘어 젊지 않고 평판도 나쁘지만 눈을 비비고 다시 보게 된다. 남원부사 뒤에 도열한 30명의 관졸도 엄숙한 표정으로 변학도의 위세를 뒷받침했다.

손님을 맞이하는 객실의 여섯 개나 되는 미닫이문을 모두 열어둔 향 부인은 회랑 마루 위에 서서 자신에게로 오는 지방관을 공손히 맞이하였다.

"내 빙 둘러 이야기하지 않겠소." 변학도 부사는 자리에 앉자마자 본론을 꺼냈다. "오늘 찾아온 것은 향 부인에게 춘향을 나의 배필로 허락해달라는 요청을 하려는 것이오."

"나리께서는 어찌하여 그런 생각을 하셨습니까?" 향 부인은 대경실색하였다. "나리의 연세가……."

"나이가 좀 많기는 하지만, 나는 진심이오. 진심으로 당신에게 나를 사위로 받아달라고 청하고 있는 것이오." 변학도는 반듯하게 앉아 아주 공손한 태도로 말했다.

"이런 일은 정말 꿈에도 생각지 못했습니다……." 향 부인은 웃을 수도 울 수도 없었다.

"예전에 나는 아내를 한 번 맞이하였으나 아주 오래전에 작고하였고 그 이후로는 줄곧 부인을 두지 않았으니 춘향이가 나에게 시집온다면 정실부인이 되는 것이오."

"은혜롭게도 나리께서 향사를 좋게 보시고, 이처럼 몸을 낮춰 춘향이를 예우해주시기로 하시니 정말이지 감격스럽기 짝이 없습니다." 향 부인은 몸을 굽혀 큰절을 하였다. "하나 우리 집에서 춘향은 일찍이 이미 다른 사람을 정인으로 삼은 바 있습니다."

"전 남원부사의 자제 이몽룡을 말하는 것이오?"

"나리께서도 들으셨습니까?"

"남원부 사람의 입은 두 가지 용도가 있으니 하나는 밥을 먹고 술을 마시는 것이고, 다른 하나는 향사 이야기를 하는 것이라고 하더군."

"비록 이야기일 뿐이나," 향 부인은 웃으면서 말했다. "아니 땐 굴뚝에 연기가 나지 않는 법이지요."

"그렇다면 이몽룡이 춘향을 데려간다고 약조라도 했는가?"

"젊은이들이 서로 사랑하는 힘은 하늘의 우레와도 비견할 수 있습니다. 웃어른이더라도 맘대로 막을 수는 없지요."

"만약 나를 막으려는 핑계라면, 그 이유로는 충분하지 않을 것이오." 변학도 부사는 여유롭게 말했다. "이몽룡은 명문가의 도령일 뿐만 아니라 대군 이소심이 친자식처럼 여기는데, 대군이 늘 풍류를 즐겨서 모두들 이몽령이 대군의 핏줄이라 하고 있소. 대군에게 줄을 대려는 관리들은 딸을 이몽룡에게 안겨주려고 하고 있소. 이 젊은이는 타고나길 잘생긴 데다가 풍류가 있어 가는 곳마다 여자가 따르지요. 이몽룡에게 남원부에서 춘향과 정을 나눈 일은 내가 보기에는 단지 한때의 즐거움이었을 뿐일 것이오."

"젊어서 풍류를 즐기는 것은 그리 드문 일은 아니지요. 하물며 이 도령같이 인물이 좋은 이라면요. 춘향은 성격이 아주 외골수라 이 도령에게 일편단심이어서 만일 억지로 찢어놓는다면 그 애가 걱정이지요……."

"그렇지도 않을 것이오." 변학도 부사는 웃으면서 말했다. "남자는 나이가 많을수록 여인을 아끼기 마련이오. 향 부인도 응당 이런 이치를 잘 알겠지만 말이오."

"변 부사 나리의 말씀은 오묘하기 한이 없는데 저와 같이 우둔한 사람이 어떻게 분명한 뜻을 알겠습니까?"

"정말 가시가 돋친 장미꽃이로군. 부인을 뵈니 비로소 '치마를 두른 대장부'가 무엇을 말하는지 알겠소. 앞으로 부인이 장모가 된다면 사위 노릇하기가 참 쉽지 않겠구려."

"그렇게 어려운 일이라면 저는 절대 일어나지 않도록 해야겠습니다." 향 부인은 미소를 지었다. "나리께서 은이 부족하신 거라면 제가 방도를 어떻게든 강구하겠습니다."

변학도 부사는 손을 들어 향 부인이 또 말하려는 것을 막았다. "내가 말하지 않았소? 나는 뇌물을 받은 적이 없소."

향 부인은 눈을 가늘게 뜨고 변학도 부사를 응시하였다. "하지만 나리께서는 혼수를 거절하시지는 않으시겠지요?"

"인정이 오고 가는 것에 있어서는 내 당연히 미풍양속을 따라 행할 것이오."

"변 부사 나리의 총명한 지혜는," 향 부인이 차갑게 웃으며 말했다. "정말이지 감복하지 않을 수가 없습니다."

"나 또한 부인의 지혜로움에 대단히 감탄스러워. 따로 말할 것도 없게 하는군." 변학도 부사도 웃으며 말했다. "나도 당신이 좋은 방법을 찾아내리라는 것을 알고 있소."

"좋은 방법은 아마 있겠지요. 그러나 제 딸을 대가로 삼을 일은 절대 없을 겁니다." 향 부인은 정중한 표정으로 말했다. "저는 절대 딸을 어미보다 더 나이 든 남자에게 시집보낼 생각은 없습니다."

"그러면 소금을 밀수한 죄로 옥에 갇힐 셈인가?"

"나리께서 모함하실 작정이라면," 향 부인의 얼굴이 굳어졌다.

"저도 드릴 말씀이 없습니다."

변학도는 향 부인을 뚫어질 듯이 쏘아보았다. 향 부인 또한 피하지 않고 마주 보았다.

"나는 당신이 많은 권세가를 알고 있음을 알지만 소용없을 것이오." 변학도 부사는 천천히 입을 열었다. "권세가들은 모두 이기적인 놈들이오, 일단 일이 벌어지면 그들이 명문거족으로서의 명예를 희생하면서 당신의 난처한 문제를 해결해줄 것이라고 생각하는 것이오?"

그날 오후, 나는 변학도 부사를 만났다. 그가 나를 보지 못한다면 향사를 떠나지 않겠다고 우겨댔기 때문이다.

"혹시나 춘향 아씨가 나를 마음에 들어 할지도 모르는 일 아니오?" 변학도 부사가 향 부인에게 말했다.

향 부인은 뒤뜰로 나를 찾아왔는데, 표정이 매우 무거웠다.

"만만치 않은 사람이다." 향 부인이 길게 탄식하였다.

"우리가 춘향을 키운 것은 결코 늙은 것의 후처로 보내려던 것이 아니다." 은길이 말했다. "춘향이는 훌륭한 집안으로 시집을 가서 떳떳한 정실부인이 될 거야!"

변학도 부사는 비록 관복을 입고 있었지만 비쩍 마른 사내로 온몸에 조금의 여유로움도 없었다. 그가 누군가를 볼 때는 눈빛 속에서 바늘이 쏟아져 나오는 것 같았다.

나는 절을 하고 향 부인의 분부에 따라 변학도 부사의 옆에 앉았다.

변학도 부사는 나를 보고 또 향 부인을 보았다. "……전해야 하는 내용은 춘향 아씨에게 다 알려주었소?"

"변 부사 나리께서는 너에게 청혼을 하러 오신 것이다." 향 부인이 나에게 이야기하였다.

"나는 비록 경박한 청년보다 잘생기지는 못했으나," 변학도 부사가 말했다. "나에게는 장점이 아주 많지. 나에게 오면 천천히 느끼게 될 것이야."

나는 아무 말도 하지 않았다.

"춘향아?" 향 부인이 말했다.

나는 환약을 하나 꺼내어 변학도 부사의 탁자 앞에 놓았다.

변학도는 보고서 물었다. "이것이 무엇이냐?"

나는 적잖은 시간을 들여 환약의 성분을 알려주었다. 이 환약은 아름다운 미모를 시든 꽃처럼 바꿀 수도 있고, 부드러운 피부를 고목처럼 거칠어지게 할 수 있으며, 심지어 뼈도 그대로 두지 않아 콩비지로 만든 몽둥이처럼 바뀌게 할 것이라고. 물론 나는 잊지 않고 강조하였다. 이 약의 원료는 대숲에 사는 길이가 일 척이나 되는 청사의 독이라는 것을.

"춘향아," 향 부인의 안색이 바뀌었다. "너는 언제 이런 것을 만든 것이냐?"

"저에게 있는 것이 시간뿐이지요." 나는 향 부인에게 웃어 보였다.

변학도 부사는 내 말을 믿었고 환약의 위력도 믿었다.

나도 그를 믿었다. 그의 말도 믿었다. 거짓말로 그를 속일 수 있는 사람이 아무도 없다는 것을.

"옛날부터 미인을 얻는 것은 당연히 좋은 일이지. 그러나 그 미인이 나를 소리도 없이 죽일 수 있다면 나도 두려워하지 않을 수 없겠군." 변학도 부사가 말했다. "하나 나는 청혼을 포기하지 않을 것이야. 나는 네가 침착하게 생각하길 바란다. 나에게 시집을 오는 것이 그렇게 두려운 일인지."

변학도 부사가 떠난 후, "우리는 변학도를 독살시킬 수 없단다." 향 부인이 나를 일깨웠다.

"네가 오늘 이렇게 그를 놀라게 한 것은 큰 실수였다. 네가 이 방면으로 특별한 재주가 있다는 점은 누구나 알고 있다. 그러나 지금 네가 상대하는 사람은 하필이면 코가 가장 예민한 사냥개라서 지금부터 어떠한 것도 약과 관련된 것이라면 그는 모두 너와 연관시킬 것이다. 만약에 그에게 조금이라도 잘못된 일이 생기면 우리가 한 일이 아니어도 아마도 우리에게 뒤집어씌울 것이야."

"그가 청한 혼사를 허락하지 않는다면," 내가 말했다. "어찌 행동했든, 모두 그런 결과가 될 것입니다."

"때가 되면 저절로 잘될 것이다." 향 부인이 말했다. "경거망동하지 말고 일을 더 만들지 마라."

그날부터 서른 명이 넘는 관졸들이 향사를 지키며 향 부인이 나를 데리고 떠나는 것을 감시하였는데 향 부인과 나를 제외한 다른 사람들은 자유롭게 오갈 수 있게 하였다.

판소리 광대

나는 태강이 언제부터 향사에 들어와 사는지 모르고 있었다. 하루는 해 질 녘, 앞뜰에 가보니 뜰에 있던 평상 위에 향 부인과 가야금이 있는 것이 아니라 한 여인이 방석 위에 앉아 있었는데 내 쪽으로 등을 지고 있었다.

"춘향 아씨가 오셨나요?" 내가 가까이 다가가자, 그 여인이 물었다.

그 목소리가 참으로 특이하였다. 나는 한참 생각한 후에 그 목소리가 어째서 그렇게 독특하게 들리는지 깨달았다. 그 목소리는 여자의 것 같지도, 남자의 것 같지도 않았다. 성별을 구분할 수 없었다. 크지 않은 목소리 같은데도 불빛이 등갓을 뚫고 사방을 밝히듯 꿰뚫는 힘이 있었다.

"누구신지요?"

"저는 판소리 광대 태강이라고 합니다."

아직 태강의 얼굴이 보이지 않았지만, 목소리만으로도 미소 짓고 있다는 것을 알 수 있었다. 태강의 목소리는 가까이하지 않고는 못 배길 정도로 매력적이었다.

나는 판소리 광대의 앞으로 갔다. 태강은 양반다리를 하고 앉아 그 위에 붉은 천을 하나 덮고 북을 올려놓고 있었다. 태강의 얼굴에 가득한 주름은 그저 나이 들었음을 보여줄 뿐 아니라 깊은 연륜까지 나타내는 것 같았다.

갑자기, 나는 순간적으로 숨을 멈췄다.

"조금 놀란 모양이군요. 그런가요?"

"네, 그래요. 어떻게 제가 춘향인 줄 아셨나요? 우리가 전에 만난 적이 없을 텐데요."

"당신처럼 저도 코로 많은 것을 알아차린답니다." 태강이 미소 지으며 말했다. "당신의 이야기는 많이 들었습니다. 또한 당신께서 다가오실 때, 천 송이의 신선한 꽃이 바람을 맞아 일제히 만개하는 것 같았습니다. 그런 느낌을 주는 사람이 춘향 아씨 말고 또 누가 있겠습니까."

"그럼 들어서 아시겠군요. 저는 약사입니다." 나는 태강의 눈을 자세히 보며 말했다. 사실 태강은 앞을 보지 못하는 소경이었다.

"당신은 아주 뛰어난 약사입니다." 태강이 말했다. "당신에 대해 듣고 나서 당신이 남다른 천부적 재능이 있음을 알게 되었지요."

"만일 당신이 이 세상을 보고 싶다고 말씀하신다면 제가 도와드리고 싶습니다."

"아씨의 아름다운 마음씨에 감사합니다. 저는 이미 자연이 어떤 형상을 지녔는지 본 적이 있습니다. 그러나 저는 다른 방식으로 이 세상을 살피는 것이 자신에게 더욱 적합하다고 생각해서 제 나이가 열여섯이 되던 해에 스스로 눈을 멀게 하였습니다."

나는 태강의 대답이 너무 충격적이어서 한참이 지난 뒤에야 비로소 다시 물어볼 수 있었다. "어째서요?"

그의 대답은 더 충격적이었다. "저는 제 아버지를 죽였고, 징벌을 피하기 위해서는 마땅히 대가를 치러야 했지요."

"당신은 판소리 광대시지요?"

"그렇습니다."

"그렇다면 당신이 들려주신 것은 판소리 이야기인가요?"

"당신이 그렇게 생각하셔도 저는 상관없습니다." 태강은 웃었다. 그러고는 손을 뻗어, 북을 두 번 쳤다. 둥- 둥-. 나와 태강 사이로 북소리가 울렸다. "당신에게 들려주고 싶은 이야기가 하나 있습니다."

"네, 경청하겠습니다."

태강은 나에게 사랑가를 하나 불러주었다. 19년 전 단옷날, 장마당에서 한림안찰부사 나리가 한약 냄새를 풍기는 한 여인을 만났는데…….

나 자신이 이 사랑 이야기의 결말이었다.

"왜 이 이야기를 저에게 들려주시는 건가요?" 나는 태강에게 물었다.

"왜냐하면 알아야 할 때가 되었기 때문입니다." 태강이 말했다.

"강은 발원이 있고, 나무는 뿌리가 있지요. 사람은 자신이 어디서 왔는지 알아야 비로소 앞으로의 미래를 잘 안배할 수 있는 법입니다."

향 부인은 나에게 내가 어떻게 세상에 오게 되었는지 알게 하고 기억하게 하려 했던 것이다. 그러나 파편으로만 알고 있던 지난 일들이 온전한 하나의 그림으로 맞추어지게 되었을 때 어째서 내 마음은 오히려 공허해졌을까? 내게 매우 좋지 않은 느낌이 들었는데 향 부인이 나에게 이별을 고하는 것 같았다. 아니면 향 부인이 나로 하여금 무언가와 고별을 하게 하는 것이라고 할 수도 있었다.

비록 밖에 관졸들이 지키고 있긴 하지만 태강이 향사에 찾아온 일은 향사를 떠들썩하게 하는 경사였다. 향사는 명절보다도 더 시끌벅적해졌다. 태강은 향사에서 가장 환영받는 손님이었다. 하인들은 태강의 음식을 준비할 때 그 어떤 귀한 손님보다 더 정성을 쏟았고, 다들 태강의 환심을 사려고 안간힘을 썼다. 밤이 되면 사람들은 모두 태강의 방 앞에 모여 태강의 판소리를 들었다. 태강이 슬픈 이야기를 하면 방 한편에서는 흐느끼는 소리가 들렸고, 이야기가 기쁜 대목에 이르렀을 때는 주방 아낙이 흥을 이기지 못하고 항아리보다 굵은 허리를 흔들며 일어나 춤을 추기도 하였다. 어떨 때는 향 부인도 같이 앉아 판소리를 들었다. 향 부인이 들어온 자리에는 달빛도 따라 내려온 듯하였다.

은길은 향 부인과 태강은 한 쌍의 선녀 같지만 둘 다 타고난 팔자가 좋지 않아 기구하게 산다고 하였다.

"판소리 창을 다시 듣고 싶을 정도로 잘한들 무슨 소용이겠어? 춘향이 네 어미가 한림안찰부사 나리에게 시집을 가서 이 집에 매였다면, 태강은 사통팔달한 큰길과 구석구석 이어진 작은 골목으로 시집을 간 셈이지. 여자가 허구한 날 길바닥을 떠도는데 이야기들의 결말이 아무리 좋다 한들 그게 다 그 여자와 무슨 상관이 있냔 말이다." 은길이 머리를 절레절레 흔들며 탄식하였다.

나는 그렇게 생각하지 않았다.

봉주 선생이 살아계실 적, 은길은 봉주 선생에게 항상 술 좀 적게 마시라고 잔소리를 하며 "색은 뼈를 깎는 칼이오, 술은 장을 뚫는 독약이다"라는 말을 덧붙였다.

봉주 선생은 그때마다 웃으며 이렇게 대꾸했다. "물고기가 아닌 이가 어찌 물고기의 즐거움을 알겠는가?"

은길이 나에게 그 말이 무슨 뜻이냐고 묻기에 내가 설명해주었다.

"그래서 물고기랑 도대체 무슨 상관이 있다는 거야?" 은길은 봉주 선생이 술을 너무 마셔서 머리가 나빠졌다고 흉을 보았다.

태강에게 판소리는 봉주 선생에게 술과 같으며, 사실은

술보다 더 중요한 것이었다. 봉주 선생이 술을 좋아하는 것은 다른 사람과 무관한 일이다. 봉주 선생이 취한다고 한들 다른 사람들과는 아무 상관이 없다. 하나 태강의 판소리는 다른 사람들을 심취하게 한다. 매일 밤 태강의 소리가 마지막 부분에서 행복한 결말로 끝난 뒤 태강이 얼굴에 유쾌한 미소를 지으면서 고별을 알리면 모두들 매우 가뿐하게 태강의 방에서 나와 각자만의 아름다운 꿈을 꾸러 간다.

만일 판소리가 없었다면 태강 같은 신분의 사람이 어떻게 많은 이들의 흠모와 사랑을 받을 수 있었겠는가? 그네는 다른 하인들처럼 죽어라 일하면서 자신과 식구들을 먹여 살리고, 남편과 자식들을 돌보고, 애들을 걱정하고, 남편에게 얻어맞는 삶을 살았을 것이다. 물론 광대에게도 남들이 모르는 고충이 있을 터였다. 은길이 말하길 한번은 태강이 판소리 연습을 하다 목소리를 잃었는데, 외할아버지가 태강의 입에다가 분변을 — 이는 특별하지만 가장 잘 듣는 처방이다 — 집어넣었다고 한다. 태강은 득음을 한 후에도 한동안 판소리를 불렀지만 여전히 형편이 어려워서 등 따시고 배부르기는 쉽지 않았다고 한다. 약사의 딸이 향 부인이 되었을 때까지도 태강은 그런 삶을 살았다고 한다.

태강은 남원부를 떠나기 전, 유화주막에서 남원부와 향사를 소재로 한 판소리 한마당을 펼치기로 하였다. 소리를 하기 하루 전 날이 되자, 사람들 사이에 기대와 흥분에 찬 소문이 무성하였는데, 태강이 직전까지 향사에 머물렀기에 이번에 부르는 창은 그 현장감이 남다를 것이라 하였다.

그날 유화주막은 사람이 너무 많아 사고가 날까 걱정이 될 정도였는데 주막 삽짝 앞길까지도 물샐틈없이 사람으로 채워졌다. 몇천 명이 단지 태강의 소리를 들으러 모인 것도 뜻밖이지만 더욱더 놀라운 것은 대다수 사람이 태강이 어떤 상황에서 어떤 소리를 하는지 잘 들리지도 않을 텐데 한마디 불평도 하지 않고 제자리를 지킨 점이다. 사람들은 어떤 분위기에 사로잡혀 있었던 것이다. 태강과 가까운 자리를 차지한 사람들 중 절반은 판소리 광대거나 세책가에서 패담을 쓰는 서생이었다. 그들은 소식에 밝아 전날 밤부터 유화주막에 자리를 맡아놓았다.

태강은 향 부인의 많지 않은 지기 중 하나였다. 향 부인 이야기를 처음으로 창한 판소리 광대이기도 하였다. 향 부인의 미명이 멀리 퍼져나가는 것과 동시에 태강은 훌륭한 소리광대가 되었고 그 명성도 사방으로 퍼져나갔다.

유화주막에서 벌인 소리마당이 끝나자 내 이름과 태강의 이름이 한데 묶였다. 그리고 〈춘향가〉는 마치 방금 한바탕 퍼부은 큰 눈처럼 이전에 있던 이야기의 윤곽을 덮어버렸다.

〈춘향가〉는 운명적인 이야기이다. 애정 이야기였으며, 판소리 예술의 이야기이기도 하였다. 태강, 향 부인, 변학도. 그 세 사람의 명성이 함께 추가되어 나와 이몽룡의 이야기에 더욱더 많은 색채를 입혔다. 〈춘향가〉가 태강의 입에서 태어난 순간부터, 춘향의 이야기는 젊은 여인의 개인적인 이야기만이 아니게 되었다.

태강이 완창을 하는 데에는 세 시진이 걸렸다. 중천에 해가 떠 있을 때부터 석양이 서쪽으로 기울어질 때까지 계속 창을 하였다. 이후 태강은 주막을 나와 한성부를 도착지로 삼는 소리의 길에 올랐다. <춘향가>는 나무의 가지처럼 태강의 입에서 자란 후에 다른 판소리 광대와 패담 쓰는 서생들이 여기에 각자 구체적인 내용을 엮게 되자 빠르게 가지가 많고 잎이 무성한 나무가 되었으며 그 뒤로 나무는 숲을 이루고, 숲은 또 산을 빽빽하게 덮어버리게 되었다.

"그 혓바닥을 놀려 사는 놈들이, 나를 살아 있는 염라대왕이라 하더군." 어느 날 향사를 찾아온 변학도 부사가 향 부인에게 유화주막의 판소리 이야기를 꺼냈다. "그 소리꾼은 당신의 벗이라지? 듣기로는 줄곧 이곳에 머물렀다던데?"

"판소리 광대는 사방으로 돌아다니며 창을 하고 일정하게 머무는 곳이 없답니다. 때마침 향사를 지나가는 길이었기에 하루 이틀 정도 묵게 되었지요." 향 부인은 사람을 시켜 우물에서 유화주막의 미주를 가져오게 하여 남원부사 나리를 대접하였다.

"나리, 한잔하시지요. 비록 주막에서 사 온 것이지만 춘향의 손을 거친 뒤에 더욱 맑고 시원하게 입에 맞게 된 것 같습니다."

변학도 부사는 한 모금 마신 후, 눈을 감고 한참 동안 아무 말도 하지 않았다.

"맛이 어떠신지요?" 향 부인이 미소를 지었다.

"말로 다 형용할 수가 없군." 변학도 부사는 입맛을 다시며 말했다. "아주 맛있소."

"춘향이 타고난 약사여서지요."

변학도 부사는 또 한 모금을 머금고 혀끝으로 맛을 음미하고는 고개를 끄덕이며 감탄하여 말했다. "향사는 그야말로 무서운 곳이오."

"무섭다니요?" 향 부인이 물었다. "나리께서는 어찌하여 그런 말씀을 하시나요?"

"범인을 심문할 때 하는 추궁에도 기술이 있소. 범인에게 질문을 끊임없이 하고 빠르게 질문을 던져 범인이 오로지 답을 하는 데만 온 정신을 쏟게 만들어야 하고, 만일 범인이 조금이라도 말을 길게 하려고 하면 곧바로 그 말을 끊고 다른 질문을 던져야 하오. 그렇게 한참을 추궁하면 범인은 정신이 혼미해지지. 그때 어조를 조금 느슨하게 하고 범인의 기억을 끄집어내면 바로……."

"나리의 목적이 달성되는 것이군요." 향 부인이 변학도 부사의 술잔에 술을 가득 채우며 웃었다. "나리께서 일하실 때도 혀가 쉴 틈이 없이 바쁘시겠습니다."

"그렇다고 늘 목적을 달성할 수 있는 것은 아니오. 만일 범인이 충분히 침착하고 또 소신을 지니고 있다면 우리는 어떻게 해도 추궁의 기술에 이를 수 없소. 이에 비하면 당신이 쓰는 방법은 더 고단수라 한층 사소한 것에도 이르지 않는 곳이 없으니. 대부분 유언비어는 근거 없이 과장한 것이라 조금만 파고들면 온갖 모순을 밝힐 수 있소. 그러나 향사만은 예외였지. 이곳은……" 변학도 부사는 팔을 사방으로 휘젓더니 말을 이었다. "진한 꽃향기, 남다른 풍미를 갖춘 곡주, 섬세하고 아주 값이 비싼 물건들, 미모의 주인. 게다가 도처에 있는 심계心計. 남자에게는 더할 나위 없이 위험한 곳인데 향사는 사람으로 하여금 꿈에 빠져서 깨어나고 싶지 않게 하는 힘을 가지고 있소. 평생을 하나의 대못같이 꿋꿋하게 살아온 이 늙은이도 이리 마음이 동하니 젊은 사내들은 향 부인을 위해서라면 제 목숨도 기꺼이 던질 것이고, 또한 왕족이나 양반들도 당신 말에 귀를 기울이지 않을 수 없겠지."

"저와 같은 아녀자나 향사와 같은 곳은……" 향 부인은 변학도 부사의 눈빛을 받아주며 목소리를 낮추어 대답했다. "남자의 욕망을 빌려 조금 먹고사는 것 말고는 또 무엇을 할 수 있겠습니까. 나리께서 이미 제 심계를 보셨다면 어째서 한 걸음 더 내디뎌 그 심계 뒤의 고달픔은 보지 않으십니까."

변학도 부사는 한입에 술잔을 비우고는 스스로 잔을 채운 뒤에 비로소 향 부인 쪽을 흘끔 보았다.

향 부인의 눈동자는 반짝이는 검은빛이었는데 완연히 맑은 이슬이 맺힌 흑진주 같았다.

"당신은 누구와 말하고 있다고 생각하는 것이오? 당신의 미색에 혼이 나간 젊은이? 아니면 당신에게서 거액의 뇌물을 받은 관리?" 변학도 부사는 차가운 미소를 지었다. "이 몸은 최근 20년간 전옥서에서 형벌을 다스리던 가장 뛰어난 관리요. 나는 어두움 속에서도 볼 수 있는 눈을 지녔을 뿐만 아니라 거짓말 속에서도 맑게 깨어 있을 수 있는 귀를 가지고 있지. 당신이 지닌 다른 사람을 미혹할 수 있는 술수라도 내 앞에서는 효과가 없을 것이오."

"나리의 말씀은 정말이지 깨달음을 주는 힘이 있습니다. 심지어 조금도 의심할 바가 없습니다." 향 부인은 오직 입꼬리만으로 웃을 뿐 태도는 여전히 침착하고 여유가 있었다. "나리께서는 얼마나 굽이굽이 돌려 말하고 있든, 결국 온갖 방법으로 저를 죄인의 자리로 몰아가고 있군요."

"당신은 이미 용의자요."

"나리께서 그리 확고하시다면 저도 더 드릴 말씀이 없습니다."

"여인의 낯빛은 하늘의 구름보다 더 빨리 바뀌는군." 변학도 부사는 향 부인의 표정을 살펴보았다. "아주 짧은 사이에 나는 전혀 다른 두 명의 여인과 이야기하고 있는 것 같구려."

"저도 상식이 있는 부사 나리와 이야기하는 줄 알았는데 자세히 보니 마음이 돌보다 딱딱한 전옥서 나리였군요." 변학도 부사는 큰 소리로 웃었다. "당신이 이리 방자한 것이 오히려 나를 참 즐겁게 해주는구려."

서생 옥수

남원부 세책가 서생들의 번창하는 장사는 마치 폭약이 폭발하는 것처럼 대단하였다. 패담은 겨울날 눈발처럼 하늘을 뒤덮듯 흩날렸으니 내가 처음 '우수에 젖은 춘향 아씨의 모습을 보면 불상화가 숨을 멈추고, 부용화가 제 빛을 잃었다.'라는 투의 표현을 읽었을 때 도저히 나 자신에게 일어난 일을 묘사한 것으로 여겨지지 않았다.

내가 향 부인의 방에서 열몇 권이나 되는 패담집을 가져와서 모두 쌓아놓으니 거의 내 팔뚝에 닿을 만큼 높았고 모든 책의 두께가 거의 비슷하였다. 각 서책의 주인공은 모두 춘향 아씨였고 자주 출현하는 몇 사람이 있는데 예를 들어 향 부인, 이몽룡 등이다. 물론 신임 남원부사 변학도 나리도 빠지지 않고 나왔다.

패담 속에 담긴 내용은 모두 나와 관계가 있었다. 그러나 나는 나와 관계된 이야기라고 생각할 수 없었다. 예를 들어, 내가 '오색'을 만들 때 약방에서 두문불출하면서 식사도 제대로 하지 않은 일이 패담집에는 이렇게 표현되었다.

> 춘향 아씨는 변학도 부사에게 건초밖에 없는 허름한 약방에 연금되어 먹을 것은 물론이고 마실 물도 없어 풀뿌리와 나무껍질, 꽃잎에 의지하였으며 창가의 사금파리에 고인 빗물로 연명하였다. 여위고 파리해진 춘향 아씨는 안색이 꼭 천산天山의 눈 색깔과 같았다. 약방은 매우 어두웠으나 춘향 아씨의 마음은 한성부에서 비추는 한 줄기 빛으로 눈부시게 반짝이고 있었다. 이몽룡의 그윽하고 깊은 시선이 허름한 집 안을 금빛으로 휘황찬란한 궁전으로 변하게 하였다…….

어떤 서생은 근거 없이 더 황당한 이야기를 지어내어 말했다.

> 춘향 아씨는 변학도 부사에 의해 약방에 감금되어 견딜 수 없는 고문을 당해 건초 더미에 혼절하여 쓰러져서 꼬박 이틀이 지난 후에야 관졸들에게 발견되었다. 독사도 독이 바닥날 때가 있듯이 변학도 부사도 마침내 너그러움을 베풀어 춘향 아씨를 풀어주었다. 춘향 아씨의 몸이 약하였기에 누구도 춘향 아씨가 그렇게 긴 시간을 먹지도 마시지도 못했으면서 살아남을 것이라고는 생각할 수 없었다. 심지어 향사의 집사 은길은 스님을 불러 춘향의

제도濟度를 빌어달라고 청할 정도였다. 스님이 춘향을 위해 제도할 때, 끊임없이 이몽룡의 이름을 언급하였더니, 그 때문인가 기적이 일어났다. 춘향 아씨는 오랫동안 혼미 상태를 거친 후 뜻밖에도 살아났다.

심지어 이런 이야기도 실려 있었다.

그렇게 춘향 아씨가 기력을 회복하자 변학도 부사는 또 억지로 위세를 부려 자신에게 시집와야 한다고 강요하였다. 춘향 아씨는 딱 잘라 이렇게 말했다. "죽어도 그리할 수 없습니다.' 이 말은 호랑이보다 더 사나운 변학도의 화를 치솟게 하였고 관졸들에게 채찍으로 춘향을 때리게 하였다. 이런 행태는 아름다운 꽃이 사람들에게 꺾인 후 발밑에 짓이겨지는 것보다도 더 사람의 마음을 찢어지게 하였다. 춘향 아씨가 맞아서 '피가 뿜어져 물들여진 앞섶은 고운 복사꽃이 흐드러지게 핀 듯하였다.'

나는 향 부인에게 가서 물었다. 정말 내가 사는 것과 거의 같은 춘향이라고 불리는 여인이 있는지? 세상에 그렇게 많은 공교로운 일이 있는지? 그 춘향 아씨는 그림자처럼, 내가 아니면서도 늘 내 뒤를 따라왔기 때문이다.

"이 일들은 결코 저에게 일어난 일이 아니잖아요."

"그냥 불구경하듯 하면 된단다." 향 부인이 웃으며 말했다. "진지하게 볼 필요는 없다."

"그러나 그 제목에 춘향 아씨라 써 있어서요."

"그건 그렇지. 이야기들이란 게."

"그렇지만……."

"사람들이 예전에는 그런 말들로 나를 묘사한 적이 있었지." 향 부인은 차를 한 모금 마시고 미소를 지으며 말했다. "그런 서생들은 비록 자기에게는 날개가 없지만 제 손에 붓만 있으면 사람도 하늘로 날려 보내는 것이 능력이지. 서생들은 제 마음대로 남을 고쳐 써버리고, 그러면 그 사람은 정말로 그런 사람이 되어버리지. 이렇게 변하든 저렇게 변하든 멀쩡한 사람이 괴물처럼 되어버린단다. 정말로 우스운 일이지."

"하나도 우습지 않아요."

향 부인은 웃음을 거두고 한 쌍의 흑진주 같은 눈동자로 나를 응시하였다. "여인은 성숙해지면 피를 흘리기 시작하고, 여인의 사랑은 대부분 슬픔으로 끝난단다. 반드시 알아야 할 것은 네가 지금 겪고 있는 이러한 일들은 다른 여자들도 이미 겪은 일이라는 것이다. 비록 사람마다 그 과정이 조금씩 다를지언정 느껴지는 것은 다들 비슷하지."

옥수의 부친은 남원부의 유명한 거상巨商이었다. 명민한 머리로 장사를 해서 양반 신분이 아니라는 것 말고는 집에 없는 것이 없을 정도였다. 남원부의 모든 사람은 옥수의 부친이 제 아들 앞에 은으로 길을 깔아서라도 아들을 관리로 만들고 싶어 한다는 것을 알고 있었다. 하나 옥수는 과거를 세 번이나 보았지만 모두 낙방하고 말았다.

옥수는 향사에 가본 적이 없었다. 그의 아버지는 옥수와 아주 진지하게 속내를 이야기할 때 향 부인과의 관계를 솔직하게 밝혔다.

"단지 며칠 밤이지만, 향 부인은 나의 여인이었다. 너는 향사와는 티끌만큼도 엮여서는 안 된다."

옥수는 번민을 풀고 싶을 때마다 청루에 가서 술을 마시면서 뜻을 이루지 못해 실의에 빠진 서생들을 늘 만나게 되었다. 그 서생들 중 절반쯤은 패담을 써서 생계를 꾸리는 자들이었다. 술이 좀 들어가고, 홍이 오르자 서생들은 서로 상대방을 칭송하고 잔을 돌리며 공경스럽게 주고받았기에, 술잔을 돌리는 팔과 과장된 언사들이 옥수의 눈앞에서 오락가락하였다.

"변변찮은 놈들." 옥수는 젓가락으로 그릇을 치며 욕을 하였다. "여자 이야기나 써서 구차하게 사는 놈들이 부끄러운 줄도 모르고 서로를 치켜세워주는 꼴이라니."

"……과거에 낙방한 놈이 무슨 주제로 우릴 비웃는 거냐?"

"풍류 이야기를 지어서 밥이나 빌어먹는 놈들에게는 할 수도 있지, 부뚜막에서 귀뚤귀뚤 우는 귀뚜라미만도 못한데." 옥수는 자리를 뜨면서 덧붙였다. "네놈들이야말로 내가 과거 낙방한 이야기를 입에 담을 주제가 되기나 해!"

"……야, 이 개자식아!" 서생들 가운데서 누군가가 큰 소리로 말했다. "머리가 맛이 가기라도 했냐? 여기가 어딘지 모르면서 헛소리를 지껄이고 있어!"

태강이 판소리 <춘향가>를 부를 때, 옥수도 유화주막에 있으면서 그런 패담을 쓰는 서생들이 붓과 종이까지 챙겨서 받아 적을 준비를 하는 것을 보고서 그들에게 몇 마디 비웃고 조롱하기까지 하였다. 판소리 창이 시작된 뒤 옥수는 가장 먼저 눈물을 흘리는 자가 자신이 되리라고는 꿈에도 생각하지 못했다.

옥수는 태강의 판소리를 듣고 크게 놀랐다. 어떤 삶을 이렇게 표현할 수 있으리라고는 생각지도 못한 것이다. 목재 상인의 아들은 패담의 가치에 대해 새로운 시각을 가지게 되었다.

옥수는 패담집이 만약 단지 판소리 광대가 한 이야기를 그대로 기록하는 것이라면 별 볼 일 없을 것임이 틀림없다고 생각하였다. 맛있는 음식은 자신의 혀를 써서 풍미를 느껴야 하는 것이다. 옥수는 향사를 방문하여 향 부인에게 자신이 향 부인의 미색 때문이 아니라 훌륭한 이야기를 써서 전하게 하려는 것이라는 뜻을 드러낸 글을 써서 전달하였다.

향 부인은 소단을 시켜 옥수를 맞이하게 하였다.

그들은 한 시진을 이야기하였고, 옥수는 그날 저녁 패담집 한

편을 탈고하였다. 옥수는 청루에 가서 패담을 쓰는 서생들을 찾아 자신이 쓴 것을 보여주었다.

누군가 조롱하며 비웃었다. "과거에 급제하여 공명을 떨치지 않고 왜 우리를 따라 귀뚜라미 노래를 배우시오?"

옥수는 여태까지 이렇게 초조하고 긴장한 적이 없었다. 옥수는 아주 가까이에서 눈을 깜박이지도 않고 등불 아래서 제 글을 읽어보는 사람들의 얼굴에서 시선을 떼지 못하였다. 그들이 때로는 미간을 찌푸리고, 때로는 소리 내어 웃기도 하자 불안으로 쭈그러들었던 옥수의 마음이 기대로 부풀어 올랐다.

그 서생들은 옥수가 쓴 이야기를 읽은 후 한동안 아무 말도 하지 못했다.

"당신이 이 일을 한다면 우리는 이제 생계를 잃을까 두렵구려."

어떤 사람은 돈을 주고 이 패담집을 사겠다고 제안하였다.

"어쨌든 당신에게는 일시적인 흥밋거리일 뿐이지요."

"은전이 산더미처럼 쌓인다면," 옥수가 말했다. "흥밋거리라도 달리 보게 되지요."

그날 밤, 옥수는 서생 열 명을 고용하여 삼십 부를 필사하였다. 셋째 날에는 그 패담집을 장에다 터무니없을 정도로 비싼 가격으로 내놓았는데 반 시진도 되지 않아 전부 팔렸다. 겨우 하룻밤이 지났는데 남원부 장마당에는 베낀 패담집이 나타났다.

옥수가 두 번째 패담집을 쓸 때는 필사하는 이를 쉰 명이나 고용하여 사흘간 필사한 뒤에 장마당에 팔려고 내놓았는데 하루 만에 수백 권의 패담집이 다 팔렸다. 이 두 권의 책으로 옥수는 업계에서 자리를 잡은 셈이었다. 세 번째 패담집은 쓰기도 전에 적잖은 사람들이 예약을 하였다.

세 번째 책을 쓰기 전, 옥수는 향사를 찾아가서 향 부인을 만났다. 앞서 낸 두 권의 책이 방문의 구실이 되었다.

향 부인은 친히 그를 맞이하였다. 옥수는 두 시진 동안 향 부인과 이야기를 나눌 수 있었다. 옥수가 향사를 떠나기 전, 향 부인은 소단에게 옥수를 모시고 향사를 쭉 둘러보게 하여 옥수가 글을 쓸 때 걸맞은 광경을 선정하기 쉽게 하였다.

옥수는 감탄하였다. "향사는 과연 보배와도 같은 곳입니다."

옥수는 작품이 무단으로 베껴지는 것을 막기 위해 세 번째 패담집을 탈고한 후에는 남원부에서 글을 쓸 줄 아는 사람은 모두 동원하였다. 1조, 2조, 3조, 4조 등 조를 나누어 이미 다 쓴 이야기를 복제하게 하였다. 패담집에는 모두 옥수라고 서명하였는데 이 옥수라는 이름은 짧은 시간에 패담집 업종의 최고 간판이 되었다.

매일 어마어마한 양의 패담집이 남원부에서 실려 나갔고 가는 곳마다 열렬한 환영을 받았다.

소단을 보지 못한 지 며칠이 지났다. 소단의 행방은 쉼 없이 내리는 가랑비와 함께 홀연히 사라지기라도 한 것 같았다.

주방에서 밥을 먹을 때 나는 소단의 행방을 물어보았다. 도대체 어째서 그림자조차 보이지 않느냐고 말이다. 일하는 사람들이 바로 입가에 미소를 지었다.

"소단 말이지, 소단은 이야기를 쓰는 서생들하고 같이 있지." 은길이 대답해주었다.

"향 부인도 알고 있나요?"

"그럼. 향 부인이 매일 마차까지 태워서 보내고 있는데. 행세가 보통이 아니야."

"소단이 설마 패담을 쓰러 가는 건 아니겠지요?" 나는 물었다. "그 애는 아는 글자도 많지 않은데."

"뭐 이야기를 소단이 직접 쓸 필요가 있나? 남원부에서 글로 먹고사는 서생들은 모두 모여 있으니 소단은 다만 이야기의 윤곽만 그리면 되지." 은길은 웃으면서 말했다. "난 소단이 그렇게 희희낙락하는 건 첨 봤어. 날마다 서생 무리에 둘러싸여 있고, 또 눈도 깜박이지 않고 거짓말을 하는 사람들이 그녀를 신선처럼 모시고 있으니 말이야."

"신선이 다 뭐야." 주방 아낙이 말했다 "그 서생들에게는 얼마나 큰 횡재겠어. 그저 붓만 놀리면 손에 은전이 들어오잖아. 못 들었어? 올해 가장 잘된 장사가 그 패담집이잖아?"

"소단이 매일 옥수, 옥수 하던데 혹시 그 서생과……." 어떤 사람이 은길에게 물었다.

"그걸 내가 어찌 알겠어?" 은길이 대꾸했다. "나이가 들었더니 귀가 어둡고 눈도 침침해져서 젊은 사람 일들은 알아먹지 못하겠던데."

"당신은 늙은 여우잖아, 늙을수록 눈도 더 밝아진다던데." 주방 아낙이 웃으며 말했다.

어느 날 밤, 나는 소단이 욕실에서 노래를 흥얼거리는 소리를 들었다. 나는 회랑 마루에 서서 잠시 기다렸다. 소단은 두루마기를 걸치고 머리를 뒤로 풀어헤치고 물기가 묻은 채로 나왔다.

"알고 봤더니 네가 나가서 아무렇게나 떠들어댄 말을 서생들이 엮어낸 이야기였구나."

"아무렇게나 떠들다니요? 이야기를 만드는 게 얼마나 어려운지 아세요?" 소단은 마른 천으로 머리의 물기를 닦아내며 생긋 웃었다. "옥수가 말하길 내 상상력은 아주 뛰어나서 남자들도 못 따라올 지경이라고 했어요."

"그런 것은 내 이야기가 아니잖아?"

"책을 쓰려면 이야기를 각색해야 재미가 있죠. 그러지 않으면 누가 보겠어요?"

"하지만 그 책에 이 이야기는 춘향 아씨에게 있었던 일이라고 거듭해서 강조했잖아."

"이야기를 하려면 당연히 성명이 있어야지요."

"너……."

"우리가 거짓말을 늘어놓고 있다 한들 또 뭐 어때요? 생각해보세요. 춘향 아씨." 내 말을 끊고 떠드는 소단은 얼굴이 만월처럼 밝았고 눈이 반짝반짝 빛났다. "우리가 늙고 나서, 아니, 아예 죽은 후에도 이런 이야기가 계속 이어지겠죠. 몇십 년, 아니 몇백 년 후에는 진짜 있었던 일인지 아닌지 누가 알 수 있겠어요? 춘향 아씨는 이 이야기 속에서 영원히 지금처럼 젊을 수 있어요. 저도 마찬가지고요. 이건 정말 신나는 일이 아닌가요?"

"네가 그 서생의 환심을 얻기 위해 멋대로 나에 대해 거짓말을 만들어내는 거지." 나는 화가 울컥 치밀어 올랐다. "그런데 그걸 신나는 일이라고 할 수 있겠어?"

"아씨 왜 그러셔요?" 소단은 나를 보면서 한참 있다가 겨우 입을 열어 느릿느릿 말했다. "저희가 이렇게 고생하는 것이 어찌 아씨를 위한 일이 아니겠어요. 향 부인도 오로지 아씨께 좋은 남편감을 찾아주려고 그러시는 거라고요. 설마 아씨께서는 벌써 이 도령을 잊어버리시고 변학도 부사에게 정이라도 든 건가요?"

"내가 잘되게 하기 위해서라고?" 나는 소리 내어 웃었다. "정말 감격스러워서 눈물이 날 것만 같구나." 나는 몸을 돌리며 말했다. "가서 향 부인에게 말씀드려야겠다. 네가 나가서 그 서생들에게 헛소리하지 못하게 하시라고."

"아씨께서는 일부러 그러시는 거죠?" 소단은 몸을 돌려 따라왔는데 화가 나서 얼굴이 팽팽해지고 눈빛도 날카로워졌다.

"저를 즐겁게 하는 일이 아씨에게는 전부 미워 보이잖아요. 그렇죠?"

우리는 한참 동안 얼굴을 마주하고 서로를 쏘아보았다

"너는 네가 누구라고 생각하니?" 나는 가벼운 어조로 말했다. "네가 향사의 마차를 타고 사방으로 불려 가서 남자들의 달콤한 말에 둘러싸여 있으니 향 부인이라도 된 거 같은 모양이지? 너는 내가 시집을 가고 나면 향사의 새 주인이라도 되려고 하는 거니?"

"그럼 아씨는요?" 소단은 조금도 지지 않고 나를 똑바로 쳐다보았다. "제가 그 서생들에게 대단하다 추켜세워지고 있는 걸 시샘하고 있는 거잖아요, 지금. 아씨는 제가 괴로워하는 건 볼 수 있어도 제가 근사해지는 건 참지 못하세요. 제가 좋은 거라도 얻으면 눈에 모래라도 들어간 것처럼 점점 거슬리시죠. 그렇죠?"

"그래." 나는 그 말을 하지 말아야 하는 걸 알면서도, 분노가 치밀어 나쁜 말을 잡고 있던 고삐를 놓고 말았다. "넌 도둑놈의 딸이고 몸에는 죄인의 피가 흐르고 있으니 언제든지 네 주제를 잊지 마."

"매일 아씨를 모신 저에게 보답하실 말이 그거인 건가요?"

나는 소단이 손을 번쩍 드는 것을 보았다. 곧이어 내 뺨에 위협적인 소리가 들렸다. 나는 어찔어찔해진 채 뜰의 돌길 위를 보았는데 김수가 나를 향해 달려오고 있었다. 또 다른 소리는 부서지는 은색 달빛과 어우러졌다. 한층 검은 물건이 빠르게 내 앞에 다가왔고 내 귓속은 웅웅거리기만 하였다. 이어서 나는 아무 소리도 들을 수 없었고 아무것도 보지 못하게 되었다.

김수, 혹은 지죽

나는 정신을 차렸다.

집 안에는 정적이 흘렀다. 나는 그대로 누워서, 쓰러지기 전에 보았던 그림자를 떠올렸다. 나는 김수의 숨결을 느꼈다고 확신하였다.

방의 구석에 있던 사람이 내 곁으로 다가와 고개를 숙여 나를 내려다보았다.

"김수?"

나는 손을 내밀어 김수의 얼굴을 더듬었다. 살갗이 닿자, 눈빛과 숨결도 같이 맞닿았다.

"정말 너야?"

"그래, 나야."

"사람들이 너는 강에 빠져 죽었다고 했는데."

"사람들이 잘못 알고 있었던 거지. 물론 내가 있는 동학사 근처에 강이 있고 엄청 근사한 폭포도 있지만." 김수는 미소를 지으며 말했다. 그러고는 미닫이문 너머로 몸을 내밀고 회랑 마루에 서 있던 누군가를 부르는 손짓을 하였다.

소단이 천천히 걸어 들어오는데 나와 눈을 마주치질 못했다.

"……아씨, 괜찮으세요?"

"소단, 봐봐." 나는 조금도 화가 나지 않았다. "김수가 돌아왔어."

소단은 한시름을 돌리고 김수를 보고 억지로 웃었다. "정말 김수가 돌아왔네."

"정신을 차렸느냐?" 쟁반을 든 은길이 방문 앞에 나타났다. "향 부인이 잠자리에 들지 못하고 앞뜰에서 소식을 기다리고 있단다."

"은길." 나는 웃었다. "봤나요. 김수가 돌아왔어요."

"내가 비록 늙었어도 아직 눈이 멀진 않았다. 저렇게 멀대 같은 사람이 앉아 있는데 그걸 아직 못 봤을까?" 은길은 얼굴을 굳히고 나를 나무라려고 했으나, 혀끝까지 나온 말을 도로 삼키고 물에 적신 천으로 내 손을 잡고 닦아주며 말했다. "밖에서 떠도는 이야기가 이미 충분히 많은데 거기에 네가 굶어 죽기라도 했다는 소문이 더해지면 더욱 난리가 날 것이다."

나는 은길에게서 고개를 돌려 김수를 바라보았다.

"네가 승복을 입고 있는 모습이 참 낯서네……."

김수는 나에게 더 이상 말하지 말라는 동작을 하였다.

밖에서 주방 아낙의 소리가 들렸다. 김수가 나가서 음식이 가득 차려진 소반을 받아 들고 돌아왔다. 돌솥의 뚜껑을 열자 된장국 냄새가 방 안 가득 퍼졌다.

"냄새가 너무 좋다." 내가 말했다.

"춘향이는 보름 동안 아무것도 먹지 않았지 뭐냐." 은길이 한숨을 내쉬다가, 김수를 보고 웃었다. "네가 돌아오니 춘향의 입맛도 돌아온 모양이다."

김수는 향사에서 머무르는 사흘 동안 매일 해 질 녘이 되면 회랑 마루로 나와 나란히 앉아서 한 시진 동안을 보냈다. 물을 끓이고 차를 우리는 생활이 김수에게는 능숙한 일이었기에 그 행위가 사람을 매혹시켰다. 나의 눈빛은 김수의 손에서 얼굴로 옮겨졌는데 얼굴빛은 볕에 그을려 햇밤 같은 색이었고, 눈썹과 눈은 준수하고, 눈빛은 낯설 정도로 고요했다. 이는 나를 불안하게 만들었는데 나는 그 몸에 깃든 영혼이 바뀌어 더 이상 예전의 김수가 아니지 않을까 걱정하였다.

"김수, 너 머리카락은 어쨌어?"

"깎아버렸지. 출가한 이는 육근을 청정하게 해야 하거든."

김수의 미소가 꼭 꽃대의 가시처럼 내 마음을 찔렀다.

"사람들이 네게 강요한 거니?"

"아니. 나 스스로 바랐던 거야."

나는 김수를 바라보고 있었다.

"정말이야." 김수는 하늘의 흘러가는 구름을 바라보았다. 구름은 석양에 물들어 있었다.

"막 동학사에 도착했을 때 나는 먹고 자는 그런 일조차도 할 수 없었어. 걸을 때마다 솜 위를 걷는 것 같고, 깨어 있는데 꼭 꿈을 꾸고 있는 것만 같고 꿈을 꾸면 꼭 깨어 있는 것 같았지. 나는 늘 산에 올라가서 혼자 지냈어. 폭포 앞에서는 향사를 그리워했지. 어느 날 돌아가는 길에 문 너머로 독경 소리를 들었는데, 그 순간 마음속에 밤하늘의 둥근 달이 뜨는 것 같았어. 바로 갑자기 안정을 찾게 되었지. 나는 하늘이 나를 부른 것이라고 생각해서 곧 주지 스님께 머리를 깎고 싶다고 청했지. 처음에 주지 스님께서는 허락하지 않으셨는데 뒤에 내가 이레 동안 단식을 하며 굳은 뜻을 보이니 그제야 주지 스님이 마음을 돌리셨지."

"너는 이제 향사로 돌아왔으니 머리를 다시 길러도 되겠다."

김수는 말없이 웃었다.

"김수?"

"이제 나를 지죽이라고 불러줘."

"나는 너를 김수라고 부르고 싶은데." 나는 그 두 글자가 마음에 들지 않았다. '지죽知竹'이라니.

"나에게 이제 '김수'라는 이름은 첩첩이 쌓인 산 너머처럼 멀고 아득한 것이야." 김수는 뜰의 장미꽃을 물끄러미 바라보았다. 김수의 눈에 석양이 비쳐 호박 보석처럼 반짝였다.

"향사를 떠난 지 얼마 되지 않았을 때, 나는 꿈에서 늘 장미꽃을 보았어. 처음에는 한두 송이였다가 뒤에는 셀 수 없을 정도로 많아졌지. 마치 끝이 없는 비단을 눈앞에 펼쳐놓은 것 같았어.”

“오직 장미꽃만 있었어? 나는? 나는 네 꿈에 없었어?”

김수는 고개를 돌려 나를 보았다.

“없었어도 상관없어.” 나는 웃었다.

“춘향이 너는 계속 내 마음속에 있었지.” 김수가 말했다.

김수의 말은 주먹이 되어 내 가슴을 때렸고 나는 기쁘면서도 가슴이 욱신거리기 시작했다.

“정말?”

“정말.”

은길은 내가 감기에 걸릴까 걱정되어 얇은 이불을 하나 가져와 나를 이불 속에 꼭 감싸게 하였다. “여기에 앉아, 김수.” 나는 이불을 들추며 말했다.

김수는 고개를 젓고, 이불 끝자락을 잡아 나 하나만을 감싸주었다.

“김수는 없어. 지금 네 곁에 있는 사람은 탁발승 지죽이야.”

김수의 가벼운 탄식 소리는 찻잎이 물속으로 가라앉는 것 같았다. 움직임도 없고 소리도 크지 않았지만 물의 색깔을 변하게 하고 물맛도 변하게 하는 듯했다.

“이번에 하산해서 한성부에 가는 것은 원래 왕궁 다례관에서 다년간 업무를 보고 있는 선배에게서 다례를 배우기 위해서야. 그런데 가는 길에 사람들이 있는 곳마다 춘향 아씨의 이야기가 전해져서 너를 보고 싶은 생각을 참을 수가 없었어. 더욱이 이번에 찾아오지 않으면 네가 시집간 뒤에는 다시는 너를 보지 못할 테니 그렇기에 주저하지 않고 돌아왔지."

"알고 보니 다른 사람들의 뜬소문을 듣고서야 돌아온 거구나."

내 마음이 지평선의 태양처럼 점점 지고 있었다.

"춘향 아씨의 이야기는 무척 감동적으로 그려져 있어."

김수는 나를 향해 미소 지었다. 그의 웃음은 강물처럼 내 앞을 가로막았다.

김수는 작은 찻상을 방문 밖에 놓아두었다.

나는 옷을 걸치고 나갔다. 찻상에는 막 우린 연꽃차 한 잔이 있었다. 물의 온도는 차갑지도, 뜨겁지도 않았다. 입에 머금자 맑고 상쾌한 차의 향이 폐부 속으로 스며들었다. 나는 그 찻잔을 들고 새벽부터 태양이 뜰 때까지 계속 앉아서 꽃과 풀 사이에 감겨 있던 안개가 햇볕에 증발하며 사라지는 것을 지켜보았다. 손안에 있던 찻잔의 남은 차가 식은 뒤 찻물에는 냉향이 어려 있었다.

탁발승 지죽은 단출한 행낭만을 짊어지고, 왔을 때처럼 그 누구도 모르게 향사를 떠났다. 문밖을 지키는 여섯 명의 관졸 중 한 명만이 지죽이 그 곁을 지날 때 잠을 깨는 바람에 아주 이른 새벽에 향사에서 나가는 스님을 보았다.

지죽은 발걸음을 멈추지 않고 미소를 지으면서 그에게 말했다.

"나무아미타불."

향 부인

변학도 부사는 관졸 30여 명을 다섯 조로 나누어 여섯 명씩 향사를 지키게 하였다. 관졸들은 자신들의 임무에 그지없이 만족하였다. 그들이 먹고 마시는 것을 향사의 주방에서 마련해주었는데 다른 주막이나 식당의 식사에 비해 푸짐하고 정갈하기 이를 데 없었기 때문이다. 향사에서 일하는 사람들이 한가할 때면 관졸들과 장미꽃 담장 너머로 잡담을 주고받으며 서로 농을 하기도 하였다.

진정으로 향사를 지키고 있는 것은 사황뿐이었다. 이 네 마리의 말없는 문지기는 관졸들에 비해 조금도 손색이 없었다. 언제나 귀를 세우고, 엎드려서 잘 때조차도 단번에 일어날 준비를 하고 있었다. 한번은 담이 큰 관졸 한 명이 그 앞에서 당당히 향사에 들어가려고 했는데, 사황 한 마리가 번쩍 뛰어올라 두 앞발로 그 관졸의 어깨를 짓눌러 넘어뜨리곤 목에 이를 대고 으르렁거렸다. 만일 은길이 제때 멈추게 하지 않았다면 정말이지 큰일이 났을 것이다.

그 이후로 관졸들은 향사에 들어갈 엄두도 내지 못했다. 그렇지만 변학도 부사가 향사에 올 때에는 항상 향사 사람이 그를 공손히 모시고 들어가곤 하였다.

변학도 부사가 향 부인의 객실에 들어올 때, 그의 얼굴에는 노여운 기운이 서려 있었다.

"이걸 본 적이 있소?" 변학도는 소매에서 패담집 한 권을 꺼내 향 부인에게 던졌다.

"그 내용에 내가 향사의 춘향 아씨를 감금하여 나도 들어본 적 없는 여러 잔혹한 형을 내려 나와 결혼하라고 핍박했고, 춘향 아씨는 가녀린 여인임에도 그런 형벌을 하나하나 견뎠으며, 혀를 깨물어 피가 섞인 침을 내 얼굴에 뱉었다는 황당무계한 이야기요."

향 부인은 놀라서 눈을 크게 뜨며 물었다. "나리께서 지금 우스갯소리라도 하고 계시는 겁니까?"

"정말이지 우습소. 그러나 온 남원부 사람들이 이 말도 되지 않는 이야기를 앞다투어 전하고 있소." 변학도 부사는 향 부인의 눈을 응시하며 자리에 앉았다. 변학도 부사는 약간 흥분하여 평정을 잃은 상태였기에 입 밖으로 꺼내서는 안 될 말을 하고 말았다. "당신의 눈은 참 아름답군."

향 부인이 교태 어린 미소를 지었다.

변학도 부사는 방금 제가 한 말에 찔리기라도 한 듯, 조금 굳은 표정이었는데 헛기침을 몇 번 하고 나서 말했다. "많은 이들이 웃돈까지 얹어가며 이런 것들을 보고 있는데 그게 남원부에서만 있는 일이 아니오. 확실히 한성부, 심지어 더 북쪽인 개성에서도 지금 이런 걸 볼 수 있을 것이오."

"모두들 심심풀이로 볼 뿐입니다. 누가 이런 일이 사실이라고 여기겠습니까? 나리께서도 일을 논할 때는 언제나 확실한 증좌만을 강조하시지 않았습니까?"

"말은 그렇지. 그러나 온 남원부 사람들이 역병에라도 걸린 듯 거짓말을 퍼뜨리고 있으니 이런 상황은 더 이상 좌시할 수 없소. 나도 처음에는 별로 마음에 두지 않았소. 뜬소문은 온 하늘을 뒤덮고 있다가도 언제 그랬냐는 듯 사라지는 것이니, 구름이 흩어지듯 시간이 지나면 자연스럽게 사라질 것이라고 생각했소. 하나 이번은 지난번과 다르오. 한 달이 지났는데도 사람들의 열기는 오히려 늘어나고 줄어들지 않았소. 아무리 좋은 쇠도 오래되면 부식되는 법이오."

"나리는 성품이 금석보다도 더 단단하신 분인데 어찌하여 이런 유언비어를 신경 쓰십니까?"

"말은 그리해도 속으로는 나를 비웃고 있는 것을 내가 모를 것 같소?" 변학도 부사는 향 부인을 똑바로 바라보며 말했다. "당신은 지금 매우 득의양양하고 있잖소."

"……제가 득의양양하고 있다고요?"

"한낱 아녀자로서 이 같은 담력과 견식을 지니고, 일이 이렇게 될 수 있게 획책하였으니 어찌 득의양양하지 않을 수 있겠소."

"나리께서는 어찌하여 그런 말씀을 하시는지 모르겠습니다."

"그렇게 아무것도 모르는 척도 그만하시오. 그렇게 해보았자 당신의 무고가 증명되지는 않소. 당신은 이 모든 일이 어떻게 돌아가고 있는지 아주 잘 알고 있을 것이오." 변학도는 코웃음을 치고 이어 말했다. "그 옥수라는 자는 허수아비이고, 배후에서 조종한 자는 바로 당신이오. 마치 판소리 광대가 이야기한 것처럼. 당신은 온갖 수단을 써서 나의 명성을 더럽히고 자신과 춘향은 사람들에게 동정을 받게 하였소. 그래서 당신의 죄는 흙탕물을 일으키면 물고기가 보이지 않듯 그렇게 가려졌지."

"나리께서 여러 번 저를 겁박하시며 억울하게 누명을 씌우려고 하시더니 이제는 다른 사람의 죄명을 억지로 제게 씌우시니 도대체 어찌하여 그러시는지요?" 향 부인의 얼굴이 붉게 달아올랐다. "나리의 눈에는 제가 극악한 죄를 지은 간악한 사람이며 심성은 전갈이나 뱀 같은 여인으로 보인다 하시니 저희 둘 중에 도대체 누가 온갖 수단을 써서 다른 사람의 명성을 더럽히는 것일까요?"

"내 앞에서 연극은 그만두시오. 마치 여전히 진정인 것처럼 그러는군." 변학도 부사가 손을 부채 삼아 몇 번 흔드는 태도가 향 부인의 말이 지겹고 귀찮다는 듯하였다. "나는 미모에 넋이 나가 사리 분별도 못하는 젊은이가 아니오."

"저도 죄를 범한 여인이 아니니 나리께서는 틈만 나면 저를 심문하듯 하시는 것을 그만둬주셨으면 합니다." 향 부인도 정색하며 말했다.

"만일 내가 정말로 심문하려고 했다면, 당신같이 혀만 산 것들에게는……" 변학도 부사는 향 부인의 얼굴로 몸을 숙이고 손으로 향 부인의 입술 위로 원을 한번 그려 보였다. "먼저 여기다 곤장을 치게 하여 그대가 다시는 무얼 씹어 삼키지도 못하게 만들어주었을 것이오."

향 부인은 고개를 돌려 창밖을 보았다.

"패담이나 쓰는 그 서생들은 뒷짐 지고 입으로만 떠들기에 말도 안 되는 잔혹한 형벌을 이야기하지만," 변학도 부사는 몸을 뒤로 젖히며 나른한 자세로 앉았다. "내 손에 떨어지면 놀라 오줌을 지리느라 입도 벙긋하지 못하더군."

"나리께서 지금 하시고자 하는 말씀이……."

"그 옥수라는 서생이 있지 않은가? 옥수는 지금 시든 나무처럼 변했지." 변학도 부사가 말했다. "그는 그 이야기는 전부 자신이 지어낸 거라 인정했고, 또한 향사에서 일하는 계집종이 요사스러운 말을 떠들어대어 대중을 미혹하고 있다고도 말했소. 향사에서 일하는 계집종이라면 틀림없이 향 부인, 당신의 사주를 받아서 그리한 것이 아니겠소?"

"……죄를 씌우고자 한다면 이유를 찾지 못할 일이 있겠습니까?"

"아리따운 여인은 화를 내는 모습조차 보기가 좋군." 얼마 지난 후 변학도 부사가 향 부인의 얼굴을 응시하며 말했다.

향 부인은 화난 얼굴을 하고 있었지만, 곧 입가에 웃음이 걸렸다.

"나는 향 부인, 당신의 담력과 견식에 대해……" 변학도 부사가 큼 하고 콧소리를 내며 말했다. "매우 감탄하고 있소."

"나리께서는 무슨 우스갯소리를 하시는 겁니까?" 향 부인은 무표정하게 말했다. "저와 같은 양민은 담대하다 한들 나리의 위풍당당함에 무너지고 마는걸요."

변학도 부사가 큰 소리로 웃었다.

"내가 여기 방문하기 전에, 달력를 보았더니 내일이 아주 길일이었소. 특히 혼례를 올리기에는 이보다 좋은 날이 없다고 하더군." 변학도 부사는 무척 부드러운 표정을 지으며 향 부인에게 물었다. "내가 내일 춘향과 혼례를 올리면 어떻겠소?"

"나리……." 향 부인은 변학도 부사를 보며 말했다. "진심으로 하시는 말씀이십니까?"

"그렇소."

"저는 단 한 번도, 혼사를 승낙하겠다고 한 적이 없습니다."

"당신이 그러진 않았으나 그 많은 패담집과 판소리 속에서 나는 혼사를 강요한 사람으로 알려져 있다오. 이런 상황에서는 춘향과 혼례하는 것이야말로 백성의 뜻에 순응하는 길이오. 만일 내가 춘향과 혼례를 올리지 않는다면 명성이 망가진 데다가 웃음거리까지 되는 것이 아니겠소? 그거야말로 밑지는 장사지."

"허락할 수 없습니다."

"혼사는 반드시 거행할 것이오. 그것도 바로 내일."

"절대 그럴 수는 없습니다……." 향 부인은 다급해졌다.

"내 말을 들어보시오." 변학도 부사는 손을 들어 향 부인의 말을 끊고 쏘아보아서 바로 그녀를 잠잠하게 만들었다. 그러고는 패담집을 툭툭 치며 미소를 지었다. "당신은 이런 서생들의 붓과 판소리 광대의 입을 빌려 허장성세를 부리면 뭐라도 될 줄 알았소? 어디 양반가의 도령이 항간의 유언비어에 혹하여 춘향 같은 이런 여자를 정실부인으로 삼기라도 할 거라 생각한 것이오?"

"그러한 일은 하늘의 뜻이라……." 향 부인이 말을 끝맺기도 전에, 변학도 부사가 말했다.

"나의 인내심은 이미 이 두 달 동안 완전히 바닥이 났오. 나는 더 이상 판소리 광대들의 엉터리 소리를 듣고 싶지도 않고 날조된 사실만 가득한 서생들의 헛소리를 빌려주는 책방도 보고 싶지 않소. 나는 내일 춘향과 혼례를 올릴 것이오. 만일 그대가 춘향을 제대로 준비를 갖춰 나에게 보내지 않는다면 관졸들에게 잡아 오게 하여 새색시를 삼을 것이오. 그 네 마리의 개로 칼을 찬 관졸 서른 명을 막을 수 있을 것 같다고 생각하시오?"

향 부인은 천천히 고개를 들었다. "나리께서는 어찌하여 이렇게 무도하게 저를 겁박하십니까."

"당신이야말로 어찌하여 그렇게 고집이 세고 말을 듣지 않는 것이오?" 변학도 부사는 향 부인을 바라보며 말했다. "내가 나이가 좀 많기야 하지만, 내 어디가 당신 마음에 차지 않는 것이오?"

"춘향이가 사랑하는 것은 이 도령이지요……."

"'떨어진 꽃이 도로 날아와 가지에 붙고, 수수하秀水河가 거꾸로 흐른다 하더라도 나는 이 도령과의 사랑 맹세를 어기지 않겠사옵니다.'라고 했던가?" 변학도 부사가 웃음을 터뜨렸다. "내가 이젠 다 외우겠소."

향 부인은 침묵하였다.

"사정이 이렇게 되어버렸으니 이미 시위를 떠난 화살이고, 돌이킬 수 없는 일이오." 변학도 부사는 웃으며 말했다. "빨리 딸을 위해 혼수를 준비하는 것이야말로 당신이 당장 해야 할 일이오."

"……나리께서 그렇게까지 뜻이 확고하시다면," 향 부인은 잠시 침묵한 뒤 입을 열었다. "춘향이더러 나리를 한번 뵈러 오라고 해야겠습니다."

향 부인이 손뼉을 치자, 회랑 마루에 있던 은길이 들어왔다. "가서 우물에 담가놓아 시원한 술을 가져오너라. 그리고 소단을 시켜 춘향이에게 남원부사 나리를 맞을 준비를 하게 하고."

은길이 놀라 얼어붙었다.

향 부인은 은길을 살짝 흘기며 재차 말했다. "어서 가거라."

나는 옷을 갈아입고, 머리를 정돈하고 소단을 따라 객실로 향했다. 변학도 부사는 이미 취기가 올라 있었다. 내가 들어가니 변학도 부사가 실실거리며 말했다. "어허, 옷을 갈아입었더니 더 매력적이로군."

향 부인은 방 안에 없었다.

얼굴이 백지장처럼 창백한 은길이 술 시중을 들고 있었다. 눈시울이 붉은 것이 금방이라도 눈물을 뚝뚝 떨어트릴 것 같았다.

"이리 오너라, 한잔 같이 들자꾸나." 변학도 부사가 제 옆자리를 탕탕 두드리며 나에게 손짓하고는 은길을 보고 꾸짖었다. "늙어빠진 고목은 눈치 있게 알아서 비켜야지."

은길은 고개를 들어 나를 보더니 눈에서 눈물이 주르륵 떨어졌다. 나는 은길의 팔을 잡아 부축해주며 낮은 소리로 물었다. "무슨 일이 있었나요?"

변학도 부사가 분명히 나를 보며 나를 잡으려고 손을 뻗었는데, 잡은 것은 소단의 손이었다.

"어디로 도망을 가는 것이냐? 얼른 이리 오너라!"

소단이 비명을 질렀으나 변학도 부사는 자기의 실수를 알아채지 못하고 소단을 끌어당겨 안으며 수염 난 얼굴을 비벼댔다. 소단은 변학도 부사에게서 벗어나려고 하다가 나와 부딪혔고, 나도 균형을 잃고 넘어지며 은길의 턱에 머리를 부딪혔다. 그렇게 셋이 연달아 넘어졌을 때 향 부인이 문 앞에 나타났다. 막 세안을 한 얼굴이었다.

"어찌 또 한 여인이 들어오는고?" 변학도 부사는 향 부인을 보고 실실 웃으며 일어나 향 부인에게 가서는 손을 잡아 코를 댔다. "몸에서 나는 향이 참 좋소."

향 부인은 술상에 와서 앉아 변학도 부사의 술잔에 술을 가득 채워 변학도의 입에 대어 마시게 하였다. 향 부인의 눈에서 빛이 반짝였다.

나는 갑자기 누가 머리를 한 대 친 것 같았다.

"술에 무얼 넣으셨어요?!"

향 부인은 내게 말도 없이, 다시 변학도 부사에게 한 잔을 마시게 하였다. 그 한 잔을 다 삼키자마자 변학도의 고개가 까딱 뒤로 넘어가며 몸이 기우뚱하였다. 향 부인은 변학도를 받치고 있던 팔을 곧바로 풀었다. 곧 쿵 하는 망치 소리처럼 변학도가 머리를 돗자리 바닥에 세게 부딪히며 뒤로 넘어갔다. 내가 술잔을 집어 들자 향 부인이 내 손의 잔을 빼앗아 엎어버렸다. "마시지 마라!"

"이 안에 '오색'을 넣은 건가요?!"

"반병만 넣었어." 향 부인의 목소리는 떨리고 있었다. 그러고는 변학도 부사를 가리키며 몇 번 웃었다. "사람이 이 꼴이 되는구나……."

"당신은요……." 나는 향 부인의 얼굴을 잡고 이리저리 돌려보았다. "얼마나 마셨어요? 예?"

"석 잔." 향 부인은 온몸을 떨고 있었다. "내가 마시지 않았다면 이 늙은 여우는 절대 마시지 않았을 거야……."

나는 온몸의 피가 싸늘하게 식는 것 같았다.

"나는 방금 가서 전부 토해내고 왔단다……." 향 부인이 말했다.

"어째서……." 나는 정말 어떻게 해야 할지 알 수 없었다. 향 부인의 얼굴을 부여잡은 채로, 나는 그 무엇도 할 수 없었다.
"어떻게 이럴 수가 있어요……."

"울지 말거라, 춘향아." 향 부인은 자신의 머리를 단정하게 정돈하려고 했으나 그 손은 이마에서 식은땀만을 잔뜩 훔쳐냈다. "너는 '오색'의 힘을 알고 싶어 하지 않았더냐."

나는 약방으로 달려가 서책을 뒤졌다. 내 손가락은 떨고 있었다. 너무 서두르느라 종이 몇 장이 찢어지기도 하였다. 사실 책의 내용은 다 외우고 있었다. 그러나 내 생각에 혹시라도 내가 주의를 기울이지 않고 지나친 어떤 약 처방이 책 속에 있을까 해서였다. 그리고 그 처방 중에 '오색'을 해독할 수 있는 약이 있기를 바랐다.

"춘향아." 은길이 찾아와서 나에게 물었다. "우리는 무얼 해야 할까?" 나는 몸을 돌려 은길을 보았다. 은길의 눈빛이 얼마나 침착한지, 확실히 은길은 내가 저번처럼 향 부인을 고칠 것이라 믿고 있는 것 같았다.

그러나 이번은 달랐다. '오색'은 돌아올 수 없는 길이었다.

나는 약방에서 통 안에 갇힌 파리처럼 어지럽게 오락가락하였다. 시간이 흘러갈수록 향 부인의 기억은 명주실이 물에 미끄러지듯 내 손끝을 스쳐 지나갔다. 나는 이렇게 날아오르는 명주실을 잡을 수 없었다. 나는 사라지는 그녀의 기억을 어떻게 할 수 없었다. 마치 바닥에 쏟아버린 물을 다시 물동이에 주워 담을 방법이 없는 것과 같았다.

춘향

지금은 내가 향사의 앞채에서 지내고 있다. 내 손님은 많지는 않지만 그렇다고 적은 것도 아니다. 몇몇은 향 부인의 손님이었다. 그들은 향 부인의 이야기를 듣고 감격과 탄식을 금치 못했고, 심지어는 눈물을 흘리거나 통곡으로 목이 메기도 하였으나 그 누구도 내 방에서 유숙하는 것을 거절하지 않았다

은길은 계속 울었다. 나를 보면 눈물을 글썽거렸고 향 부인을 보아도 눈에 눈물이 그득 고였다. 비록 우리가 그리 나쁜 상황에 빠진 것은 아니더라도.

날씨가 좋은 오후에 나는 시간을 내서 향 부인과 같이 회랑 마루에 앉았다. 향 부인은 맨발이었다. 어떨 때는 나도 그녀와 같은 차림을 하고서 새가 나무 사이를 날았다 앉았다 하는 것을 지켜보았다. 뜰에 가득한 싱싱한 꽃은 비단을 펼쳐놓은 것 같았는데 오후에는 밝았다가 어두워졌다가 하는 빛 그림자 속에 중국 비단의 매끄러운 질감을 가진 듯이 반짝였다.

"어머니." 나는 작은 목소리로 향 부인을 부르며 그 손을

잡았다.

향 부인의 손은 여전히 섬세하고 부드러워서 소녀의 손과 같았다.

나는 향 부인에게 손님들과의 일을 이야기했는데 즐거운 일들만 골라서 말했다. 어떤 희귀한 선물이라든가, 다들 웃음을 터뜨렸던 어떤 구절이라든가 또는 내가 손님을 응대하는 작은 수단에 대한 것인데 어떤 싫어하는 손님에게 내가 약간의 약물을 사용하여 그들이 떠날 때까지 손발이 말을 듣지 않게 하고 내가 다시 보고 싶은 손님들에게는 다른 약물을 준비하여 오랫동안 써서 그들이 향사 외의 다른 곳에서의 생활은 무미건조하고 다만 향사에서의 생활에서만 색과 향, 맛을 모두 느낄 수 있게 하는 것이었다.

"아직은 그런 사람을 만나지 못했어요." 나는 향 부인에게 말했다.

향 부인은 얼굴을 들어 하늘을 보았다. 나도 따라 고개를 들어 보니 새파란 하늘에 남쪽으로 날아가는 큰 기러기 떼가 사람 인(人) 자를 그리고 있는 것이 보였다.

향 부인은 회랑 마루에서 뛰어내려 뜰로 달려갔다. 그러고는 정원지기가 심은 도라지꽃을 꺾으며 노래를 불렀다.

도라지 도라지 도라지꽃
꺾고 꺾고 꺾어서

엮고 엮고 엮어 꿰면
목걸이를 만들어 목에 걸지요……

소단은 비단치마를 입었는데 내 옆에 앉기 전에 조심스럽게 정리하여 구겨지지 않게 한 뒤에야 천천히 몸을 웅크렸다. 손에는 금방 만든 신발 밑창 한 쌍을 가지고 있었는데 내게 보이게 하였다. 신발 밑창은 부드러운 나무로 만들었는데 앞코에는 백합꽃 두 송이가 서로 마주 보고 있었고 뒤쪽으로는 가늘고 긴 꽃대에 살아 있는 것처럼 생생한 잎이 붙어 있었다.

"옥수가 저랑 결혼하고 싶다네요."

"축하해." 나는 소단에게 말했다. "내가 은길에게 너의 혼수를 준비하라고 할게."

"저도 아씨처럼 향사에 남으면 안 되나요?" 소단이 물었다. "저는 왜 시집을 가야 하나요? 남자들에게 저를 찾아오라고 하면 되지 않겠어요? 저 좋다는 남자가 옥수만 있는 것도 아닌데."

"그럼 옥수에게 시집가는 것이 싫으니?"

"……모르겠어요." 소단은 한숨을 내쉬었다. "향 부인이 예전의 향 부인이셨으면 참 좋겠어요. 그러면 이럴 때 어찌해야 할지 저에게 확실히 일러주셨을 텐데."

"아마도."

"시집가고 나서도 언제든 찾아와도 되나요?"

"안 돼." 나는 말했다. "향사의 문밖으로 나가면, 다시는 한

발짝도 들어올 수 없어."

"저는 이곳이 그리울 거예요." 소단이 화를 내었다. "잠시 들르는 것도 안 되나요?"

"너도 향사에 어떤 사람들이 오는지 잘 알잖아."

"향 부인이셨다면 아씨처럼 이렇게 억지를 부리진 않았을 거예요……."

"지금은," 나는 은근한 미소를 지었다. "내가 향사의 주인이야."

소단은 혀라도 깨문 것처럼 아무 말도 하지 못했다.

단풍이 붉게 물들었을 때, 이몽룡은 남원부에 당도하였다. 이번에는 남원부사 나리 댁의 이 도령이 아니라 교지를 받들고 전주를 시찰하러 온 암행어사로서 온 것이었다.

이몽룡은 향사로 향하기 전에 먼저 변학도를 보러 갔다. 지붕 위에서 모자도 쓰지 않고 회백색 머리카락을 아무렇게나 이마에 동여매고 앞채의 용마루를 가랑이 사이에 끼우고는 이랴, 이랴 하며 말타기 놀이를 하고 있었다. 그에게서 이빨을 드러낸 전옥서의 미친개였던 사람임을 연상하기란 무척 어려운 일이었다. 관졸들은 화투를 치고 있었는데 암행어사가 가까이 가도 고개를 드는 이가 한 명도 없었다.

이몽룡은 초저녁에야 향사에 도착하였다.

장미꽃은 이미 시들어서 잎은 가을바람이 불 때마다 몸서리를 쳤고 낙엽같이 생긴 나비가 이몽룡의 앞섶에 내려서 날개를 접었다가 도로 날아갔다.

이몽룡은 내 객실에서 나를 기다렸다. 나는 한참 동안 시간을 들여 새로 들어온 몸종에게 머리를 올리고 옷을 갈아입고 치장하는 것을 거들게 한 뒤에야 그를 만났다.

"춘향아……." 이몽룡이 벌떡 일어나는 바람에 손에 있던 반만 남은 찻물이 옷에 쏟아졌다. 내 뒤에 있던 몸종이 천을 가져와서 닦아냈다.

"오랜만에 뵙습니다." 나는 그의 앞에 앉으며 말했다. "나리."

"나를 무어라 불렀소?"

"나리라고 불렀사옵니다."

"네가 나에게 나리라고 부르다니."

"당신은 나리십니다."

우리 둘은 서로 눈빛을 마주친 후 웃음을 터뜨렸다.

"나리께서는 잘 지내고 계십니까?"

"너는 어떻더냐? 잘 지내고 있더냐?"

"저는 잘 지내고 있습니다." 나는 말했다. "보시듯 말입니다."

"내가 무얼 보았다고." 이몽룡 아니 암행어사는 쓴웃음을 지었다. "내가 방을 잘못 들어온 건 아니겠지? 그대는 향부인이신가?"

"저는 춘향이옵니다." 나는 말했다. "물론 원하신다면 향부인으로 여기셔도 상관없습니다."

"너는 춘향이 아니다." 이몽룡의 눈에 눈물이 고였다. "나의 춘향은 네가 아니었다."

나는 못 본 척하였다.

이어서 이몽룡은 시를 읊었다.

> 아름다운 풍경은 예전과 같고
>
> 향기로운 풀은 올봄도 어여쁜데
>
> 떠나신 님은 소식 없으니
>
> 봄노래 한 곡에 눈물만 옷깃을 적시네

"이 시를 들어본 적이 있소? 춘향?"

"……저는 시나 시조 같은 것에 조예가 깊지 않습니다."

"이 시는 네가 나에게 써준 시다. 한성부에서는 이 시를 모르는 사람이 없지. 임금과 왕후께서도 알고 계신다. 이 시는 남원부의 춘향이 이몽룡을 그리워하면서 쓴 연시라고 말이다."

"재미있게도 저는 들어본 적도 없네요."

"나도 당신이 쓴 시가 아니라는 건 알고 있소. 내가 몇몇 사람에게 설명한 것처럼 당신은 이런 시보다는 풀과 나무에 더 관심이 많으니." 이몽룡이 말했다. "그럼에도 나는 이 시가 당신이 쓴 것이었으면 하고 바랐소."

나는 밖을 바라보았다. 이때 하늘에는 아직 붉은 저녁놀이 걸려 있었다. 그러나 회랑 마루의 빛은 이미 어두워지고 있었다. 이어서 검푸른 밤하늘이 비단을 펼치듯 우리 머리 위를 덮을 것이었다. 별과 달을 수놓은, 은빛 광택이 도는 그런 비단이.

"지금도 그 이야기는 들불처럼 번지고 있다오. 춘향……."

나는 고개를 돌렸다.

"내 이야기를 듣고 있소?"

"물론이지요."

"……무척 감동적인 이야기였소." 이몽룡은 한숨을 쉬고는 말했다. "남원부에는 경국지색의 미모를 지닌 춘향 아씨가 있는데 거문고, 장기, 글씨와 그림 등 못하는 것이 없었다. 춘향은 단옷날 장마당에 나갔다가 남원부사 나리 댁의 이 도령을 만나게 되는데 그 둘은 한눈에 사랑에 빠지고 말았다. 그날 밤 그 둘은 청풍명월을 중매 증인으로 삼아 부부의 의례를 맺었다. 후에 이몽룡이 아버지를 따라 한성부로 돌아간 뒤에 새로 부임해 온 남원부사 변학도가 춘향의 아름다움에 탐을 냈으나 춘향 아씨에게 단호하게 거절을 당하였다. 왜냐하면 춘향은 이몽룡과 이미 먼저 맹서를 했기에……."

"이렇게 오랫동안 보지 못했는데 나리는 밤새 판소리 이야기만 들려주실 생각이신가요?"

"이 이야기가 듣기 싫소?"

"나리께서 무슨 말씀을 하시든 저에게는 모두 봄바람을 맞는 것 같고 아름다운 술을 마시는 것 같답니다."

이몽룡은 입을 다물었다.

나는 그에게 술을 한 잔 따라주었다. 그는 한숨에 그 술을 다들이켰다. 우리는 이렇게 따르는 대로 비워 유화주막 곡주 한 동이를 다 비웠다.

우리는 또 사람을 시켜 우물에 담가놓은 술 항아리를 가져오게 하였다. 밤은 이미 쌀쌀해졌다. 우물에 있던 술은 추운 밤바람보다 열 배는 더 차가웠지만 그 누구도 술잔을 피하지 않았다. 지금 이몽룡도 나처럼 이 말이 생각날 것이었다. "추운 날, 얼음물을 마시니 마음속에 알알이 맺히네."

우리는 새로 가져온 항아리도 다 비우고 말았다. 이몽룡의 입술이 하얗게 질렸고 나는 추워서 이를 딱딱 부딪치고 있었다. 술이 우리 몸속에서 요동치고 있어서 우리는 겉옷을 걸치고 나가 달구경을 하였다.

꼭 금쟁반이 하늘에 걸려 있는 것 같았다. 이몽룡의 몸에서는 곡주의 향이 은은하게 감돌았다. 우리는 서로 손깍지를 끼고 회랑 마루를 걸었다. 그런 순간에 내 머리에 환상이 나타났다. 이몽룡은 한 번도 남원부를 떠난 적이 없고, 밖에서 전해지던 이야기들은 우리가 한낮에 꽃향기에 취해 꾸었던 백일몽이라는.

우리는 일찍이 내가 오랫동안 머물던 방 밖에 잠시 멈춰 섰다. 방 안은 불빛이 환했다. 은길이 향 부인을 모시고 공기놀이를 하고 있었다.

내가 앞서고 이몽룡이 내 뒤를 따랐다.

"춘향……." 이몽룡이 나를 붙잡았다. 회랑 마루 모퉁이의 어두운 곳에서 우리는 멈춰 섰다.

이몽룡이 나를 품 안에 끌어안으며 말했다. "만일 내가 한 달 전에 왔더라면, 만일 국왕이 나를 부마로 정하지 않았다면, 만일……."

나는 손을 뻗어 그의 입을 막았다.

방금 마셨던 그 유화주막의 곡주가 눈물로 변하여 눈으로 넘쳐흘렀다. 이몽룡의 눈에서도 넘쳐 나왔다.